混沌輪舞

Dancer of the Chaos,
Dance Your Never-ending
Abandonment!

洪凌 著

混沌輪舞

目錄

《混沌輪舞》

Dancer of the Chaos, Dance Your Never-ending Abandonment!

Sunday morning, praise the dawning
It's just a restless feeling by my side
Early dawning, Sunday morning
It's just the wasted years so close behind
Watch out, the world's behind you
There's always someone around you who will call
It's nothing at all
Sunday morning and I'm falling

假日的清晨，禮讚破曉，我感到輾轉翻騰；
乍起的破曉，此為假日清晨，累世荒蕪的歲月逼臨身後。
看哪，這個世界就在你的身後；
在你身側的人兒總是說，一切都算不什麼。
假日清晨，我正在墜落。

——「地底天鵝絨」（**Velvet Underground**）
〈假日清晨〉（**Sunday Morning**）

【第一章】曉星與闇龍（The Infernal Highness and The Infernal Majesty）

闇龍之王，沐浴於華曜的晨曦。你於永在之中墜落至洪荒人世，諸次元的王國城邦合該屈膝於你的腳下。

——《以颯雅書》（Isaiah 14:12）

第一節，至高無上的墜落

〔開啓光幻眾相之門，噙著一絲迷幻神馳的極惡微笑，魔王汨鞀霈從至高之涯施施然墜落……直到無可挽回的那一刻，血酒之舞撒落全向度。〕

對於全向度而言，再也沒有比那場至極的越界更爲錐心刺骨、更澎湃耀眼的劇場。之於盧西弗，那場劇碼堪稱他青春時期超神的原初場景：超額地活在劇烈的痛楚，倜儻的魔鬼殿下終於品嚐到至極的愛、無可挽回的創傷，窮盡各種意義與無意義之後，方纔可能來到的轉機。

從那一刻始，魔鬼殿下徹底化入他以爛漫的厭倦感稱爲「一汪汪無趣成住壞空」的諸次元世代。在那其中，盧西弗讓各種類的全次元超神亞神都跌破萬有觀視望遠鏡的方式，經由奈雅盧法特爲轉運使者，首先降生於混沌系光燦劇烈的頂點，轉生爲司徒世家的第七代帝君閣下。

魔鬼殿下這首古靈精怪的指揮，是全向度神族炫惑又驚悚的無法無天之舉——這是一切從絕對的虛空產生以來，第二度的絕對降臨，逕自倒寫了魔導宗師與超次元降神的先後關係。無視超神俱樂部的第零度法則，盧西弗非要轉譯自身，化入洪流。正由於是他、燦爛華美也滄茫洞澈的破曉之星，反而必要來上這一遭，徹底經驗無法在全次元經歷的傷勢與癒合、輾轉與契機。

他要活在巨大血泊的傷勢內裡，再現並找回分裂之前的唯一之愛。他更要在無數次的無明敗壞主體妄想當中，一再地重新贖回自己與汨粗霨。

在魔鬼陛下汨粗霨尚未跨入那不可回轉或反悔的「至極墜落」（the Great Fall）之前，世界自成一格，並未與人世交融，經由次元軸疏離統理的人世與超越界之間永無交會的缺口。然而，世界的化身如同最致命美麗的雙螺旋體，互愛也互釋，在未曾與人世交會之前就已經洞觀書寫一切，並且迷幻承受一切。

被一切有靈存在稱呼爲「魔鬼殿下」的曉星盧西弗，身爲冷眸洞觀的寰宇之眼，他是世界身爲無止境徒勞書寫與奔赴的注視者，那是名爲「歷史」的超神個體性現形。早在光與洪流滋長之前便已滄桑無言的魔鬼陛下、闇龍汨粗霨，卻是諸次元宇宙的透澈骨幹；他是焚燒著熾烈火劫的「自然」，無我也無眼，萬有的殘酷無告脈動在他的超次元形神浸漬屠戮，無始無終。

如同原初的聖物，魔鬼陛下的自我墜落冒犯了超神也不能踰越的疆界線，各種的「此」與「彼」從此眞正互涉。在他進入那座瘋狂轉動的全次元雲霄飛車之內，四象限的欲力存有、九九宿命亞神矩陣於焉焦距於混沌系的諸次元時空，化身爲爲喪心病狂之餘愛得絕望無明的獄吏軍團，切割汨粗霨的超神核。闇龍的鱗片是一場灼燙的血雨，不斷從迷幻絕美的神體淌落。

無論稱呼這些沒個中場休息的刑虐爲代價也好，嗑藥般的趣味也罷，殘戾如天劫災厄的魔鬼陛下非要如此徹底的墜落，爲的是眞正觸摸一切，以殘忍的興味體驗自身，體驗到無須回眸就洞穿光電幻露之爲虛妄的那一刻，直到「原眞」徹底淹沒象徵性秩序。除了自己與一切，倘若魔鬼陛下的原初墜落還有什麼言有盡而意無窮的奧祕，就是要引出所愛的另一個世界化身，讓不可能被損毀的破曉之星穿越虛域，盛開出一場神聖血泊爲舞台的絕世之舞。汨鞀霶想讓自身與其所愛都能夠絕對地活與死，品味與拋擲。

□

在默世闇龍自我肢解的最終華曜劇場開展之前，盧西弗未嘗不知道自己的超神父王，之所以下那等重手，揮灑極惡迷離的風情於即生即滅的時空之流，爲的也就是「不然就不夠好玩」！可他還是不高興，想說這下可好，汨鞀霶的火辣遊戲玩個沒完，那自己留在這邊已然無味得呆頭呆腦的超越界，豈不無聊到底?!

經過永恆的許多次運轉，縱使自得寫意地出入諸次元宇宙，魔鬼殿下一直跳腳於自己就是視萬有的那團胎動爲無物的洞觀。直到無法預料的倒楣事件之後，盧西弗迷人的小嘴爲之一扁，想說好啊好啊，都已經這麼細心地避開好吃的火辣遊樂場，可還倒楣到被弄入個油膩膩的難吃地下室；既然如此，那索性就自己來，自作自受一場也罷！

傾其諸次元的守護，魔鬼殿下一直無法甩脫那堆如影隨形、追蹤狂也似的無趣人神追緝。就在盧西弗以魔鬼王儲最招牌的傲慢光火喃喃自語，將萬有戳爛成一團質能之外的餘渣，到底是天可憐見或是天緣巧合，那封已經投遞到全向度原眞之域的歿世信箋，終於慢條斯理地闖入他的三雙羽翼。

第二節，使者與賭徒的邀舞

「有幸見到無比的魔鬼殿下，且讓凱奧基自我引介。我生來就是要讓洪流爲之極滅，凍結我所愛所欲，使之永存於聲音的冰域。」

當那位意想不到的象限跨越闐客凌空飛入黑曜系的終端軸，盧西弗處於失去耐心的臨界點，那封慢條斯理的無神經信箋還在最後的轉送驛站。魔鬼殿下此時正無聊，非常無聊，無聊到連向來能夠以野性激烈風貌取悅他、逗得他嘻笑或戲謔的拜爾，都暫時失去此等功效。更坦承地說，除了無聊之外，盧西弗無法不認識到此刻的蕭索滿腔，因爲他想起了那場絕無僅有的漫長暫別。

至於這個風範無懈可擊的靈箛系終端點原生超神，以鋼琴演奏家對最挑剔指揮致意的神情，微一欠身，掛著一抹比任何花花惡棍都更寫明了調情邀約的微笑。看這來者如此，盧西弗的眼色變換於百無聊賴且光火的寒金、嬌縱澄澈的靈紅，以及深刻的黑晶玉石。他面無表情，先以輕俏的手勢示意拜爾，先別動用神之鎗，他倒要看這個意想不到的來者會說出些什麼，會想供奉些什麼。

那段摘取自元祖太古次元的某個不知死活行星，以硫光神學之名所撰寫的矯情笨頭典籍的情不自禁話語，卻透徹如骨，戳入魔鬼殿下的純粹感觸領域。

「撇開其餘的紛亂雜沓笨話不管，在這則艾撒赫片簡當中，提及的不正是我有幸謁見的魔鬼王儲，以及您的超神父王、汨軀霈的微型寓言……」

「破曉之星，燦爛的魔鬼殿下，何以你甩掉皎潔的天界，與時間同步？闇龍之王，沐浴於華曜的晨曦，你於永在之中墜落至洪荒人世，所有的王國與城邦合該屈膝於你的腳下。」

聽得這番不只是聰明耍巧的話語，盧西弗精緻的小臉一寒。可他並非不快，而是被挑出最念茲在茲的什麼，純粹地浸潤於寒涼入骨的情懷。

「哼哼，你這個身世不詳、不知從何處冒出來的瀟灑闖客倒是挺會背書。我高興，高興到哪兒就到哪兒，把自己投身於何方是我的事，不讓人狎戲說嘴！」

面對全向度悉心禮讚且戀慕的魔鬼殿下，涅盤之王凱奧基的神情著實叵測。他的面容揉合了無以名狀的激賞、想望，以及惡棍梟雄在百年回首往昔的那一瞬、一閃而逝的傷懷。

「我並非那些讓你煩躁的八卦人而已，絕頂華美的魔鬼殿下自能洞察。你的怒意讓我心折，怒意底下的燦爛痛楚更讓我動容……如我有這榮幸，讓我在無數次的轉輪交際處與你共舞，領略你的絕頂與憂鬱，並以音之冰流的劫界稍微取悅你，絕世的地獄王儲？」

魔鬼殿下睇起他那雙黑火鮮烈的雙眼，倔強的鮮紅色雙唇開啓微妙的弧度。

「我正是無聊，可我的無聊與空乏並沒有任何存在能夠撫慰……任憑你再高明絕頂、丰采迷人，可這時候我啥都不想玩！」

挺著一身銀光凜然的神駒軀體，野馬超神拜爾怒視著這名即使被魔鬼殿下揮手峻拒、也不改其欣賞愛慕眼光的虛無之王。以他野性的動物性直覺，拜爾反而比盧西弗更早一瞬間察覺，接下來這名跨象限闖客即將出手的，是讓魔鬼殿下最不可能抗拒的事物。即使枉顧一切起伏、浪濤生星雲滅的洪流，他最戀棧的魔鬼殿下，唯獨無法不在意某個存在；黑曜系的神族們，那又更甭提了！

「我不只是來求愛，或者這樣說，在求愛的邀約之前，我首先是個快遞使者……」
這個面目異常深刻險峻、彷彿體現了虛無之境的靈笳超神以異常的神馳，微微一笑，彷彿想起的是比任何愛戀都更痛澈心扉的既視現象。

他從掌心上呑吐萬有蒸汽的全次元驛站口，掏出一紙金色描邊的太古羊皮紙，紙張本體是沉鬱的暗褐色，緘封其上的原眞印章讓盧西弗的雙眼爲之一顫。剎那之間，拜爾甚至不確定連自己的全有視線也迷眩了起來，魔鬼殿下的眼底彷彿滲出介於透明冰晶與水印的事物。

「這封信……這是汨軛霈寄給我的，一直以來投遞在超次元原眞領域的表記……？」

涅盤之王凱奧基微微頷首，他的表情介於最含蓄的深情，以及最隱諱的不忍。

以最大的克制力按捺至今，野馬超神拜爾終於禁不住衝口而出：「你，你怎麼會變成汨軛霈陛下的信差?!這封信又是——諸次元究竟發生了什麼變化？」

以洞燭先機的長者面對青春小輩的某種笑法，凱奧基以怪異的慈藹神色面對這個黑曜系超神當中最年少的野馬超神，若有似無地點點頭。

「變化總是一直發生，可是最終的洪水到來之前，尚不足以將我從萬有的反身、虛冥亟滅之域給招引出來。在魔鬼陛下引動一切的義與不義之前，這場墜落還沒有個中場休息呢……」

以他最夢幻迷離的丰神，盧西弗把那封蘊藉著太古城池氣味的信簡貼在他冰寒蒼白的容顏，如同一隻暫時迷神的小黑貓，以鼻尖摩挲。在這之後，魔鬼殿下並沒有讓拜爾多懂分毫，只是現出他愈是催折傷懷、反而愈冷酷滄茫的神情——那是讓他一見鍾情、驚心動魄的魔鬼王子笑容。

「共有這一刻與萬有……唯獨你，只有你，就算是萬有，我怎可能不與你共有!?」

□

眼見信差任務美妙地達成，凱奧基握住魔鬼殿下冷淡伸出的冰涼手心，珍惜地輕輕一觸。

「要如何化入無上的墜落、在歿世的那一刻全然與共，想必明心見性的魔鬼殿下，早就不言自喻。」

盧西弗的神情如同一盞透明的玉石雕像，奧祕無端的冷眸透露出憂鬱與奇妙的寫意。

「在至極的滅與墜落，有一道只容我進入的驛口，那是他在一切之外唯獨認識也唯獨有情的胸次。闖入諸次元的我，行將掀起的是無涯的第二度降臨。」

凱奧基的面容在向始的傾慕之餘，不禁流露出難以自拔的欽佩與憐愛。

「那麼，至尊絕美的魔鬼殿下，讓我與你交易——你只管恣意縱情，分化自身於永無間斷的四次元時空之流。然而，當註定之刻到來，倘若你還是如此的空涼憂鬱，倘若與魔鬼陛下共有這一切，終究無法讓你領略到眞正的失神與拋擲，到時候就讓我、樂器與涅盤之王來奪掠你，將你帶入無涯的冰域。倘若萬有與熱能無效，你便無法拒絕我、無法讓我不擁有你，無法不讓我與你銷魂於永續之外的那一方地帶……」

魔鬼殿下怒極反笑的神情足以鎮壓所有蠢蠢欲動的四象限鬼獸魍神，除了眼前這位挺拔如斯、周身散發著膽識與傾慕的化外超神。

「好膽的狂妄梟雄，要把我自身當成戰利品與賭注，是嘛……」

盧西弗緩慢地舔舔小嘴，似笑非笑。那神情讓知道大事即將不妙或絕妙、趕緊奔跑到他身旁的四元素大天使不禁一窒。

即使他們早就認識曉星無數次元週轉的永生時光，也無法不心悸與震顫。這簡直是大勢已去，這不就像是魔王汨�需在無數個超次元更替之前、徹底離家出走時的神采？那等於是以最夢幻頹廢的形神表示，掰掰，四象限超越界的大家，除了等著我的小魔鬼跑來一起玩，大家都別跟過來，我要去玩更好玩的了！

「說得還挺入耳的……就讓永續的洪流來為我見證，你的極滅音樂是否是最後讓我得以平靜的物件，濕婆天的獨子！」

在張力高漲的此情此境，盧西弗竟然嘻笑起來。

「既然要玩，那當然來上高手筆的劇場……我就來好生嚣張一番，分化自身為四次元所能夠乘載並轉渡的生神。究竟是成為撥弄成住壞空的轉輪聖王、還是領受命運超神姊御狂情的聖殿法師好呢？或者是，成為混沌八百萬鬼神所戀棧遐思的星辰棧道呢？哎呀，眞難決定，都來試試看好了！」

得到了僅此一次的超額骰子，涅盤之王青白險峻的五官，泛起一絲含蓄的微笑。他的笑容透露出謎語與玄機，以及自從遇到盧西弗以來、總是漫漶無度的心愛勸誘情愫。

「對於生機澎湃的萬有洪流，最摯愛、最致敬的手勢，就是以我所化身的熱寂滅，收藏於虛域。那是永存，也是定格於全無。高華的魔鬼陛下與絕頂的魔鬼殿下必然都不贊同我的愛法，但若能喚起那抹溫存美幻的微笑，或亦這雙靈秀耳朵的興趣或數落，實是無上榮幸。」

凱奧基的衣袖一揮，抽長於手背的冷藍纖小指揮棒以最適合的姿勢、呈現到盧西弗的掌心。以意猶未盡的深沉目光環顧目瞪口呆的四元素天使，亟滅的化身就此不著痕跡離去。

〔此後的故事將是我與眾生、極滅冰域與沛然熱能的拉鋸戰，以此爲樂曲，只演奏給我敬愛的兩位絕頂神聖化身聆聽。〕

第三節，永續夜色．瓜分獵食

在一座鮮奶油蛋糕長相的超越界會合廊道，米榭騆豎起那雙簡直可愛斃了的超次元火茸茸耳，跳躍於一顆顆碩大草莓外型的次元交接突觸。以慣常的硫光系亞神頭頭威勢、以及過動青少年的模樣，火天使蹦來躍去於他那兩個四元素同儕之間。只要硫璃界線外的變動過於生猛，他們就算是再高位階的亞神族裔，也不可能不受到任何影響。更何況是，竟是這等超魔性、超極惡的絕無僅有劇場！

「你們說說說說哪，這下可怎麼得了?!魔王陛下汨軥需除了拋棄我們大家，竟然還有下文——我是不是個樂觀笨蛋哩，還一直以爲他玩得盡興了，魔鬼殿下又因爲嗔怒而對諸次元拂袖而去，遲早魔鬼長公子會施施然地抽泣著，慢慢飄浮回來超越界的說！」

四元素天使當中，堪稱最無人格化情念的就是風天使拉斐洱，長得也倒是恰如其分，就是一幅長滿各種眼珠子的超長屏風。以風浴之眼，四元素的末弟以無機化柔順的波光腔調，對著端凝如黑山的影武者尤利爾與俏皮亂跑的火天使小姊姊，恭謹地稟告目前超越界的最新動態與情報。

「堪稱呆中之呆的硫光超神，最讓我等顏面掃地的亞威，連禮貌性的遮掩一番都忘記做，一煙溜就忙不迭追著小魔鬼殿下化入諸次元的胎動……以老鬼的超神本事而言，這樣不難，可他究竟要化到哪邊去，可就難說。根據我的萬有資料鏈結顯示，亞威最可能想送的阿呆花束，約略會是在萬有的疆界穿破、超額洪流漫漶的時刻，以阿呆心意生產出『不變動性的萬有』，作爲追求魔鬼陛下的贈禮。」

米榭騉不屑地雙腳猛跳，足上那雙以太元素製成的粉紅色球鞋發出悅耳的輕蔑咒罵。

「那不像樣的色瞇瞇老頭，以爲自己是誰啦！倘若那種拙劣透了的死纏爛打可能追得上一隻迷路的小蟲，我都已經要讚嘆全向度無奇不有了，更何況是打從我們尙未個體顯形化的許多個永恆之前，汨軛霈陛下不早就讓那隻痤呆老鬼受盡蒼蠅也爲之側目的各種羞辱？」

當他叫嚷得興高采烈，正要再霹靂無敵罵下去，生神鐵黑劍畫過次元棧道的龜裂，讓米榭騉打了個突。他瞪了什麼話都沒說、只以這動作表達其無限激動與深情的尤利爾一眼。

影武者、也是諸世界大陸的守護者，土元素天使尤利爾是個沉默到讓米榭騉爲之雙耳發癢的剛毅堅定武士。這個動心忍性的硫光武者對於黑曜系帝王的單向痴戀，偶爾也不禁讓米榭騉皺起五官粉緻的臉龐，想說畢竟是神經單細胞狀的硫光亞神。尤利爾似乎從未想過，除了愣直地在一旁守望或守護，還有啥花招可試——對於汨軛霈而言，最不好玩的就是純情樣兒的耿直守護者了！

「再來呢，我們硫光系這邊到目前爲止的情報小結：元祖御母神蘇非亞的超神核正在超次元轉渡場，處於不可企及的非個體化狀態；水天使大姊由於專注於培訓索羅雅思特這個幼生超神，結繭於端末子空間，清空訊息通道已久。看來，消息就算傳到他們那邊，除了這隻小火神會活蹦亂跳地想衝到魔鬼殿下身邊，大概不會有別的意料外狀況。」

米榭騉憋起他那張混合著幼女與男童精靈質感的臉蛋，接近歡欣地跺腳咒罵。

「眞是的，好丟臉噎！說是輸人不輸陣，可我們硫光系這堆比較稱得上大手筆角色的，不是呆就是耿直……哎呀，不知道那隻狂犬猶大，哼，這個頂著陽性臣服師外殼的雄壯叛徒亞神，這時候可不知道會被喚起什麼蠢蠢欲動的妄念呢……」

□

當猶大．依斯卡羅特的名字被火天使的次元耳給勾串起來，他頭殼內的火成岩念場爲之一陣迭宕。並非凜然於自己被提及，反而是以一隻犬齒畢露的帥氣獵犬模樣，好整以暇地對萬有奸惡咧嘴笑。

這時候，他是個經典的叛徒——爲了非要在這場眾生與諸神都行將銷魂的無上典禮，看到比永恆更多點兒的什麼，猶大不惜出賣一切，包括他愛了過久過重、愛到頭來什麼也不是的那個乏味鄙瑣耶穌，其亞神核心也給他拎在掌心上，當作與合縱連橫的交易者兌換分享資源的籌碼之一。

黑曜系四超神公爵的眷族代表、海牙辛蛇形獸神老大，元騂熠，率同旗下的十三名高位格蛇形獸神，與猶大密會於神族的跨象限鎖碼渠道。元騂熠與其一族都直屬於嵐花陰帝的麾下，除了代表最高位的超神公爵，他也一併包下野馬騎士拜爾與次元模型尊者艾利嫚的使者位置。

元騂熠蛇鱗與皺摺遍佈的橘黃色前肢伸起，以花與風的最高法位做出了「捻花於萬有」的奇妙姿勢。分明是這麼個威猛巨大的蛇神體，可在他再現嵐花陰帝的浮印與回應時，卻又以每一絲高位亞神的形神與核心，不能更細膩地御萬有爲風飛花舞、色相萬端的紅塵大千象徵界。

「無須提供這枚發餿的硫光亞神胚膜，只會污了我等敬愛的嵐花陰帝之鞋尖楦頭。對於吾等以超越界神族的一切爲愛慕獻禮、神之爲奪的魔王御前與魔鬼殿下，嵐花陰帝以降的四超神公爵與其眷族從此而後，黑曜系整體將以無始無終的涉入爲愛的手勢：風火水土，與象徵性秩序眞正交會。」

猶大那張寫盡叛徒奸惡與怪誕熱烈情意的稜角粗礪臉龐，驀然綻開罕見的眞心敬佩。他耍帥地把手臂舉高，對準次元迴廊夾縫的位置，把手掌內那枚連充當交易利息籌碼都嫌辱沒合作者的耶穌胚核，輕蔑地扔下萬有垃圾坑。

黑曜亞神眷族的代表輕輕一抿唇，對著猶大這等叛離原生系統的輕蔑與熱烈古怪表示讚嘆。不言而喻的洞察與譏諷環繞十三名嵐花陰帝的直屬部下，如同銅人武打鑄模上的那層涼薄紗幔。

說也奇怪，在他與黑曜系的合作瓜分談判堪稱好樣地達成，猶大·依斯卡羅特反倒興起一股難以自抑的傷感——說是毀痛似乎過於正派，但也堪差彷彿。他不只是心知肚明，奸惡窩裡反的策反動亂既是爲了滿足永難完滿的陽性臣服慾望結構，也是在最怪誕的前提，爲了他永恆愛慕且敬仰的魔鬼超神父子所憚精竭智的劇碼。

「象徵系統的曼妙與風情，由黑曜系核心爲起點，漫天飛舞而不知所終。可不知道隨著魔鬼陛下與魔鬼殿下化入諸次元、成爲舞台中心焦點的混沌系四超神與諸亞神，又是以何等的神魂顛倒狂喜，分屍酒神的血肉……？」

依序再現創生、存續、毀滅，以及原眞的靈笵始祖四超神，分別是梵天、嵲修奴、濕婆天，以及轉輪聖王。目前最新生的超神、身爲涅盤與亟滅之王的凱奧基，乃由濕婆天達致滅的頂點，與轉輪聖王那方空靈寂幻的原眞交合，是以誕生於熱寂的白色無涯境。

眼見三大輪迴主神行將化入時空之流，在諸次元的靈笵系張揚起風生水起的愛與鬥爭，唯獨自始至終，轉輪聖王以空靈的觀照，凝視雙雙墜落的闇龍與曉星。親身經歷了擷取那封汨䩞霌的書信、在黑曜系超神核心區的諸魔殿與盧西弗交會之後，涅盤之王不由得明瞭，何以自己的超神親代之一在向始的廣漠靈澈之外，對於這對魔鬼超神感到眞澈的惦念情懷。

即使凱奧基的超神核心就是沸騰洪流的反面，他不禁想以自己爲賭局的一部份。他無法不化入諸次元，進行那場充當快遞信差時對盧西弗提出的共舞邀約。

「算是一軍的混沌系亞神，計有奈雅盧法特，庫多盧，阿蝴拉瑪茲韃，昆韃里蜆，赫司托魯，金木水火土（五行陰性神），四柱守護龍神，九九（久久）宿命神核，夜行者使徒（共８１格）。應該沒漏算才是。看你要選用哪隻當作跨越象限的座騎哪，依我讀取的數據看來，奈雅盧法特首先出局，這隻千面魔獸只依偎於小魔鬼殿下的性感花花公子胯下哩，嘻！」

涅盤之王凱奧基以隻手覆蓋於色究竟天宮的超次元晶光子積體，掌心內嵌的靈笵超神浮印之一、全次元驛站口開始斷斷嗚叫，一如被調弦的低沉大提琴音色。一旦資訊下載入念場，凱奧基以含蓄瀟灑的風範一拂袍袖，輕輕撫摸著他自從以原生超神位格存在以來、怡然與他相伴的清泠無機體小伴侶外殼。

「可能以無時間性的超越界積木指數而言、也堆得老高的份量，才能再回到這兒。在這段空場，自己憩息著，玩著你的晶體玻璃珠轉盤遊戲，這樣好麼，赫敏思？」

積體小伴侶以靈犀透明的心念，對著凱奧基的憐恤掌心眨著光晶異彩。

「我最擅長自我重組了，而且有這麼多的次元軸可玩，不會想念你過頭啦。」

凱奧基的眼底閃過沉靜與空曠並現的告慰之色。他再撫摸好一會兒小晶積體的透明琉璃色外殼，一面屈指沉吟算數著。

「就這樣吧。以宿命化身的九九節陣來當我的座騎與嚮導，帶我入混沌系的續契。總要做出點兒可與命運超神抗衡的矩陣，不就是宿命所接合的神話領域麼？以神話爲領域，我化身的混沌系法師，不就是皇天之後的使者，帝後法師！我將與滄茫許多個千年的魔鬼王儲，流轉於許多場演奏會，品味疆界與拋擲，黑光與血酒……」

第四節，將於萬有之巔破殼而出

在轉捩點到來之前，以四次元的時間指數爲比喻，命運超神歷歷絲已經飢餓了百億晝千億夜。他是混沌系命脈中的命脈、血與洪流的化身，可是他一直處於飢饉也似的餓意。就連一般兩般、等級粗淺的魔導見習生也數得出來，自從命運超神上一度的諸次元肆虐，已經過了七百度以上的全向度更新掏洗式；在這當中，歷歷絲至少短缺六頓的羅馬帝國等級饗宴。然而，歷歷絲一直無法衝柙而出，他找不到那個獨一無二的神物，那個必得化身爲溫柔招喚者的受傷之神；他更看不到足以讓他破體而入、藉此進入諸次元的生神客體。

痙攣於五度次元之外的濃稠高熱胎盤，歷歷絲感受到全向度的白盲與高熱，宛如一場無須設想起點與終點的滾燙火山岩漿雨，暴烈地湧向他堪差保有元神的肧體。在那鍋濃湯也似的坩鍋內外，他如同一隻發情的帝女豹，無聲嘶吼，讓同儕超神也爲之膽寒的破劫掌爪一刮，超越界的城牆就兵敗如山倒。

無期限地衝撞於飢饉當中，堪差維繫元神與自我的唯一因素，只有那對黑曜系的超神父子。汨靼霨與盧西弗，渾然天成的一對超神魔鬼，在那神奇的瞬間與他相遇於陌生化的去疆界領域。

以一對俊美邪惡的貓兒形貌，他們活靈靈地分別掛在他堅挺巨大如宇宙屋脊的肩頭，以及燒出濃烈艾草氣味的胸腹上。年長黑貓公子汨靼霨的毛色是一襲黑色的天鵝絨，透出悠揚的血光，五官充滿險惡但迷茫的憂傷。盧西弗則是瀰漫著金藍色光采的絲絹質地小黑貓王儲，精緻鮮活的小臉，倜儻俏皮之餘卻瀰漫太古質感的滄茫。當時的命運超神餓到苦痛不堪，所有的超越界餌食再也無法維繫他即將傾倒的暴烈臟腑，只差遊絲的那一瞬，他就要失落無可拾回的個體性元神。

可他們餵食他，以憂鬱倜儻的風情、漫不經心的迷離，汨鞙霨與盧西弗從無爲有處的樹枒剝下一顆顆曼妙的血肉質地番石榴，輕笑著丟入他如同燃燒古井的體腔通道。

這是發生餘第七百七十七度的全向度轉換式，無數巨大神祕的其中一則。轉輪始終轆轆運行，可致命的突破翩然，降臨歷歷絲遇到了他們，他無上的通道與聖殿。

然而，與他註定於無上歷史捲軸的另一個世界化身，卻冷酷如一瓶拒絕被開啓飲用的透明玉雪酒。對於魔鬼王子盧西弗而言，除了汨鞙霨，什麼都不算數。再光曜的綸結、再不得不然的約束，他都支頤輕笑，那雙看入萬有迷蹤與曠缺的星月百合眼眸對於徹底的投身抱以若即若離的冷淡深情。汨鞙霨卻不然，對於唯一的愛子與情人，他安置於胸懷唯一的記憶元神，可他隨時會順著洪流飄移夢遊。魔鬼陛下喜愛流離與奔馳，讓繁星與故事敲撞於早已經受傷的背脊，那是他身爲宇宙曠古水流的本格。

那場無由發生、毫無理性必然的邂逅，只能說是最巨大神祕到來之前的一則冷光，一小杯剔透的血酒，命運超神卻在剎那的交合找到存續元神欲力的最醇美體液。他並不知曉還有兩百二十二回合的全向度更新式有待撞擊沖刷，可從此而後，他以多采多姿的擬似義體冶遊這個毫無意義卻生機盎然的諸次元宇宙——距離他眞正的穿破性降生之前，那是歷歷絲聊備一格的雞肋活動。

行將抵達最後一回的全向度更新式，他宛如準備降生的雛鷹，在卵殼內磨銳早已經見血封喉的嘴喙，更加頻仍從事擬神義體的「微服替身出巡」。最近幾回合當中，最讓歷歷絲心滿意足的景況發生於另名為「機體神殺世代」的翼闇紀，在殘陽如血色潑墨的超帝國王者加冕登基式，歷歷絲赫然攫抓住了汨鉭霈的憔悴頹廢形貌、美不堪言的傷勢與容顏。

當時的魔鬼陛下尚未從事那場絕對的墜落式，同樣以暫時性的備份義體過渡到此次元時空節點。就算是充滿安全通關密語的玩法，汨鉭霈仍然散發出令人神馳到受創的魅力，無論是他高貴落拓的身心、憂傷的折翼丰神，在在招引出群獸的無明慾念。目睹這一世的「殘陽超神皇」，命運超神擱淺於超越界胎盤的每一根超神豹爪都為之高亢撕抓，欲罷不能。這一世的他與汨鉭霈造就出「機體神殺世代」的無上名器，身為傷殘聖杯的君王，以及破天荒的首代機體生神「歷歷絲」。

然而，「殘陽超神皇」現世的後繼者並非承載破曉之星位格的個體，並非歷歷絲所愛的另一個世界。魔鬼王儲以絕對的疏離冷峻情調，背對著萬有與諸次元，背對著他，拒絕進入諸次元。盧西弗抿著他冷豔的雙唇，只凝視著傷殘到最後、連元神也備受磨難的汨鉭霈。他非常非常生氣。

當盧西弗出現於那個他以厭倦風情稱為「可恥的光幻眾相」、抱走汨鉭霈時，歷歷絲感到巨大的摧折，可也同時興起一股即將出生的震顫。燦爛光火的魔鬼王儲氣得跳腳，鮮烈的怒火讓命運神核為之喜悅抖動。共感於曉星的震怒與闇龍的傷勢，歷歷絲既心痛又受傷，無數個時光之流的世代也隨之沉黯無味。

接下來的最後一則義體出遊，實在就快要食之無味了。在超星團標準曆的「雪之王儲世代」，他的義體圖窮匕現，竟而在時空之流玩起無聊當消遣的自體生殖戲局。本應該腥風血雨一番，又遇上勢均力敵的宿敵、化身爲歐爾沙・蒲莫勒的靈笵至尊超神濕婆天，席捲了那個世代的珍貴情念與生滅能量，爲的是要讓濕婆天眞正的愛女、乾闥婆王得以展現神格。歷歷絲不得不承認，那場超神之間的競賽他是輸了，輸在這世代根本沒有他衷心慾望的事物這一點。

在接近全向度更新式的最新一回合，汨鉭需絕對的墜落成爲超越界諸神心驚或心悸的頭條新聞。他的侍從亞神庫多盧從四象限各種管道得取了龐雜無端的許多軼事與耳語，他知道，眞正的破創時刻行將前來，就只待四次元的時空之流孕育出最爛熟的果實。這是連盧西弗也不會拒絕的終極邀約，這是汨鉭需所體現的愛與眞實。

他非常知道，在第九九九回的全向度更新式，終末轉換回零點之際，在渾沌胎動內緊縮又擴張的暴動自我行將脫胎換骨。從那一刻開始，命運超神歷歷絲將成爲無上的洪流，成爲災厄與契機，成爲無明永黯的暴烈皤火，成爲無類的絕對主體。

【斷章之一】時光的陵墓（The Tomb of the Diachronic Time）

終究，銷亡至多就是一場無止境的大眠。

——《漫長的冬季》（Winterlong），Elizabeth Hand

超星曆２７３９９年，潤雙月季的最後一日。那則熱源傳訊以超光速的驛馬形貌闖入位於天險星崖的別館，即將迎接成年式的司徒夜冥正在撫琴，與心愛的樂器「夜酩酊」交熔得沒完沒了。南天超銀河第七代的王儲正浸潤於行將成年的透明憂悒情懷，對他而言，生的洪流還是一把不知道出鞘之後將如何舞動的內裡之劍。

這時候，將養身心的司徒夜冥只有全心全意駐留於自身內裡的餘力。他以銷魂入骨的情意與姿勢，與鋼骨黑亮的太古鋼琴憂鬱共振。半敞開的縐褶襯衫透露出些許撩撥意味的異色風情，但又被俯身的姿勢恰到好處地遮擋住。

冷白的膚色與那架彷彿擁抱彈奏者的鋼琴互爲漂亮的對照，纖瘦但挺秀的身形洋溢揮霍方休的澎湃力道。演奏得如火如荼，淋漓盡致的念場收送讓他與那架向來劍拔弩張、拒絕任何其他生體碰觸的樂器熔接於〔黑光之淵〕——最高位魔導師所在的形名合一之處。那首樂曲是拉赫曼尼諾孚的第二號協奏曲，洋溢著忽快忽慢、抑鬱又兇險的風貌，一如被稱爲廢墟帝君的他自身。自小以來，

在難以入眠的時光，司徒夜冥就喜愛演奏此篇章。

也正由於如此，那則活脫脫就是當代魔導陰帝、司徒敏飀化身的熱訊闖入他的胸懷，渾然天成地進駐他不欲任何人分享的幽微念場，夜冥也只是輕嘆一聲，柔聲咒罵了幾句。

「就連在這個幽靜的夜光星，也不得安靜個幾晚。到底又要幹嘛呢？前晚才用自己的遠端遙控義體，趁我睡得高興時玩得沒法度，總該盡興個一陣子吧……」

司徒夜冥揉揉眉心之間的那方新月形地帶，透明白皙的手背從襯衫袖口的末端優美地探出，撈出那則揉雜著荒漠煙硝氣味的生體通訊。他大剌剌地投入史坦威鋼琴的懷抱，而對方以向始不變的厚實形態溫柔地迎接他冰冷如瓷玉雕像的軀體。

一首樂曲的工夫之後，疲憊與歡愉的餘浪在他的體沉默內泅游，翻騰來去。在這樣的夜晚，他只想與鋼琴、天險星崖的螢光綠夜雲，以及斷崖底下往返不已的雪白海浪共處。

〔我美麗沒神經的孩子：韜光養晦得可滿意？三日之後，即將抵達嗎啡銀河，以血與罌粟花香等待你。附註，尚有小禮物封存於熱訊內，打開的步驟可沒忘記吧，呵呵。〕

□

真不愧是他的親代，南天超銀河的主宰，同時也是舉世第一的支配師首座。就算是平素以跋扈高亢的姿勢把身心纖弱的青年法師愛得累極，在必要性的關鍵時刻，司徒敏飀還是遊刃有餘得令人氣結。夜冥難以取悅的心思與體膚在他的翻弄之下，宛如一被碰觸到走火點就曼妙發聲的夜光酒杯。

除此之外，還有一則不算小卡司的驚喜。或許是成年式迫在眉睫，沒有理由再拖延他的申請；或許是司徒敏䰈對於異象頻仍的瘴癘天柱域，已經用罄最後一絲耐心。司徒夜冥向來想踏上一遊、甚至假以演練自身頂級魔導師功力的機會，即將在三個天干地支交會期過後，得以成行。

除此之外，在熱訊提及的「小禮物」，完成開封程序、活靈活現地冒在司徒夜冥的眼前，他不禁蹙起眉尖，莞爾之餘也有點頭痛。這樣一大個、精工鍛鍊的產物，哪兒是什麼「小」禮物哪？

身長三公尺左右，精細打造的軟質合金浸潤在夜光雲下，散發出半亞神體的熠熠光輝。那色澤是晶亮無比的夏日湖水，而四隻手臂與軀幹所配備的熱核戟刺，與那張嚴肅、剛毅，忠誠的面孔，形成奇異的搭配。取名爲「湖水綠」的人型光元素侍衛，將是司徒夜冥成年式探險的唯一配件。

至於他將要前往的地方，位於混沌系太古母神的命名範疇端點。除了層層漂浮如豐腴粉霧的星磁氣團，只有那顆八角形的太古之星，別名「時光的陵墓」。

□

以八荒六合的時空概念，每一位混沌系的主神都有自身的「命名範疇」。在那方領域之內，唯獨破解眞名，方纔能夠與這位主神達成眞正的交感。南天超銀河自從興發以來，王朝的創建與興發與四大主神的勢力僵遞、爭鬥扞格，有著不可分割的關連。

以太古「萬法合一」的術師概念而論，混沌系的四大主神具現出全次元的驛動與寂靜、崩滅與再生，可以用四字箴言來予以歸納：起承轉合。繼創生萬法萬物的女媧、承接一切於湛亮之境的艾韃，劫毀與殺伐的命運超神歷歷絲，以及萬物淵藪所在、然眞名尙未洞曉的太古無名母神。

創始之天母，女媧，以物質之身達致全向度的全能次元神，偏愛大開大闔、氣度高亢的無所謂而爲領袖，像是王朝興發之前的「無冠之王」黑龍．碎玉淵多蒙女媧的青睞，方能夠將破碎散亂的地方邊境散星統合，奠定日後司徒世家的基石。能夠將璀璨不可方物的光與熱，傳承爲穩定白亮的勃發世代，莫過於得到「光冠王」艾韃垂青的黑白騎士，例如司徒王朝的首代神授御使、司徒櫯流，以及第四代的「海天王」，司徒羽晾。

司徒夜冥自小就與之共有念場的超神歷歷絲，命運洪流的化身與掌控者，被一位洞見十足的學者稱呼爲「總體自我的夜闇」。打從南天超銀河的王朝紀元起始，除了以最極端之道破創王朝、以己身爲祭典神體的「聖血殘天帝」司徒睚，歷經超星團標準曆法將近五千年，經過無數生體術師與念場演算師的窮首耗經，司徒夜冥是第一位出現的「降神法師」——

在元眞意義上等同於司徒睚超越世代的獨子，夜冥並非以術業修煉之道抵達化境，而是天生渾然如此。他所具備的「成其所是」本格，使他的念場宛如一盞在莽原黑河上發出幽冷光澤的夜光燈，冷盈盈而永續不滅。

他美麗虛弱的形貌，與冷澈銳利的魔導力互爲彌補，他絕非一朵攀折後便銷亡的花朵。更精確地說，他同時是花朵與冷電，而在他身上恣意輾轉的超神核、直到他出生方纔在現存宇宙找到出口的歷歷絲，則是一把播種也收割的血光鐮刀，觸近者或許被碎屍萬段，或許得到至上的翻身。

誠然如此之故，夜冥身上所流轉的滄茫憂鬱、迭宕荒涼的詩情，無不與他的超神共宿者環環相扣。那並非徒然的絕境，或是廉價大放送的憐憫，司徒夜冥身為南天超銀河最壯麗鐵血世代的王儲，他與生俱來的魔導殊性，在於冷眼凝視，寓悲憐於冷峻澎湃的身心。可他在出生至今，一直感到隱然的空茫與失落，他一直想找到被將近五千年時光帷幕所一分兩半的什麼，彷彿非要歷經巨大的轉捩點，封藏於體內的最後魔劍才會出鞘？

如今只剩下最後一位超神，恆古以來便以沼澤星團為居處，讓南天超銀河的任何探險家都為之膽寒色變的「朽壞無名神」。司徒夜冥想找出祂的名字，讓祂得到被呼喚的契機。他想讓祂不再是無人顧念、也無法被顧念的巨大異己。同時，他也想藉此認識到自己最深刻的奧祕內裡。

「湖水綠，把濃縮晶片內放入船艦上的ＡＩ接收器，讓它與我的義體插拴互接，我需要再溫習則個。」

萬有無不相互映現，而混沌系的四大主神更是如此。道其名而顯真形，這樣的通則在大相逕庭的女媧、艾韃、歷歷絲身上，展現出夢幻電露的驚人過程。唯獨有個明心見性的魔導法師，呼喚出蟄伏於超次元的超神真體，此後，祂方能夠與宇宙交通，才可能更進一步將自身的核心投注於天造地設的「搭檔」體內。

司徒夜冥憮然地輕觸兩邊太陽穴的精巧柔軟光亟，憶及自己在首度與體內的歷歷絲交合時，如同進入了太古世代的光電系統角色扮演遊戲，酣暢盡興地體驗了一回在自己出生之前、無道法師鬼束芒在窮天極境，叫出當時還沒有眞名的命運超神……

飄揚的髮絲與刮痛面頰的沙漠颶風，並非自己、卻與自己共有意識的無道法師張開臂彎，緊抿嘴角，如同讓不愼迷路多年的孩子重回自己的懷抱，法師的精魂與觸手生痛、滾燙精純的熔岩系力場相逢。那是最心痛也最純淨的時刻，迎接一枚痙攣的超神核入懷，憐愛它，眞正地洞視它。

而今，自己也正要像當年的無道法師，正式爲自己的皇天法師生涯打造第一座碑石。他必須深入所有航艦都爲之卻步、魑魅魍魎橫行的無名者墓穴，爲這團最後的渾沌胎動找出它眞正的名字。

「湖水綠，一開始發現異象的遠端探測儀，上頭的技師爲此取了個什麼別名？」

司徒夜冥一邊開啓共鳴場，蹙眉於流入念場內的一幕幕逆反情景，中途間突然省起什麼，拋出這個問題。

溫厚的電磁低音在他的背脊處響起，帶著恭敬與一絲絲的…仰慕。

「稟告少主，當時探測小艇上的工程人員在驚駭之餘，插科打諢的稱呼是『活屍腐質大神』……我必須坦白，以我無機意識體的判斷，這是個相當不具起碼敬意的命名。」

司徒夜冥的眉頭更加緊蹙，深刻墨黑的兩道新月烙入蒼白剔透的肌膚，嘴角不快地下撇，可這一切的厭煩表情卻增添他純粹的質地。湖水綠在一個位元突觸運作的時間內就判斷，這是非常百看不厭的風光。

「算你是個還有起碼審視力的光元素專業構造體，湖水綠——不過，別叫我剛才你叫的稱呼。

眞是的，又不是在上演銀河動亂野史的戲劇，我眞懷疑我的親代大人……他這是啥趣味啊！那你豈不是要叫他『主公』？」

彷彿被自己邪門的私人笑話取悅，司徒夜冥蒼白如玉的面孔，泛起一抹極淡的紅暈。雙唇因爲力場共振、不是抿緊而鮮紅如裝入紅酒的透明琉璃杯。湖水綠的機體由於看到這更加難得的景致而爲之一振。它輕快地回答。

「向來都稱宗主大人爲『陛下』。那麼，湖水綠該怎麼稱呼夜冥閣下呢？」

司徒夜冥取下液狀金屬插拴，最後一段全方位共振的情念資料讓他相當在意。可這個光元素侍衛也眞是逗趣……他微微一笑，興起難得的戲弄念頭。

「叫我……千千小主人！這是個很適合你的稱呼，也適合你所護衛的南天超銀河小魔鬼。」

□

萬古以來，沒有任何人物能夠僭越分際，爲這個無名星涯命名。一團團濃漿也似的電解質與原生團塊，不知其所以然地浮游其中，巨大而腫脹，盈滿了不假修飾的飽滿與茫然。

最大椿的災難事件發生於三個南天超銀河公轉月的此際，十艘載滿昂貴礦產與技術專員的跨象限艦艇，就這樣，在不到光子秒差的瞬間，化入陵墓歕張如充血花心的入口，被那管呑吐得如此劇烈、痛楚，卻也讓人著迷的超次元管脈給整個呑沒。

位於南天超銀河與北穹星團的三不管金字塔地帶，雖然向來讓人忐忑，但只要適當的規避與致意就能夠達成互不相涉的現狀。然而，現狀的微弱平衡絲線也終於粉碎——最後的混沌超神不再隱身於無涯的沼澤，安靜的陵墓開始傾軋異動，帶有殺意的洞口開闔不已，即使在邊界線稍稍擦身而過的跨光速船艦也無法倖免。

〔時光的陵墓，接收無以數計世代的殘渣與腐殖質，而今是它反撲的時刻？倘若你跨入其中，就算是集結四象限各超神的通力，也無法保證，要是有個萬一，就連你也可能受到傷害……〕

司徒夜冥撥弄著耳垂那枚不只是好看墜環的「共鳴鈴」，不無愀然地傾聽四象限魔導師之首長、師父皇霽弓萇的嘶啞嗓音。他驀然想起另一個場所，他學得萬物皆有其始終、也有其永續的地方，開發他體內的傳導念場，同時領略徹底的潔淨的哀歡。

塵埃、死寂之物，以及冰涼瘖啞的無機質，那是司徒夜冥所專擅的共振範疇，除了他以外，再沒有任何當代的魔導傳譯師能夠與之交換無以倫比的悠遠意念。

「總是以容易被誤解爲無動於衷的冷淡情意，收容了各色奇妙物件的索拉離絲……然而，在全次元當中，也是有這樣的無可收容、無可消解之域呢，湖水綠。這是無人之業，也是破敗絕望者的共業。」

相當不悅地撇嘴，司徒夜冥的這番包准讓任何旁聽者愣頭呆腦的柔聲自言自語，卻奇異地招引出這座無機晶體侍衛兼資料處理機的共振。湖水綠的後腦勺發出一陣單子電波的低頻聲響，彷彿以它所特有的方式，它咀嚼著千千小主人踏上混沌系的濛昧故土之前、那番若有所思的碎碎念。

□

由於連他自己也難以說得一刀兩斷的古怪感喟，司徒夜冥最後還是隻身進入這顆繚繞著潮溼廢電場、彷彿被千年古沼所擁抱的墓穴之星。湖水綠倒也沒有意圖跟進，不像某些過於激進亢奮的無機元素生體侍衛，看它如此知曉進退，司徒夜冥微微地勾起唇角，滿意地輕笑。具備淳厚靈性與不卑不亢禮儀的湖水綠，的確是擔綱南天小魔鬼王儲護衛的最適任機體。

跟是沒有跟，可司徒夜冥再怎麼說也不是那種探險家或白道英雄，他可不想讓自己有個萬一，竟然連這個為他打造的超機體護衛兼資料庫都無法聯繫得上。他莞爾一笑，取下自己慣常繞在纖白頸脖上的鮮紅色火狐皮圍巾，在這尊門神也似的機體護衛精悍壯碩手腕上，打個小魔鬼標誌的戲謔蝴蝶結。在這麼做的同時，他已經讓自己的核心念場與湖水綠的最終指令晶片連接，並無任何存在能截斷這道最高位階的聯繫模式。

「請問千千小主人，這是否就是符合KI936語系的特定次文化脈絡之『暫別表記』呢？不過千千小主人沒戴圍巾……」

聽得湖水綠這些話，司徒夜冥為之一樂。他扣起高領長衫的所有鈕釦，再以招牌的慢條斯理動作，把那襲領口鑲有雪茸鹿毛的大衣穿上。

〔乖乖看家哪，湖水綠，你的問題等我回來時再答。〕

以難得的輕快心情，司徒夜冥飄然滑出星艦的傳輸門扉，進入太虛與混沌的故鄉。

□

在他更爲年少、在荒亟八角星與皇霽弓萇修煉傳導法師藝術的時期，司徒夜冥最讓眾人津津樂道的軼事，總是發生於「隨興所致的飄移與迷路」。闖入某個不知名的端點或棧道，就這樣飄浮於萬有的共向地圖，再隨著自己也莫以解釋的瞬間心緒，降臨在古往今來的任何特定時空點。降臨之後，到底帶出天啓或災厄，正如同他光電焚身的殘酷高貴風華，廢墟帝君是專擅撩撥這二者的絕世禍水。

如今，司徒夜冥隨著那座死寂精髓充溢四處的墓穴通道，纖長的身形足不點地，無須設想路標或行程，這些伴隨在他身旁、如同一團團濃稠苞子的半氣態虛靡界粒子聚合體，就是混沌神界當中的「念場尸骸分解者」，也就是讓魔導藝術史學家也爲之戰慄不已的最終使徒，猧。

巨大但遲鈍、經由時光殘骸拼貼成的無機半神體，在陵墓的漩渦狀甬道內，啥也沒做，就是永遠地茫然來回浮游。它們無單複數之分，就像是「黏液狀的空氣」。受到墓穴最深處的超神胎動所引導，以茫然癡呆的情愫，痴痴地戀棧著這位周身散發著冷光的青年魔導師，宛如一群無害的工蜂圍繞著一朵獨一無二、由冰晶玻璃雕塑成的銀藍色玫瑰。玫瑰的核心處不只是向始一致的厭倦與疲乏，更舞動著無止盡的白熱光華，那是接近無情太初的至極衷情。即使是無人格化的猧，也爲之情不自禁，圍繞在司徒夜冥的足下。

它們是無始無終、渾沌玵鍋裡的基架，也是這無數世代的物質與能量得以成形的踏腳板。既是無意志的塊體聚合物，也是集體意志的輻臻點，它們最偉大且最震悚萬有的功能，便是倒帶線性時空，清空超次元的「雜質囤積場」；既然如此，這群共生屬性的亞神機體念場所體現而出的「時間順序」，正好與常態次元生命恰好相反。

所謂的徹底滌清，自然不是隨手拋贈的跳樓大販售。倘若是個無法管束自己尖酸口舌的評論者，看待混沌最終超神所主掌的大化尸解場是如此這般的運作，必然會抖出些犬儒有加的自作聰明譏諷，像是「買下這張贖罪卷的代價，就是永世也還不清的取消自我切結書」。

這評語倒也有其正確比喻之處，倘若是全向度無法以常態運行之道所化解的超額污染敗壞疽，一旦被猧的共體清除場接收，任何再無望無告的衰朽魂魄，也終得解脫，逐漸羽化爲鮮嫩的苞芽。然而，既然是逆反了成住壞空的次序，掏洗並滌清無法被常態次元所吸收淨化的敗壞汙穢。徹底淨化之後，迎向的歸處就是永劫的「靜滅」——

無論先前是敗壞的念場、污穢不堪的集體怨素，從此再與轆轆無休的命運轉輪無關，它將成爲無人格化的集體共生亞神場、猧的最新單子胚體。如同永恆地運行世代交替的無數工蜂群，每一世代固定加入新單位的猧，總是以樸素、務實的非人格情念，以世代與眾生的身心塊體爲基材，建構瘴癘女神的的神殿。

這神殿的最內裡，就是招引司徒夜冥此行的超神胎動。波磔起伏的幽深振動，如同一張瀰漫著太古線香氣味的裹屍布，輕柔地搭向司徒夜冥的肩頭與衣角。奇異的是，他一點也不反感，甚至相反……司徒夜冥伸出蒼白細長的中指，輕輕擦過雙唇。他感到一股從未經驗過的情懷，比不忍更爲鮮明劇烈，比憐愛更透澈洶湧。

瘴癘女神的聲音，就像點燃後的線香，穿越無數無明沼澤與腐積物所堆疊起的龐大淵藪，不著痕跡地滲透到司徒夜冥的念場底處。

〔終於盼得你，命運的情郎。歡迎來到逆熵運行的時間博物館，洪流的之後。〕

□

萬物的母體，收容的範圍上達無比神異光曜之物，下至最爲污穢無望的心念。愚蠢的古人以爲，既是無區別的太古母神沼澤，於是封鎖了他的眞名，陷他於癲狂與絕望。

如此的業障實在龐大，即使是天才魔導師如司徒夜冥也頗感惻然，不知道一旦解離了那些移動於無時間性的瘴癘堆積物，究竟會爲瀕臨崩解的陵墓本體，以及位於陵墓核心內、眞名遭封印的超神帶來何等質地或規模的影響。

就在此時，瘴癘女神被困在其中嘶嘶作聲的敗壞深淵，傳來微弱但清晰可辨認的超神核心訊息。

「皎潔俊美的青年法師，你全身散發著幽幽冷光。我多麼渴望，但也多麼地無法接近。」

「不是有個愚笨的超古代詩人說過，最幸福的人就是死人？吊詭地說，我神殿內的這些半死半浮游於永恆腐朽的〔猧〕，就是幸福至極的超死者。」

「另一種詮釋我體內墓穴的說法，是將幾句太古劇作家的經典收場詞給倒寫過來……」

夜冥靈光一閃，想到自己慣常在失眠週期時，一邊以懸崖與夜浪爲伴，一邊開啓〔碧落念場〕，與太初共有舞踏時的那幾句背景詩句音流。

〔明日繼而明日，沒完沒了的明日……環繞妳周圍的並非無數個明日，而是無止境反向而過的宿業昨日？〕

瘴癘女神盛滿痛苦縐褶的面容，忽而光彩起來。當他盈滿喜悅時，夜冥心痛地發現，那是一張芬芳明淨如夏日花顏的面孔，宛如分解成潔白骸骨的肉身最終歸還處，瀰漫著璦璦含光之美。在廢墟帝君向來冷淡抑鬱的念場，如同鵝卵石丟入湖心一般，喚起細碎傷懷的波紋。

或許，那將是他永劫深刻懷念之人的共時性顯影？既然身處於瘴癘女神的領域，與之相逢的並非已然註定的過去，而是封存於未知永在往昔的神諭，也就是全向度墓穴所註定的樂章終點，稱之爲共時性的將來。

〔無數你的明日，早已然在我的體內結出一道道的絲線，迷人得不可思議、對於痛苦者感同身受的青年哪！即使我與你無法相互釋放，滌清回徹底的原初，然而，你會叫出我的眞名……〕

既然如此爲對方所感觸，也就不顧所謂的無謂利害關係因果演算。司徒夜冥毅然迎向那張既是皎潔花顏、也瀰漫永恆墓穴氣味的容顏，傾身攬住虛空中流離了難以計數向量的魔導神核念場。

〔我只能絕無僅有，於此世愛妳這一遭，爲妳取回你的眞名。星辰之間，幽怖霓蠱拉杜Shub-Niggruath，司掌瘴癘與豐收的超神。在一切終了的時候，萬物萬有迎向妳的懷抱，並非虛構的永不放棄包容，而是朽毀之後、再生之前的淨化與銷亡。〕

穿過無可形容的龐大沼澤，司徒夜冥找出瘴癘神眞正的名字，送回該去的所在。強烈勃發的情感讓他跨出黑冷光淵，遞出一朵焚燒得徹底的青白色玫瑰，洗去幽怖霓蠱拉杜身上所有不屬於他的潰敗記號。

環繞於瘴癘神的硫磺瘟疫，無不邁向空明之壞，帶來下一度轉輪之前的合解。大化萬有必須毀劫而重生，這並非探索意義的道具，這就是意義本身。腐壞的極致，是酷虐的成全。

「在距今約莫８０代之後，妳眞正的契約者將會出現。那是承擔諸世界的樑柱，天譴與父性的雙重化身，代一切受過。他會前來，將收容萬有的沼澤扛在山脈一般的背脊上。」

出乎司徒夜冥的意料之外，這番話連他都不知道肇於何處。在情感激烈澎湃的當下，天字第一號傳導師的力場以絕對性的姿勢峭立，他不知道從哪兒傳導了這份眞言令。然而，他就是知道將會是如此。

冷玉般的帝君法師以冷淡的溫柔，指尖輕觸環繞於瘴癘神周遭的淤泥與花尸，確切感受到心痛。他必須留對方於此，挨過漫長的８０代。墓穴終將合攏，他的成年式經歷就此告一段落，無涯時光的轉輪將會擺渡死之女神的重生。

□

當他回到始終等候的船艦，湖水綠像一尊毫無變化的忠誠塑像，只有閃動於晶體面容上的光素眼球爲之一亮。

「千千小主人……湖水綠很高興您平安回來。」

說著的同時，無機的晶體侍衛不禁陷入沉思，思索著方纔竟日的工夫，年少的廢墟帝君彷佛一朵定格盛開的帝王曇花。之前環繞於司徒夜冥的青春期餘燼焚燒殆盡，澄澈如星艦外逐漸散開的墓穴之星霧陣。湖水綠知曉，接下來再也不會發生無明的巨大災厄。

彷彿洞穿它的思緒，司徒夜冥的視線轉向船橋天幕上的八角星體。以過於深情反而冷淡的情調，他對著自己愛上的黑死女神輕聲告別。

「未曾與死神的晦暗裙擺共舞，生命的洪流就無從萌生。成長的課題就是面對至極的失落呢——在第一次小死訣之後，湖水綠，我從此能夠活得徹底。」

巨大的洪流終於侵入己身，原先靜默冷然的憂鬱化爲一朵如劍如詩的白熱之花，盛開出體。司徒夜冥蒼涼迷惘地微笑，他終於知道且共有那曠古無涯的醉意與傷勢。恰好五千年前的此日，就在超星曆２２３９９年，無上神魔盛典的聖血殘天儀式淋漓盡致，浩劫了全向度。

如今司徒夜冥不只知道，並且與從出生之前就互愛的跨世代「異我」共有。那段彼時，司徒暱以獨有的殘酷與狂迷笑意，迎接無上的生與死。

那是此世的自己，行將以冷淡衷情面對的課題——永恆之愛，以及總是徒勞的無止休欲力。然後，以許多個千年時光為畫布、血光與哀歡為素材的磅礴捲軸總會捲起，鏡面的兩端終於交疊，共食且共時。

【第二章】傾國傾城的興亡（The Endless Rise and Fall of the Ultimate Empire）

你是我唯一的主；我是你唯一的獸。

——改寫自凱特・布暂（Kate Busg）〈咆哮山莊〉的歌詞

在鏡面的兩端疊合之前，最後一道畫布上的素材就是生神獸之王、南天超銀河血盟衛隊長。他破了主將不可離開沙場的大戒，無視於綿延數十年、讓星團眾生化爲焦土骨塚的大戰即將告終，致勝與落敗也就此大筆揮毫落定。以他那雙非人的亞神獸黝黑雙翼奔馳於王都星的極北天原，難鈞・司徒那張稜角分明、長眉入鬢的古銅色臉龐寫滿了憂患與思慕，被長年戰役與殺性洗滌的身軀如同一把張揚著力與美的箭矢，直往著他唯一惦念的至愛對象奔赴。

直到他的鉤爪插入對方的胸口之前，百年以來的飢餓未曾消解過分毫。

他要爲唯一的愛與主宰餞行，餞行之後還要與他同行，以生神尙存的超異能軀殼遁入六道輪迴，這是一場眾生與諸神都阻擋不了的神聖狂宴。百年之前，他對著那人兒許下誓約，時候一到，他會成爲食用那身無上美麗骨肉血脈的狂獸，每一滴深紅玫瑰也似的血珠將成爲治癒他內裡死傷的無上聖藥。而他，生神獸當中最天譴的化身，將會實現所愛人兒預定的篇章，讓七煞碑碣撕裂至高神物的身體，在銷亡當中重新聚合。

藉由他即將吞食的生神血肉，難鈞·司徒以語言無法乘載的狂性與洞悉知曉，他會永世與對方聚合，無論他墜落於至高的超越界，或沉淪至餓鬼哀鴻的畜生道。

「難鈞這就回來，回到你身邊，要把你吃入我的胸懷，王兄……」

那雙不該讓任何人類有幸目睹的變體鷲雙翼，展翅凌飛魚血色夕照的天際，羽翼與夕陽如預演的永劫血雨，撒遍南天超銀河宙域中央所在的闇龍超神帝穴位。就在那片荒煙黃沙滾滾的大漠故土，殘陽帝司徒睚行將回到史初，回到生死交界、永恆與瞬間同在的共時性諸次元地帶。

刑天殘血的終末刑祭讓畫布的核心場景得以實現。在那之中，司徒睚將化爲四十晝夜不捨的深紅色血雨，在仲夏的那場狂蠻雪雨迷幻獨舞，讓早已龜裂的天地眞正穿破，爾後得到至極的弭合。

「快回到這裡來，刑台已設，天地六合待命，我想被你吃個沒完沒了……然後，我們就可以回到永域的家，弟弟。」

第一節，活生生的神物

在物質與光之前，欲力早已澎湃。那是混沌玵鍋的始初狀態，無名也無明的傾軋力量割裂並割據，窮極一切的可能性，爲的就是要讓所念所慾的事物能夠被擒拿入手。在這些事物當中，最絕對、光華與黑暗皆悉數籠罩其上的絕對神物，竟就是南天超銀河的破創者——破皇天開后土、創建南天超銀河的殘陽法師司徒睚。

讓人們如飲醇嘐、愈飲用愈不可自拔的最高級毒品化身，就是司徒睚的黑暗陽性美貌。黑色凌亂的披肩長髮覆蓋挺秀的肩頭，寒冷的青白色肌膚被火辣如春夢的嘴唇彰顯水火並現的質感；總是寫滿連他也不知其所然奧祕的青銅色雙眼，如同一雙諸世界的深淵，上接深黑色的秀美劍眉，下接直挺但纖小的鼻樑。在他纖長勻稱的體格與四肢上，不時出現鞭笞痕跡與刺青爲裝飾品，軀體上有三處圖騰狀的烙印，悉數寫盡他的永劫受難。

奇妙的殘戾與柔情洋溢於殘陽法師的身心，偶爾在他最失神的當下，會無端迸現出狂野無度的神色。你可以說他的包容力與無神經感都異常徹底，也可以使用專屬肉身開發魔導師的語彙，讚嘆這個被痛感、重度刺激與束縛具加身，展現淫蕩美妙情態的王者。

在混沌系王朝從無而有的那段歲月，對於南天超銀河的領土內、洋溢著沛然夢想與氣魄的將領武者們而言，神與神物本爲一體，既是他們的君王，也是被約束拘禁的囚者。他是權力的化身，但權勢並不屬於他自身；即使身遭烈焰燒傷或鐵鍊束縛，他始終沒有退場、抽身，甚至背對著征服者與信徒的權利。

分據於七重次銀河的六大世家、王侯臣民與士兵，一致認為無上的君王以他該被禮讚的方式所愛。那愛法是一條無邊際的染血絲綢，纏繞司徒睚一開始就傷殘得愈發奇美的軀體與魔導念場。眾生百態無不竭盡所能，以各自認爲的最神聖且最殘酷方式，耗竭他佈滿繩索與荊棘痕跡、因而更引人入勝的肉身。

□

司徒睚在此世的首度性經驗，是被他的親代司徒殤詩以強勢到近乎強暴的方式強迫交合。從那一回開始，他赫然發現自己只能以最異端的情調，品味自己身爲被冒犯的淫蕩美麗物體，讓陽剛武人與陰性殘虐司祭強行施加各種蠻荒又執著的肉身凌虐。

當他剛好讀到這句精妙又可怕的太古箴言，這位愈遭到禁制冒瀆、愈發性感頹靡的黑暗王子，對著萬有與虛空輕聲嘻笑。直到不可遏止的迷幻生神念場盡情發作，他就這樣睜著眼睛墜入原眞，對著向來他唯一眞正認識本色本質的那抹黑光形影扮鬼臉，近乎撒嬌地柔聲訴說。

「至極慾望物所能經驗到的最至極體驗，莫過於品味自己身爲最高級毒品的感官經驗，意即形銷神滅也似的淫狂極樂（jouissance）。」

當司徒殤詩終於崩逝，南天超銀河終於堪堪從風聲鶴唳的高壓灰敗氛圍掙出個頭角崢嶸。可這樣的紓解之勢當然代價磅礡，奠基於司徒睚的身心。身爲〔生神受刑祭〕的祭主，每屆南天超銀河的公轉一週、超星團流經３３年的歲月，儀式以近乎狂歡的嗜血情調進行。在這三天三夜，身爲祭主的司徒睚敞開對應六合八荒的主穴道，在永恆當中經歷無數次的刑求與暫死。

以他獨特的夢幻自嘲話語來說，這是最高級的嗑藥體驗，讓肉身自然而然地經驗各種破界的滋味。套用官方正史的枯燥言說，這是四大主神之中最狂情沛頂的命運超神核心尚未進駐時空之流，混沌系的魔導命脈全然繫於司徒睚與其交感與轉渡。世界化身的涉入，爲光與物質之間的斷裂口帶來永續欲力，超額的魔導力量方能夠蓬勃運轉。

至於他的長子、從小就體現了混沌系高亢武士身心的司徒軾，則在世子與繼任者的角色之外，還徹底掌握了南天超銀河的軍武兵權。如同一頭爪子閃亮堅銳的劍齒虎，司徒軾監控並佔有司徒睚的滄桑美麗肉身。這是司徒殤詩堪稱最狠毒的設計，徹底剝除司徒睚的「安全關鍵字」——萬一他哪天興起、或是沒趣了，不想與南天超銀河玩這場沒方休的遊戲，卻沒有一道起碼的退路可出。

司徒軾總在每度回返王都的徹夜，在他身上咬牙切齒又激灼難當的索求。司徒睚除了純粹的身體反應，唯一情緒層面上的體現就是一絲近乎憐惜的憂傷迷茫微笑。

不光是阿軾如此，任何傾其所有只求得到他對等愛意的任何人，都不免從失望到憤怒，憤怒到狂怒。到了某個地步，欺凌那具被重刑蹂躪反而更顯陽性美色的身體，成爲唯一的出路。

殘陽法師沒有任何堪稱愛戀情愫的感情，任其摧殘反而成爲他唯一的回應。然而，這樣的「回報」究竟是基於憐惜對方，還是更不知所終的緣由，在當世的四象限並沒有誰眞正知道。

每當司徒軾講一堆老粗武士的結結巴巴提問，像是愛不愛啦、懂不懂他的心意啦，司徒睚總是微微抬起下頷，那雙太古青銅色的夢幻眼眸閃過一絲幽微的迷惑。無比淫蕩極惡的致命微笑慢慢成形，從他那雙弧度頹廢引人、專門招引熱切口唇進攻的嘴角洩出。

「拜託你，阿軾，別問我這些怎麼聽都聽不懂的問題。想發洩的話，玩我玩到底就是了。」

看來是這句話給惹起沒完沒了的折磨。除了在床上極盡馳騁欺凌還不甘休，阿軾看來是橫了心，眼見他都已那般難受卻還不放手，把他冷白色的纖秀但韌性十足身體給整個架起來，綁在那匹裝置著各色肉身箝制器物的馬形刑架上。

寢宮外是大雪疾馳如光速戰馬的冷夜，司徒睚的身心瀕臨昏迷，身後高大強健的駕馭者還是不罷休。他意識到自己被一道道白熱化的箭矢戳刺，然而，從來都不歇息、近乎苛刻的自我控制力依然挺峭，清冷的呻吟聲斷續撩人，箇中並未透露出任何層次的屈服意味。

□

當昏迷終於降臨，醒轉之前的身心形神彷彿在失重力的虛冥空間飄遊。超越此世的元神告訴自己，這是自己與那個他唯一眞情惦念的人兒，在去時間的領域冶遊嬉戲時相當喜愛的活動。

不過當司徒睚恢復意識，看到阿軾那強健的大個子竟現出孩童闖禍之後的哀懇求助神情，他也只好對自己扮個迷幻的鬼臉。看來也只得暫時先休息……不過他非常確定，自己對於這則強烈的懷念感的獨一無二情感。就等體力與時間充分時，非得盡情探索魔導核心所展現的奇妙異象。

殘陽法師以他向來堪稱註冊招牌的溫雅調侃微笑，伸展尚未全然與身心同步的念場。他勉力半坐半躺，精美但強勢的銀黑生體鎖鏈竟還是繫在他的雙腕上。抬起即使失去所有精力或自由、也不改其挺秀孤立氣質的修長手指，司徒睚的右手食指輕輕擱在高壯勇猛、有如一匹強化改造虎神獸的司徒轍肩頭。

這個觸動到最愛之物就不免兇狂發作的青年將軍，通常在那樣咬牙重手對待他之後的隔天，全身就不免如盔甲般披掛著一大堆笨拙的歉然懊悔之意。可歉然歸歉然，連殘陽法師已經昏迷入睡，他還是都不肯拿下讓對方在夢寐輾轉蹙眉的手銬腳鐐。就連司徒軾自己也無法說明，爲何硬是要這樣箝制自己最愛慕的君主與親代。

「現在不生氣了喏？阿轍昨晚好兇哪……」

司徒軾終於慚愧無比地低下頭，跪倒在床邊。他不敢看那雙永遠神迷抑鬱的青色眼眸，只是飛快地解開手腳的銬鏈，以粗莽武士難得的細心，幫殘陽法師穿好那件深紅色的原生絲毛睡袍，盡力不注視那具引人入勝的半裸身軀。

「對不起，我太過分了……」

在這數百年當中，司徒軾到底說了多少次眞心慚愧的歉意之詞，誰都沒能幫他數出個數目。不過，究竟是起碼的敬意，或是更滅頂的窮凶極惡，在進行那場讓司徒睚從此鑲印著「體系內部異端」印記的審判時，無論是執掌宗教大法官權勢的司徒殤詩、或是各色林總的在場人士，早已被淪

第二節，宗教大法官的愛之獵犬

超星曆２１９０９年，後世以毀譽交加、曖昧不明的語彙稱之爲「欲力耶和華」的司徒殤詩，終於撐持不住他早已敗壞的元神。他無法以常態方式渡過高位法師的轉輪儀式，於南天超銀河的邊境人工星球「黑陽龐貝」渡過肉身形潰之前的最後一段時日。

這位讓權勢位階爲之森嚴堆砌、不可逆轉的司徒世家首位政教合一專制君王，以陰鷙殘暴的殺性與苛刻律令留名於南天超銀河的史頁。他瓦解了長達三十九超星曆標準世代的「司徒—塔達安」共同體，在超星曆２１７８０年處決塔達安世家唯一的南天超銀河第一權力者、非諾・塔達安，以此爲全新超銀河世代的起點。

在南天超銀河的帝國體系建立之前，司徒殤詩是第一位以「絕對性分離主義」爲主政綱領的司徒世家君王。他引人爭議的政績包括殲滅五個次銀河系人口的「廢棄物退化性亞種人口」，消除南天超銀河一般公民以下的次屬種人口基本豁免權——例如在最終司法審判宣佈之前的人身性命保障權，於夜行時刻享有的不被侵犯權。

這名以宗教大法官爲冠冕的肅殺統治者，嚴峻區分公民與從屬人口的差異性。他充滿絕情風格與瘋狂陰慘的王者作風，將南天超銀河帶入了長達百年之久的「跨星團性別暨種族恐怖政權」時代。

在他的晚年，司徒殤詩以萬有靈視都爲之惻然的方式，傾其一切的慘痛設計手法，不但要他的愛子承受壯麗的欲力焚身，也要他永世不得好過。司徒睚最讓他的親代難以解脫、永誌難忘且愛恨交織的最極致之處，在於他內裡的空茫無感。這位永遠不可能眞正認識到每個個體之揪心慘澹痛楚的黑暗王子，將要承受元神崩解的司徒殤詩之永世宿命詛咒，以及南天超銀河整體的洶湧侵略。

知道這將是未來數百超星團標準年所註定的情節，髮脫膚皺、全身佈滿魔導反噬力造成的無數瘢痕與潰瘍，司徒殤詩即使處於最破敗的身心狀態，竟還是如同一頭飲下最醇美血酒的禿鷹。他以全向度超神也爲之驚訝的超異能執著，揚起灰白疏落殘髮、五官行將形潰屍解的頭顱，空洞深陷的嘴裡冒出嘶聲高笑。那笑聲既陰鷙慘痛，卻也讓聽者憮然地意識到這是最絕望的愛，最盲目的乞求。

「愛是一頭頭緊咬獵物不放的人頭獵犬，愛是食用酒神血泊的狂徒。我的愛子，以你永恆不滅的闇龍元神，且受我的怨念與咒力！」

何以窮盡一切，愛得這麼陰鷙淒厲？即便司徒殤詩元神崩解，無法及時再度轉生爲南天超銀河的超異大主教，他也非要讓自己在一百多年之前、以熱切陰森欲力招喚培育的陽性魔王體受到愛的絕對狂執無明。

觸動司徒殤詩無可自救的崩解與破滅，眞正的關鍵點發生於超星團標準曆２１８９７年，於獅鷲審判廳的尖端塔樓。當時是司徒睚的次子、司徒㯳流從魔導培養皿出生的第七夜，司徒㯳流的母性親代、南天首席的異端陰性主教緹拉謐絲．熠颺流亡於靈範系，堪差逃離亞種強化機體軍團的追殺。

就在這一夜，包括本宗系在內的南天超銀河六大世家以任何臣民都為之錯愕震懾的方式，對即將上任的君王從事了最徹底的冒瀆與禮讚。或許，在這之前與事件當下，唯一不感到訝異的唯有司徒暱自己。當司徒暱承受緹拉謐絲的陰性慾望與主控力、贈送自己邪淫高貴的體膚給南天超銀河的隱流系統領袖，就是以靜默溫存的手勢，非要嘲弄一下司徒殤詩視為萬有都不可反轉的政教一體結構。

無論之前或之後，他早以生神法師的迷茫洞見知曉，這是命運超神最終招喚式之前的無數次預演之一。

□

通往審訊廳的路途，被告必得經過一座懸掛了無數顆神獸首級的鏡相迴廊。除了難得的例外，幾乎任何被帶到這座〈反身淵藪〉的被審訊者，必得被映照出自身絕對不可能窺知的陰暗破敗瘡口。可那些奉命引領司徒世家王儲的司教助理，不由得對於他們的王子映照於反身鏡相的形影所神馳迷醉。鏡前浮現的是兩朵一冰藍一蒼金的高原奇花，花朵的莖枒挺峭如無人可握的魔導神劍，那是陽性神物的化身。

進入南天超銀河的究極審判廳，廳台四方高踞著的是渾沌無明化體的巨大食屍不死惡獸；列席的審訊司教、衛士，以及助理，都戴上森嚴的生體鐵面具，不讓被審訊者的光幻酒神眼眸穿透面具內的踟躕與罪疚快感。聽台的中央，懸掛著的卻是一座與周遭一切截然高反差、彷彿是爲司徒睚量身打造的生神鍛鐵鑲金黑十字刑台。

在那座幾乎可用森冷典雅來描摹的十字狀刑台上，四周以精巧的裝置組裝起黑晶石打造成的鑲金鎖鏈，勾連天地與四方位的南天超銀河命脈。所有的器具與設置只爲了這位由鐵面具衛士簇擁其中、如同黑色沼澤中的一盞白亮修長燭台的異端法師打造。

十字形的刑台下是一座六角星形、擺滿黑火炬的鑪涅石祭壇，司徒睚成爲這貫穿銀河脈動的地基的最佳裝飾品。他以容顏上仰45度角的姿勢，被眾生激切仰望，同時也被毫不放水的禁制拷問器具恣意侵害。

以訓練有素的精確手法，衛士與助手們把司徒睚不帶任何抵抗意味的身軀與四肢，鎖上精悍沉重的黑晶石鎖鏈。他的深紅色絲絨大衣被脫下來，輕薄的深黑色貼身絲綢上衣與黑色麂皮長褲勾勒出殘陽法師挺秀纖長、彷彿電流環繞的張力十足身體。司徒睚被鎖鏈環繞身軀與四肢，頸項嵌入銀色的受刑枷鎖頸套，雙手反銬在背後，穿著長及膝蓋黑色小羊皮靴的修長雙腿分岔開來，如同一雙被鐵繩纏繞的皎白夜百合，經由重量級的黑晶石腳銬固定於一對鎮地生鐵石上。

「看著我，說話。招供你身爲南天超銀河的王儲，何以自甘墮落，與天法不容的異教陰性司祭廝混，連魔導胚胎都給製造出來。」

身爲異端審訊大法官首席，司徒殤詩的至愛表達總是要殘陽法師「聽話」，柔順地接納一切的僵硬大義，嚴苛無趣的分際。面對他此世的親代、從小就以鐵腕專制加成詭異無微不至疼愛的司徒殤詩，這等削去所有溫言轉圜餘地的最高位宗教大法官情狀，司徒睚竟只是眨眨清醒時也像在夢遊的美幻雙眼，低聲呢喃。

「這兒有點冷噎……」

對著一時間窒息的場面、眾人，以及堪堪保持住酷虐森嚴姿勢而不被動搖的司徒殤詩，司徒睚歪頭看著十字刑台左後方的熾天使生體浮印雕像，一邊對著並不存在此世的什麼慢慢細語。

「我不是不怕酷刑加身，也並非對重度刺激無感，只是……眞是的，做都做了，就是做了。那個陰性司祭的慾望很純粹，他純粹地想要我，想要我跟他之間有個孩子，所以我就讓他得所其哉。那枚魔導胚胎想要降臨人世，當我這一度的小孩，我也覺得不錯，所以就讓他出現……這一切都沒有意義，就是存在。」

對著他自小在如一的不解之餘、微微感到悲憫的兇狂陰鷙親代，司徒睚冒出夢境般的溫存微笑。到底這溫存是撫慰對方即將崩潰解體的元神，還是異端法師面對無元混沌上師最徹底的厭倦，誰也說不個準。

「父王你好兇……你們都挺兇的，可是緹拉謐絲不兇，一點都不兇。他只是很專注……」

聽到這些話語，司徒殤詩在鐵面具之下的面容，爲之抽搐扭曲。那是有去無回的漠視與調侃，即使並非輕蔑。在搖搖欲墜的鐵血外殼下，宗教大法官不能更知道，就算再施加千萬倍的刑求或審問時間，也無法動搖對方的核心。在他身後的那六名世家代表與魔導武者，雖無法從被遮蓋面容的形貌區分出個體性，可有個高大削立、蒼勁體態寫著高位陽性支配師的邊境世家將軍，只有他的眼底浮現起無明慾念與蠢蠢欲動情愫之外的奇異動容。

司徒殤詩走向祭壇，以最貼近也最窮凶極惡的情意，執起他的愛子下巴。自從這孩子出生於人世，他就隱約知道，自己對司徒睚愈是心愛，愈是無以名狀地感到，自己這一度生命有一道永難癒合的魔導陣傷口，總是陰溼地發散出惡劣敗壞的氣味。

就算無法絕情斷念，也要在這無望的永刑之內鑄下只屬於自己的痕跡。司徒殤詩一咬牙，嵌印生鐵神血紋章的巨大權杖無可反轉地落下，擊墜到祭壇上的黑晶鑪涅石地板。

「以此刻與永在，我的愛子與異端，我宣判你以不滅的生神法師肢體，身受剠烙諾鷙的紋章：此紋章是你身為無比異端者的記號，烙印於南天超銀河的最高貴宗教異端法師、司徒睚的鎖骨中心位置。只要這記號存在，權勢便不屬於你，你是任由一切擺佈的王者與囚犯。」

儀式行將開展，餓意四濺的擬亞神獵犬陣圍繞祭壇，司徒睚兀自睜著他迷茫的雙眼，對這些釁釁然吠叫乞憐的生體餓犬憂傷一笑。在超越界神祇也來不及規避的那一刻，司徒殤詩背後的執行獄吏恭謹地拉下一道生鐵環，霎然間，從天幕降落一根根焚燒著火劫與宿命情讎的烙針。

烙印的那一刻，萬有的廝殺與無由生發的宰制欲力觸向司徒睚最敏感的體膚。在第一瞬的頃刻，他揚起冷白的下顎，近乎神迷的笑容宛如被粉身碎骨的太古酒杯。骨節如受傷的玉石，沒有聲音，只有受刑的無暇肌膚解域呻吟。

如此的刺激程度，可類比於七殺光電離子陣施加於超神的淋漓盡致沐浴，最高溫的程度亦足以讓元神永駐不滅的超神為之嘶喊出聲。在司徒睚最深處的念場，由於對痛意與侵犯的極度敏感，反

第三節，黑劍客與無道將軍，慾望南北極

以某種積極樂觀的混沌系白道史學家的說法，正由於八荒六合盡情瓜分了最無上的神聖獎品，回饋與義理總是持續進行。無論這是否爲歷史進展論的不言自明，還是或然率拼組的看似有條有理因果報應看圖說話，被長時期貶抑的複數神人共體宗教、以及太古母神化身的陰性特質，終於在許多個百年之後，得到堪差平反的轉捩點。

早在超星曆２２８３７年，第二代的南天超銀河魔導皇帝、「御公主」，司徒旻繼位之前，以十年爲計量單爲的微世紀之前，等式堪堪達成。他的陽性親代、首代的神授御使司徒橅流，在舉行繼位式的同一間廳堂與司徒軾進行一場江山從此註定、最初也最後的魔導武力競技。

身爲殘陽法師與南天第一異端陰性主教所交合而生的孩子，司徒橅流是個光彩卓絕、叛逆不羈的狂黑天位劍客。以傲骨與風度並現的最後一筆超天位劍客劍花，爲這幾百年來的政教齟齬與陰陽性別傾軋交戰，劃下舉重若輕的句點。

對著頹然垮敗、宛如一間樑柱終究解體，支撐不起高壯身軀的兄長，司徒橅流絲毫沒有半點贏家的得意喜悅。他揮手示意，身後的忠誠衛士沒二話說，輕捷地扶起戰敗時並未淪喪一切風骨、可卻陷入巨大茫然的南天超銀河的第一代魔導皇帝。司徒軾，黑火劍客司徒橅流畢生的壓制者，不僅奪掠他該有的權勢與資源，對他而言，最不該的行止是在他出生以來的那一百年，無所不用其極地干預他與最愛對象的微乎其微交換。

他長歎一聲，對於一直佇立於左側的歐陽家將軍、歐陽鉞，以幼弟對眞正兄長的聲調不拘小節地說話。

「這幾天有勞鉞兄代我處置鷹鉞星上的這些林林總總，接下來，尙請擔待則個。」

身長削立、高大卻精悍如豺狼首領的邊境將軍歐陽鉞，難得如此親切坦率。他咧嘴一笑，拍拍司徒樤流的肩頭，微一頷首，二話不說地率領士兵們步出並不由於那場激戰而七零八落、可卻怔忪如剛醒來美人的黑陽廳。歐陽鉞以高位支配師的洞察力知曉，他的「劍客老弟」需要與戰敗的南天超銀河皇帝單獨對話。

司徒樤流收劍入鞘。那把一出鞘就遇神斬神的黑靈光劍，就像是他自己。就連堅實修長的身材、桀驁不遜的容貌、洋溢野性靈智的氛圍，也在在是他從原初坩鍋降臨此世所配載的不二本質。

他輕輕摸挲精美的劍鞘，無限珍愛地描摹著上面一盞金褐色太古奇花的雕紋。洶湧狂亂的魔導戰力退潮，繼起的是無邊空涼酸楚，無法不喟然的「可憐身是眼中人」情懷。

他凝視司徒軾，對方以茫然巨虎在萬獸之王衛冕賽竟然敗落的眼神，靜靜地回看他。

「樤流……高興吧？平反了你自己、你的陰親代、你的女兒，以及……你，你覺得我們的殘陽法師也會高興嗎……？」

聽見兄長阿軾這個大老粗武士以最罕有的柔情，說出他沒有一刻忘卻的那個對象，司徒樤流這回卻不只是感受到經年以來千回百轉的生鮮痛意。至少不只如此，他溫和地看了阿軾最後一眼，然後就只凝視劍鞘上的美幻圖案，如同對虛冥之外的超越界說話。

「我們的迷幻美青年父王，哪兒會因爲這濤生雲滅的有形變動而高興或不高興……眞正要到讓他高興，別說是你我，萬有也無法製作出來，唯獨……」

司徒軾以持續茫然的聲音，沉浸於這一生來澎湃欲力消耗將盡的全然摯愛柔情，淡淡地反問。

「唯獨他自己？」

司徒櫟流略感驚詫，這難道是迴光返照也似的明心見性？他抬起頭來，順著南天超銀河天干位置的六十六點六度角，往天幕外看去，惆悵但無比珍惜地想起當初那一夜的單獨共處。那次的觀星，是他唯一感受到司徒睚眞正高興的時刻。

「幾乎要說對了，阿軾王兄，可還差那麼一點。除了他自己，至少還有某個你我或許永世都不得知曉的誰，那是刑天殘血的究極儀式也不可能使他忘卻的唯一存在。」

說到這話，司徒櫟流的眼底一熱。他幾乎要按捺不住，非得舞劍一場，與魔導練劍室內的九九宿命劍矩陣對決，或是狂恣大醉一場。他非以酒徒與狂劍客的沸騰暴走，讓自己再度回返那永難忘卻的一刻……

「看，那顆破穿天際的湛亮曉星！那是一顆絕對的黑光之星，櫟流，那是我唯一記得也眞正心愛的永恆之物！」

□

自從太古時代，以肉身交易轉運站這等怪奇行業爲家族基礎的歐陽世家，在超星團四象限魔導帝國爲舞台的星雲歌劇，出產爲數不少且技藝身段皆精彩的司徒皇室御前守衛、兵戎將軍與魔導演算師。

這等豪華又沉重的陣容，若要一網打盡地追溯源頭，幾乎無不由黑火狂花時期的歐陽世家初代統領、歐陽鉞所一手支天而起。在超星曆２１７００年起的這幾個世紀，四象限的邊境充滿詭譎波動與乍起風雲，尚是邊陲草莽地域的鐵魂血珀星雲，經由數百年的精煉鍛製，成爲南天超銀河日後制伏東宙、與西宇的靈笵虛域簽署互不干涉界線的重要軍事地基。

歐陽鉞的早年生涯十分精彩。在青春期就老道練達的年輕魔導武者闖蕩四象限，逐漸練出一身好本事。他是星團排名首席的重度刀客、無固定團契或組織能招攬的時空遊歷游俠。他以一身蒼勁且散溢街頭風霜魅力的形神肉身爲基石，在２１８０３年取得跨象限陽性天位支配師的冠冕。直到他遭逢畢生夢寐、但從未以爲能在此世見到的夢幻神物之前，歐陽鉞是個世故機鋒滿懷的無道俠客，飽經過多的世情，以致於嘲諷責難也顯得遊刃有餘的陽性父老。他的渾然天成、進退自若風采，那身對於摯愛者的敞開心懷情調，堪稱百代焠鍊一名的難得，無法在日後１０６代的任何歐陽世家首領身上得以全然繼承。

他率領黑鐵颸風似的諸將軍士兵，從黑陽廳退出。到達宮殿入口處，歐陽鉞簡潔交代一下事務，把士兵武將們讓他最信任的司空副將率領。司空副將聽他說是要到宮殿外的庭院走走，可看到那張臉龐帶著一抹蒼勁父親即將面對最心愛也最想悉心擺佈的青年王子神情，司空篤很是明白，那是無話可說的陽性支配師戀愛神情。

「是要去殘陽陛下最喜歡在傍晚散步的庭院囉？我們這大將軍也眞是不避不諱，難得有這等個性的坦率支配師噎……」

司空篤以誠心誠意的奸滑副將心意，沉浸於偷窺與感懷並存的怪異心情，無法不懷想起歐陽將軍與殘陽陛下之間的種種，那些最純粹亮眼的激情行止。他對著大概聽見也有聽沒見的全向度原眞，眞切希冀司空一族衷心摯愛追隨的殘陽陛下，如今得所其是。

□

在歐陽鉞以六大世家代表之一的身分、列席於超星曆21897年，那場南天超銀河最慘烈高貴異端法師的審判與刑罰儀式，他以永世不悔的支配師本色，世故到極點才可能提煉出的慨然清明心意，全心全意愛上了司徒睚。

在司徒睚身受剋烙諾鷥的神火烙印章，痛到極點反而現出那抹讓眾人爲之銷魂的淫佚極樂微笑，那時候，大字實際上也才識得幾個的歐陽將軍驀然知曉了某個關鍵。在他早年時就因緣際會背下來、長年以來讓他念念不忘的幾句太古箴言，他一直就這樣當著細緻的支配師小印鑑放在胸懷，不知伊於胡底，直到那光念電轉的當下，他才算眞正懂了這幾句話。

〔汝嗜我心，我慕汝色，以是因緣，經百千劫，常在纏縛。〕

對於司徒睚而言，這幾句話當中的「我」並非現世的任何個體，而是大化洪流所匯聚凝結而成的萬有。殘陽法師嗜好萬有，將萬有當作一劑澎湃的針筒，但並不眞正看入萬有當中的任何個體。注射入他那身頹靡殘美身軀內裡的，是最高等藥物化形的自身，除了自身與其所有，再無其它。在那往後那幾百年當中，歐陽鉞每多體會到一絲這樣的況味，就愈發神馳思慕，但也無可遏抑感到無比心痛的憐惜。

以支配師的慾念與技藝、神魂與操守，歐陽將軍爲這一度生命難得眞正快樂幾回的司徒睚增添不少恍惚失神時的醉意微笑。每當他從邊境本星來到瀟湘星團的王都行星，進入那張擺設瀟湘原生檜木四柱大床的宗主寢室，他會把自己不二話說的支配師情念與隨身攜帶的器物玩具，當作許多好玩的小東西，以此取悅遥自失神迷離的殘陽帝君。

「殘陽陛下，這是今年初冬在鐵魂血珀星雲限量產的生體蝴蝶。來，就這樣嵌裝在您的兩腿之間，然後我把您的雙手給綁起來。就躺在我身上，張開雙腿，讓這隻蝴蝶周遊您的神經脈衝，這樣子好不好玩？」

每當類似這樣的光景，司徒睚就會半闔半睜著他那雙邪惡的鳳眼，但是什麼也無法眞正落入他青光迷茫的視域。當歐陽鉞專注於裝置這些玩意時，司徒睚會揚起讓人很想粗暴地留下淤血痕跡的霜白色修長頸項，對著這個支配師將軍爛漫嘻笑。殘陽帝君總是如同一溪曼妙的冰涼春水，地任由歐陽鉞支配自己的身體，高潮時會酒醉也似的吃吃輕笑。

「阿鉞你懂好多這些玩意哪，玩我的時候一點都不兇……」

無論是以最狂喜的心情，把那身冷白俊美的身軀以新品種的生體鏈索束縛起來，或亦以他那隻質感蒼勁的手，出入於司徒睚瀰漫著春藥況味的幽深奧祕下體……只要是堪稱適合司徒睚的玩法，歐陽鉞什麼都做遍了，而且做得坦蕩自制之極。這是他視自己無由從渾沌坩鍋裡脫胎而出、身爲主體與支配師的唯一前提。

在刑天殘血的至上儀式之後，四次元的時間之流看似浩浩蕩蕩，然而歐陽鉞以他市井邊境將軍的直覺知曉，殘陽法師在永在之中，一直無止境地迷茫起舞。每想當這光景，他就泛起一股不知如何是好的美妙悚然。慾望的終端點有如一座施施然佇立的巴別塔，他終要攀塔而上，如同一股自我成立的龍捲颶風。

就是這麼樣的情懷，也由於他眞正欣賞司徒睚的次子，歐陽鉞無法不以長兄拍拍無法釋懷小老弟肩頭的心情，盡力幫司徒檞流這個小子黑劍客的忙。他非常知道，檞流以痛苦的黑派之道情愫，終其一生實踐自身，可卻終究無法贖回即使任何義理都被平反匡正、還是兀自飄流於永在的那個絕對之物。

至於他自己，執掌邊境鐵血門扉的歐陽家領袖、歐陽鉞，當他步出世代以自身崢嶸面目交接且剔除落敗者的廳堂，走向夕陽如血撒落、殘缺得漂亮異常的小庭院，他很滿足。那張向來嚐遍風霜、奇異地沾染市井刀客機警智慧的面容，一邊漫步，一邊以悲欣交集的情懷撫摸著躺在自己盔甲內的暗袋、那枚纖長的金色指甲。

「再沒多久，等這世代交接個徹底，歐陽鉞就能夠眞正追隨殘陽陛下，直達黃泉碧落，永恆與

第四節，繪畫闇龍肌里的陰性大司祭

超星曆2839年，新世代的彩帶尚未褪盡，光華與陰霾此起彼落，榮辱並現的篇章顯示出南天超銀河的「破後之立」。繼「御公主」司徒旻登基，正式成爲南天超銀河的第一統治者方纔兩年左右，不少淤積於光子廢棄匣的過往不義行止，陸續得到堪差可接受的彌補與正名。

白亮公主的熱烈胸懷最爲激動之時，莫過於他坐在南天政教大教堂的御龍皇座，目睹之前被打壓貶抑爲不入堂奧的陰流異教，〔複數形神人共體〕的領袖舉行公開且第一等級的大主教加冠式。即將成爲南天超銀河第一位陰性異教大主教的緹拉謐絲．熠颺，從厚重的禮袍與包圍著他的火樹銀花祭典力場回過頭來，調皮又慈祥地對他一眨眼。司徒旻的嘴角抽動，他覺得眼眶開始鹹燙起來。

他的陰性祖親代，套用更古老的諺語便是他的祖母，緹拉謐絲是他的驕傲，他的認同來源，正如同他的陽性祖親代是他的原欲，他的陰性親代是他的初戀。當他還幼小到無法察覺南天宗主寢宮內的近侍嘴臉，就常常跟著自己的陽性親代流櫛一起偷偷探訪司徒瞧，那是雄壯武者的集體春夢、被澎湃燥動情慾與純粹戀慕所拘束的殘陽陛下。

也沒多少個超星團年的後來，他從幼童成長爲心念潛者念場一流的少女法師，不言而喻地搞懂了大多數臣民對他與他陽性親代的忌憚與輕蔑——除了幾個無機體的精巧小侍童，還有那個神色雖滑溜、卻莫名地好像很護衛他與櫛流的執事總管，他們要與司徒瞧相處個把光子束辰，竟也要天時地利人和的庇佑！

他勉強自己從漫漶奔流的時光潛場定神，目光專注於身爲儀式主角的祖母，正要以一頭豐盛金髮來承接下那頂豔麗得相當喧賓奪主的陰御主教冠。司徒旻微微撇嘴，鮮紅色漂亮的雙唇抿成兩道精美的小刀，這是他從司徒睚那邊繼承來的少數形貌特徵與表情，而他私下覺得，自己對萬事萬物毫不放水的挑剔性情，恐怕也是如此。

他總覺得不但是那頂主教冠，就連緹拉謐絲身上的顎領削肩禮服都顯得過於侷促，並不適合身材雍容豐滿的主教祖親代。司徒旻一邊保持他無懈可擊的皇帝丰儀、對著那些在大教堂前廳入口處殷切張望的孩童與老人親切微笑，一邊以愉悅的悵然情懷遐想，幾乎神遊物外。無論是他的陰性親代或是殘陽法師都長著一身冰肌玉骨，身材窈窕纖長；可是他卻類似槲流，兩人都是一副身長玉立的骨架，肌膚是夏日的橘金麥色。槲流的五官與體態較爲堅硬挺拔，偶有陰鷙苦痛的陽剛美感容貌；而自己是穠纖合度的體格，清秀但威嚴的五官。

他們都長得一點也不像緹拉謐絲，每一個，他們這些司徒世家的人。他略帶憮然地撥弄絲綢外掛的穗帶，一邊凝視著他右下首的槲流，黑劍客御使闍下回過頭，衝著他的女兒笑，難得槲流這麼開心，他好生欣慰。槲流與他，他們以某種方式相依爲命，只有他與槲流。畢竟他的陰性親代是這麼個無人可冒犯的奇才法師，沒有人膽敢或願意衝著他的性別瞧他不起，臣民深刻敬愛他的程度如同他們狂熱迷戀司徒睚。

親暱的情意不近然來自於魔導念場核心所湧現的生機核遺傳素子，更不是超太古世代、那些愚蠢到不知其無知的人們，妄加把母體給錯寫爲胚胎的培養皿。緹拉謐絲並非以肉身的一部份爲司徒橆流胚體的糧食，他提供的是眞正無可取代的形神元素，經由神祕的無數道轉換，招喚出司徒橆流的名與格——這無比奧妙的程序，正如同司徒旻的陰性親代、橆流的同父異母妹妹，把小旻從餛飩一鍋也似的無區分集體鍋爐撈拔出來，招出個體性的自我。

祅隱姬，司徒琰，司徒暱最鍾愛的幼女，經由殘陽法師自瀆所抽拔出形神的孩子。在那場舉世銷魂的殘血降生式，殘陽帝君從自體內掏出最無可替代的虛冥印，溫存悠揚的手勢讓司徒琰從無明的南天四柱龍神超導場降臨，出生的同時便取得超冠名魔導王的絕對位格。司徒琰是他眞正主要的親代，而且……司徒旻對自己隱密地微笑，他眞正愛欲的人兒無分陰陽性別，就是司徒琰與司徒暱這樣的類型：憂鬱美幻、對於務實的萬事萬物抱以漫不經心的溫雅笑容，宛如夢遊於全向度的高崖與深谷。

雖然他以陰性孩童耽迷帥氣陽性親代的方式喜愛著橆流，喜愛他的狂恣不羈、他的痛楚與悲涼，他帥氣之餘偶爾透露出森然苦痛的五官，可他只是賞識這些特質，並不慾望。唯獨那兩個人，那對世間留不住的父女，在在讓小旻回到他剛出生的當下。甫開啓光子護波雙眼的胚芽，抬目迎向他眼前的世間秋涼與殘夏，看到的是司徒暱與司徒琰的本然原神：本格爲黑曜超神的俊美陽闇龍，以及優美的南天陰龍王。這對父女憂傷卻旁若無人，深刻卻脆弱透明的眼角眉梢盡是無涯太古所凝聚成的荒涼憂鬱。

司徒旻坐在原先自己從未想到能夠安然高據的魔導皇帝座席，得以還原在這一代之前凡爲陰性個體都不得企近的榮光儀式，感觸與辛酸一籮筐雜沓紛至。或許到這一天、眞正佔據了此時此景，他才稍微眞正明白，爲何殘陽法師司徒睚對著年方幼齡的他，憐愛地撫摸他的兩根細軟麻花辮，空茫低沉的嗓音緩慢又無比迷人，如同一滴滴自然而然的冰冷水珠，墜落至不見底的懸崖。

〔爲了招喚起絕頂的動亂，窮盡義與不義的極致……〕

□

當緹拉謐絲昂首挺胸、揮動右手握的黃玉大主教權杖，以新任大主教的權柄在漫天旋舞的半空中臨摹一筆，台階下的從屬教眾無不傾倒膜拜。正義與不義，就此象徵性的巨大形式滌清累世穿痕。可他知道，熱切眞誠的信徒如同擬眞全景草原上一落落溫馴但無力的羔羊，而那些恭謹垂手、肅立於政教法廳九重紫藤階梯的六大層級教士，他們當中未嘗沒有蠢蠢欲動的狂信徒，只待時機或隙縫到來，再度褫奪得來艱辛無比的這些正名與平反。

在這些以隱忍退讓之勢來保全命脈傢伙當中，最狠勁難馴的莫過於陽謀基本教義成員。此集團毫不諱言，永不放棄以各種禁忌逆反之術、非要把他們永世視爲神與神物的司徒睚從永劫舞環墟這道超太古魔法陣招領回來。既有此等誓死心意，他們豈是畏懼現世生命流轉更新之輩?!別說是緹拉謐絲，就連再生嫩的初級教士見習生都看得出來，兀鷹的火烙鑲印於這群以「施洗者」爲隱密團契通關字的窮凶極惡之輩。

倘若那時候不是南天超銀河的第一代魔導皇帝、司徒軾在治世的末期過於鬆懈怠職，倘若不是司徒軾的那幾個疲軟不堪陽性子嗣實在過於無用，倘若不是司徒旻是如此的出色，倘若不是陰龍王鋪展於全向度的舞踏鎮魂曲在２２７３３年、太古陰流最為沛頂之際，在天干地支之間衝撞出那麼個幽涼荒蕪的入口……不知道有多少個天時地利人和，悉數為如今的慶典獻出一筆。若非如此，這一切終究被撰寫入史書篇章的陰流重返敘述，或許更要晚上許久才會到來。

緹拉謐絲開始步下那道大主教才能通行的聖階。當他的魔導念場重新與常態次元接合，伶俐冒出的四名教堂侍童以精準巧妙的動作，撈起他曳地而下的棗紅色禮袍邊角，一人一個方位。從象徵性的諸次元天界步下塵世，他端凝的光采更為顯著，讓眾人為之臣服仰慕，但他不是個以貌取勝之人。包括他自己在內，從未有人認為他的形貌容顏美好，他近乎心醉地想著，這正是何以司徒暱如此讓他不可自拔的因素之一。

對於自己的形貌並非常世認定的陰性美態，他不但不以為忤，更有種隱然的僥倖：非常確定的是，這位陰流淫虐師為副業的前異端主教，從來不想要陰性的容光開展於自身；讓他心旌動搖、非要把自身心魂魄當成一道淩厲的漩渦，嚼食吸納的客體就是被淩虐時的陽性美。而那位陽性當中的陽性、無與倫比的殘陽法師，就是他夢寐了整個青春期與成年期的高貴殘戾陽性美化身。沒有誰真正能佔據的殘陽法師，唯有他才能駕馭得如此柔情，施暴得如此高檔，愛得如此殺不刃血。

〔今天你快樂嗎，傷口都還痛著嗎，我美麗的闇龍陛下？在永恆之中，只有你與你的那顆星辰，鋪展於全向度的畫布上……〕

他禁不住想著，等儀式的餘燼也清除得差不多時，今晚是該重新回到擱置了好一段時光的畫布上，以鮮素子血滴爲顏料，那幅闇龍與六翼天使的七感官能壁畫，將會是他除了宗教上的成就、以畫家之名流傳後世的代表作之一。想到這，緹拉謐絲的胸腹之間泛起熱潮，在那段短暫但全然的佔有當中，他吃到的闇龍鱗片，可不是任何陽剛人士所能設想於萬一的哩。

教徒們紛紛敞開臂彎，乞求祝禱著新上任大主教的福祉，以及自己微小但不可或缺的福祉。他對著人們輕點權杖，愛意盈滿念場與手勢，那不是任何沾染粗暴蠻荒欲力的陽流大主教所能達成的萬宗回流，然而，他知道那些人也從未想要達成此等情境。交流與孕育的情境從來都不是陽性的那盞茶水。

他陸續看了小旻、樕流，以及佇立廳堂入口處、高挺但遊刃有餘的瀟灑刀客將軍一眼。歐陽鉞的鬢角與上唇的微鬚被滔滔流逝的歲月染成好看的灰絨色，眼底的滿足與機鋒仍是無可比擬。他輕輕頷首，歐陽鉞則報以街頭武者灑然的舉刃致意。

到底除了他以外，還是有另一個心滿意足到這等田地的人，一個陽性中的陽性武者、支配師、風系魔導法師。歐陽鉞的本格在在與他自己形成誓不兩立的對立，陰與陽，施虐師與支配師，地向宗教法師與風向武技法師。生死契闊至少有兩面可翻轉書寫，在這兩道極點之間，從緹拉謐絲甚至還不知道這一世有他夢幻成眞契機的彼時，司徒睚就一直被撰寫刻印，至今都了無終點。

剛舉行過加冕式的首席大主教步入爲他準備好的光速驛馬車，今夜他將啓程至南天超銀河的末端流刑星。他看到夕照逐漸遠去，突然間希望到達龐貝黑陽的時候，能夠在那兒能夠看見一抹無法經由肉眼與任何魔導技法所挽留的星光，皎潔、燦爛，華美得無度，憂鬱得入骨。

第五節，傾軋出靈風黑火、硫光狂花！

無論緹拉謐絲當晚有沒有舉目見著不世星辰，超星曆２１９４２年的除夕，他還不知流亡年歲有沒有盡頭的彼時，星辰此起彼落，在延宕爲永夜的生神受刑祭版圖淋漓生滅。

距離年關將破，南天超銀河全體上下無不陷入激狂的節慶生態，四象限的時刻指針也隨著無上的儀典逼近而亢奮滴答作響。行將以殘陽帝司徒睚爲祭主、舉行第二回合的生神受刑祭的時日愈近，四象限各路的高位人物也隨之風起雲湧，以各自的獨特風格較逐展示，出席這場殘酷風華的盛宴。

距離２１８９７年、緹拉謐絲以流亡政治人物的立場向靈笵系的主導魔導冥師世家提出政治庇護訴求以來，已經過了45個超星團標準年。身爲極樂院世家悉心招待的客人，這位風範與力量十足的陰性宗教法師在這段堪稱不短的時光眞心喜愛著首代極樂院宗主的長子、凜水系的念場洞觀小冥師，酊泠．冥月院。

就在超星曆２１７８１年，巨大的超世代交接正是熱絡雜沓，多星族聯邦逐漸解體，最後遺留的是溫和的殘殼，宛若有機巨人生命體天壽已至、屍骸定格於萬有相框的身姿。從此而後，超星團正式進入史書命名爲〔四象限魔導王朝〕的澎湃壯麗朝代。遠在反物質星淵彼端的極樂院世家，在兵馬倥傯喋血的初期，就以慾樂磁浮島這個連接虛數超空間的地基爲起點，戮力開發超時空的魔導端子科技，聲勢驚人地席捲周邊的十三個黑暗星緣，成爲第一個完備的魔導王朝世家。極樂院的第一代御主，鳶露兒．極樂院，也是目今最高位的靈笵風系魔導師。

不知為何所然，當緹拉謐絲首度看到極樂院宗主與他的長子、冥月王儲，就隱約感應到一股尚未發生於此際時空之流的預視靈感。由於他並非穿梭於四次元以上的時空浪遊法師，這點倏忽來去、微光也似的靈感讓緹拉謐絲倍感困惑。他很是喜愛冥月小王儲，而這位形容清靈曼妙、全靈笵系都當成是一顆掌心上小寶石的人兒，也以他獨特的嬌俏風姿回應緹拉謐絲的友情。對於鳶露兒．極樂院，彼此之間就實在稱不上什麼私人情誼，緹拉謐絲盡量保持適當且友好的禮貌性距離。

在流亡時光練出一身工夫、足以讀取幽微風系冥師言外之意的異教教主心知肚明。他與酊泠．冥月院自然而然衍生而出的情誼，讓這位佔有慾相當強烈的極樂院陰凰相當在意，在意到非要帶著他從小嬌寵保護、幾乎連本星域大門也不給邁出的酊泠，一起赴這場超級巨星的舞台，親覽跨象限的狂歡神聖盛會。

□

在他隨同親代出席這場不世的血酒祭典之前，酊泠．冥月院尚未出過自家象限的門扉。他知道自己是個從未出過遠門的小王儲，被寵溺但專斷的親代以凰風結界給拘留著，那愛意不時讓他微感窒息，以及淡淡的憂悒。

這是他誕生於此世以來，第一回跨越象限的行旅，也是首度以實質身心為憑依，領嚐那些早就在他的魔導念場流眄來去的人世風情。出遊與親赴聖宴，這道二合一的象徵性成年活動不但對他本身具有獨特無比的意義，對於酊泠來說，最是欣喜的突破，莫過於終能實現自小以來、與那位神異密友的無上羈絆，以他的星火百合之眼，充當自己與對方的全向度靈視。

打從對方出現以來，酊泠就知道他們以無人可介入的方式，互爲鏡與水，星與花。倘若他的深層元神更進一步成長，之後他會眞正明白，這位總讓他暱稱著「盧犀」的超越界黑色靈光化身，將會在許多個之前與之後的次元宇宙與他重逢，化身爲冷嘲但洞觀的異界法師。在許多回人生的其中一度，在那兒，酊泠是一隻毛色絨黑、火靈靈質感的小黑貓，與盧犀的諸次元生命長相廝守，時而枕在他的床上、依偎在他的臂彎，以鼻尖或頸項摩擦他透明白皙的手背，或是以迷人的小貓身軀霸住他冰涼優美的體膚。

那個只出現於他面對水月玄虛鏡凝視時的滄茫皎潔身形，自從酊泠從魔導胚體的培育室正式脫胎而出，幼小鮮嫩得像煞一枚靈性彎月牙的彼時，就從無由無名之處，悠然地冒入他的心念場與視域。除了他自己，至今無人察覺到有什麼蛛絲馬跡，彷彿是風水擦身而過的互不交涉，竟然連鳶露兒也毫無感應。

然而，他覺得長期以來客居於極樂院本宅的緹拉謐絲略知一二，雖說這個跟他一見就親近起來的畫家大姊姊並未眞正說破什麼。有一回，當酊泠從水月玄虛鏡的共振回返常世，他意識到緹拉謐絲就在他身邊。像是抱起一隻體力消耗過度的靈秀小貓，緹拉謐絲把他整個給攬入紮實豐盈的懷抱。

「與超越界約會是很耗神的哪，小酊泠。來，跟我一起吃頓下午茶去！」

流線如風的星艦輕捷地通過超光速藩籬測試，一切就緒，酊泠終於即將出這扇以至高風陣把他抱在內裡的極樂院本家門，此時只見緹拉謐絲悄悄來到他身側。趁著親代被星艦長與導航機師簇擁、聽取行前簡報時，畫家司祭大姊姊掛著一抹欣慰又感懷的遙遠笑意，快速親暱地擁抱酊泠嬌小的身軀，在他耳側留下讓他咀嚼至今的訊息。

「小黑貓終於要出門遊玩了，靈視留給自己與那刻尚未誕生的星辰，但也用你晶瑩的雙眼為我而看，看著殘陽陛下的第二度燦爛死劫，看著他如何死入萬有之內。」

□

就在他隨著凰風親代步下混沌系的瀟湘星團邊境象限階梯，酊泠赫然感知，在他內裡共振的超越界密友，宛如一場終於與地火碰撞勾動的冷烈天雷，驀然在他的念場內澎湃洶湧起舞。

他揪緊鑲嵌淡紫色小羔羊絨毛的小棉襖，痛意與悲傷的破格滋味竟是如此美妙，那是他身為靈箛系罕見水向冥師的獨特質素之一。包括他的靈箛首席魔導師親代在內，沒有誰能在這點與他同步，澎湃鮮烈如同極地雪水的清澈劇烈傷痛，在他深邃卻幼小的心念水脈裡來回激撞。如今，他的超越界密友是他最珍惜的胸口傷勢。

「盧犀，盧犀，你很難過嗎？以我的水脈為你的淚水，以我的靈視為你的眼，讓我帶著你進入。看哪，使徒與朝聖者陸續湧入，他們各擁缺憾與想望，然而沒有誰足以讓我觸動，唯有我行將爲你目睹的血酒之神。」

彷彿以他首席風系冥師的清盈洞察，感知到他的孩子正翻湧著唯有他自己才能跋涉的水脈波光，鳶露兒秀長的臉龐泛起一抹憂忡。極樂院宗主塗著丹鳳花汁、組裝著微型感官愛撫波動儀的銳長指尖探入酊泠寒冷雪白的後頸，呵護備至地輕輕掃過他孩子宛如小黑貓緊繃時弓起的背脊。

「我的小酊泠很不舒服呢⋯⋯就省了那些外交禮數，先行到王都的賓客別墅休息。晚宴時再跟柯羅利大公爵打招呼就成，反正⋯⋯」

鳶露兒細長的碧綠眼珠一凝，視線轉向那艘面對他們的黑曜彩虹艦艇。柯羅利大公爵、言鶫·柯羅利那五官精煉的面容與風格乖張的平頭，從設計成七零八落趣味的艦艇入口冒了出來。鳶露兒淡然頷首，即刻扭頭對身後待命的軍官發號施令。

「看來他也才剛到，應酬就晚點來。其瑟，你去跟那堆硫光呆大使寒暄一下，我可沒工夫跟這些萬年呆瓜歪纏！」

鳶露兒麾下的御前侍衛長兼跨象限星艦「紫颸花絮」的艦長、其瑟·日鍠，以精湛魔導武者的身段一旋身，不二話地遵其陰凰陛下之命而去。即使在他接近舒適得暈眩的當下，酊泠淡漠地皺著鼻尖，對於情懷深刻但總是沒能讓鳶露兒有所感念的日鍠長老，感到一絲近乎輕俏的扮鬼臉狡黠心情。

可那句近乎天啓的話語，又在他的心念場內翻騰起伏。酊泠皺著眉頭、按住胸口，任由鳶露兒半抱著他，只顧著與體內的曉星淋漓交感。

他幾乎在開始之前就明白，在那場群獸陸續撲身、分食酒神血肉的高亢集體祭典正式揭幕的前夕，剛出家門的冥月院小冥師無比體會著集體銷魂的情念。死於萬有、也讓萬有死於他高華銷魂肉體的殘陽帝，並非替萬有而死，也並非與萬有殉死——他將以無比的失神迷離神采，在絕對的暫死之中，成爲萬有眾生分享的絕頂祭品。

【第三章】飲鴆止渴的群雄圖
(Warriors of Chaos, Driven by Your Crude Wanton Libido!)

今朝蒞臨，終將醒轉；澄澈思惟紛紛歸位，打造自身以接納此番世界，迎接祂冷峻的迷魅。

——〈雪白河流〉(White River)，Human Drama

第一節，酗飲酒神·肢解闇龍

在某個已經成爲佚失傳言或歌謠的世代，神的血肉有如深紅到極惡的麝香葡萄。將葡萄籽與皮細緻地剝開，搗碎那身光潔皎美的肌里，讓神血汩汩流出。以體膚爲原料所製成的神釀既是秘辛，也是禁藥，將會讓眾生陷入狂飲無度的彼方。越過那條危顫顫的界線，眾生與受刑之神在瞬間的交合轉渡爲生死劫數，沒有休止的毒品之舞。在以他爲名的祭典，別名爲狂宴之神的酒神既是一切的禮讚迷戀對象，也是被眾生瓜分食用、無上絕倫的祭品。

當然，連基本文字能耐都付之闕如的司徒軾，壓根就不知道這等學者水準的典故，在生神受刑祭行將展開的當下，他只是像一隻面對爭相角逐的群獸同儕、倍感倖然的雄壯大老虎一隻。從那座層層疊疊、越上方的席位越能容納更多觀眾的環形向量劇場最上層，猛虎將軍瞇起眼睛，往下方眺望。他看到那鼎沸得足以爆破光子向量護閘的激情生態，隨著指針滴答流逝而愈是兇狂，司徒軾心底無從消解的乾渴與焦躁，也愈是甚囂塵上。

他驀然轉身，背後那襲厚重的虎紋披風兀自凌空掃動，差點把最靠近他的士兵給絆了一跤，還好那倒楣小鬼被外號「快手箭」的副官司颺嵇衵給拎住衣領，才沒當場出醜。司徒軾頭也不回，只是以慣有的粗率信賴手勢，對精瘦機警的司颺少校揮揮手。

「我還是去殘陽陛下的準備室看看，這裡就交給你，嵇衵。」

□

才剛掀開那扇深紅色的精緻紙門，就看到司徒睚旁若無人地側躺在深紫色的臥榻上。他背對著每個人的視線，幾乎全裸的背部毫無所感於每一道像是燒灼著沸水鍋爐的視線。

彷彿一株帶著倦意但也散發清冷峭拔情調的雪地紅梅，殘陽法師恣意伸展他美不勝收的肢體，散落在肩頭的深黑色長髮與他一樣倦怠頹靡，冷白的頸項緊嵌入一道生神銀項圈——這是即將展開的生神受刑劇場中、堪稱四大支配祭司的其中之一，專擅無道流秘儀的十字夫人的贈禮。

視線繼續侵略下去，讓人們銷魂到精血衝腦的風景，則是司徒睚從肩頭到背脊的性感曲線，挺拔纖長，同時洋溢著異色淫靡的質感。宛如一張太古手工繪製的地圖，線條挺秀的骨架上鑲嵌上各色最高級的淫虐道具，最後一筆冷豔異色的句點，則以尾椎輕描淡寫的一枚金色蝴蝶標誌為收場。

這座為了祭典而設置的「湘紅別館」，從床褥到腳下的生體感應地板，無不盈滿了肉桂與紫丁香的氣味。司徒軾近乎痛苦地發現，縱然匯聚了四象限境內最強烈、足以讓人們淪肌浹髓的七感開竅淫香。其實根本不需要這些玩意，殘陽法師體膚所散發的毒藥氛圍就足以抹殺一切。

彷彿感受到阿軾澎湃起伏的苦惱，司徒睚施施然回眸，青銅色的瞳孔充滿渙散美感，視線飄移於只有他看得見的神奇異境。那抹溫存但毫無掛念感情，夢幻到睜著眼睛神遊全次元的恍惚笑容，讓猛虎欲力滿貫的南天超銀河首席元帥不禁胸口一痛。

「阿軾哪，你很想喝我這杯即將被取之不竭、飲之不盡的酒嘛？」

不但是司徒軾，在場的侍從、衛兵都為了這等直接到刪除掉任何挑逗意味的話語臉紅耳熱。司徒睚輕輕笑起來，彷彿說了個只有自己與他向來暱稱為「曉星兒」的超越界存在才笑得出來的無神經笑話。冷白色的修長秀美雙臂伸展著，雙腕上套著的黑晶石鎖鏈也跟著緩慢搖曳。

「不猴急哪，馬上就喝得到我了……可我自己也好渴，我想喝一杯摻上肉桂與荳蔻的冰巧克力，那是曉星兒風味的飲料呢……」

就在殘陽法師自顧自喃喃自語，環繞四周的隨從們終於有事可做、振奮抖擻地準備飲料時，御前首席元帥走到臥榻旁邊。司徒軾單膝跪下，竟不敢伸手碰觸對方的一根毛髮，只能任由莫名龐大的震懾情愫衝撞身心。他凝視著昂起頸項的司徒睚，他也依稀聽到殘陽法師的聲音如大提琴獨奏，說著沒人聽得懂的話。

這是他從出生以來，真正第一次感受到他所愛欲的人兒，永遠是可撕裂但不可能被了解的神幻之物。他感到傷心，但也柔情滿懷。

「阿軾現在就不兇喏，非常不兇……」

司徒睚闔上雙眼，以舞者走鋼索的奇妙準頭接住侍從遞上的飲料，仰頭喝下一口醇美激烈的黑可可，像是啜飲著差之毫釐的自身。

司徒軾驀然洞察到他向來憤懣不平、死命向殘陽法師要特別席待遇的不可能性。並非殘陽法師忽略他與他的愛慾，事實是司徒睚從未與一切熟稔相識。自始至終，對於司徒睚而言，一切就是一切，永無止境的生滅變遷，他知道的是總體而非個別性，就像他知道夕照撤退之後，鷹鉞星的夜色來自於主衛星影絹月上頭波光粼粼的青寒色澤，但不認識每一道色澤的細微差異。

殘陽法師迷幻險惡的美麗身心行經每一道神為之奪的人心，就像是無動於衷的太古水流，對於他人的心情毫無感應。在司徒睚無人可知可解的內在世界，只怕沒有任何親疏遠近的位階，更遑論愛恨？

司徒軾低嘆一聲，包括自己在內，誰都要用盡一切的手段手勢挽留不可被挽留的水性陽花，像是受到不知名的詛咒。然而，司徒睚恐怕連這樣的激情與佔有慾都不知其然。

「陛下，請先穿上長袍，接下來是足尖嵌飾，完成後即可開始進行生神祭。」

無視於司徒軾這高大個子擋在那邊，像一座突然間獃住的石化人形，向來有條不紊、儀態冷靜無感如無機生化晶體的儀典總執事髑孤雍邑逕自走向臥榻前方。宮廷總執事一絲不苟地把司徒睚那雙形狀秀麗、足趾修長的腳擱在自己的肩頭，以名家畫師點染雪地紅梅的手法，在那雙輕輕地搭在他肩頭的十只透明指甲上，抹上生神祭典之前的最後印鑑。

司徒睚開始唱起一首司徒軾從小就聽到現在、可對於歌詞總是不知其所以然的歌謠。這是殘陽法師特別高興、特別倦怠，或是特別殘忍的時候所唱的歌，通常他都只唱給自己與超越界的那個人兒聽，可如今或許是興致驟起，或許如同一道水流淙淙任意飄遊，他如是唱著這麼空涼迷幻、聽著聽著好像骨髓也被下藥的歌謠。

「假日的清晨，禮讚破曉，我感到輾轉翻騰；乍起的破曉，此為假日清晨，累世荒蕪的歲月逼臨身後。」

〔行將被刑虐蹂躪的神，竟是如此地神迷超拔……〕

司徒軾再也不忍注視，或者說，他到底也明白，此時不能再打擾行將讓一切撕裂分食的所愛對象、最後片刻的孤絕與自在。他強逼出一絲笑容，可話語裡的深情與摯愛卻半點都不須勉強。

「等這天過掉了，我送你去天干柱的角翼別館觀視異星。什麼都不做，就是看你的星星，喝酒，這樣決定了。」

說完之後，他以御前元帥應有的禮儀告退，把痛苦扭曲的面容留給自己，黑色絲絨也似的天幕與司徒睚留給行將跨入此別館的四大支配師，以及一切。

□

距離第一場生神受刑祭已然渡過三點三個微型世紀，破通諸次元與超越界的第一抹白湯岩漿從渾濁的萬有坩鍋沛然爆破，就此打破了從未以爲可撼動的疆界。當時的全體性感動仍然嗆口生辣，駐留於目前把視線緊鎖於環型空墟劇場核心的每一個觀眾念場。

雖說殘陽帝與儀式的四名大祭司的實體與元神座落於毗鄰於空墟劇場、戒備森嚴凝重的「湘紅別館」，然而，獲准入內的出席者之七竅核心、也就是肋骨與脅下之間的端點，皆裝置上一枚精巧的同步擴大共振儀。這枚看似實用性不高的小物件，卻容許出席者以最大值的魔導元身投注入祭典，親臨化入祭司與祭主之間的驚心動魄互動，以各自的象限、系統，以及認同趨向來選擇自己的參與或觀察位置。

這確實是一場絕頂無倫的屠殺，也是四象限魔導王朝最究極的活體藝術品鍛造祭典。酊泠怔忡著一雙橙金色的大眼睛，他的念場神髓與體內的超越界密友交會成一對精美的蝴蝶結，參與儀式的法門不只是目睹，而是悉數砸下高額度的身心靈智、乃至於無論再高位的魔導師也僅此一枚的元力場。

這不是一場端坐享用的表演，而是觀眾也得付出形神碎裂危險性的賭注，無怪乎他旁聽到幾個混沌系的次級法師在錯身而過時，彼此寒顫又帶著怪異孜孜喜感地打趣說，這眞是恐怖的投資活動。的確如是，要是一個不好，沒估量好自己的程度與限度，過於托大或自恃，等級普普如這幾人馬上會神裂形溶，下場遠慘過任何一個無法跨越魔導師與一般有機生命體之間的門檻、因而怒氣騰騰咒罵階級不公的任何民眾。

四大祭司分別就位。黑曜系的水向陰月公主、柔美飄忽的楊花·柯羅利從遠東處飄然潛出。

靈筅系唯一的火向陽性冥師，天字第一號的身心解剖師、皇霽宇潔，銳利的五官與視線如同漬上魔道永焰的手術刀，他於極西處瞬間切入。混沌系的風向武者法師，也是陽性支配師首席的歐陽鉞，如同一股精確剽悍的龍捲風，在天南處矯健躍升。至於具現了硫光地向秘儀的十字夫人，厚實豐碩的身形與他手執的鯨魚骨刑棒同等震懾人心，如同太古母御的顯形，他以水晶十字杖破穿地北處而來。

四人齊匯於各自的座標之後，彼此淡然點頭致意，既非友好，也無惡意，彼此的結構如同東南西北、地水風火這四重原始方位與太初元素。隨著四祭司進場，四象限與四種魔導元力逐漸薈萃於這棟天花板挑高爲觀星天幕、除了黑晶石樑柱與冰藍色大理石之外別無贅物的祭生神室。中央處的黑晶石砌劫界內，座落著儀式的唯一受刑神物。

司徒睚如今的姿勢並非躺臥，也非站立，而是高吊於八角菱形的逆反重力術劫界。他挺秀冷白的身軀幾乎全然裸露，身上只有一件孔洞密佈的蛛網狀貼身黑背心，以及被重度刀鞭的割劃掃動、撕裂出許多道斑駁破洞的貼膚生體黑皮褲，四肢被扯開成天鳥的羽翼形狀，肢體與身軀體都鎖鏈與生體神縛繩固定。從後頸到尾椎處，殘陽帝挺拔如雪白梅花的背脊全然曝露，落入凌空佇立於手術師位置的皇霽宇潔的視線。

以１２０度的傾斜俯視角度，司徒睚任由歐陽鉞力場所化出的無形氣流床墊將己身納入懷抱。深紅如原生紅酒的嘴唇如蠱毒般致命，眼神裡盡是醉飲後的迷茫無度，長滿無窮盡的荒煙蔓草，觀眾與四大祭司只能在其間探索跋涉，尋覓沒有終點的路徑。

殘陽帝的微微開啓，像是在自顧自說著什麼，聲流如同酒液潑灑於皮膚上，低柔又官能。在所有的同步參與觀眾當中，只有酊泠聽得見這聲音，殘陽帝的音容如同迷途得自在無比的潦倒王子，撥弄酊泠眉心之間的月牙印記，柔聲呼喚。

〔小貓貓冥師，曉星兒的密友，可愛的小貓貓。來，在我身上坐著，跟曉星兒一起看我裸裎、奔赴，看我跳無人能看的舞步……〕

被高級絲帶與堅韌銀鎖鏈束縛，高掛於一切之上，司徒睚在行將被剖開、掏出內裡最幽微深刻精髓的此時，兀自噙著那抹溫存的笑容。酊泠的元神跑到招喚他的源頭，跳到那身傷勢累累的奇花枝枒上，以一隻魔性小貓的模樣鑽入殘陽帝的胸壑。他的悲傷與來自超越界的彼端、近乎冷酷的憂鬱情念交相共鳴。

接著，他們支解闇龍的脊椎骨，折斷並重組他的翼與角，再安裝上那枚深紅色的紋章。極盡揮霍的殺戮與禮讚，遠比肉身生命的終結更慘酷萬端。在這天當中，每一瞬間被延宕爲徒勞的永久，在無止境的切割與撕裂劇場之中，司徒睚被眾生分享佔有。然而，除了身受到底，他沒有任何表示，只是一逕迷離倦怠地勾唇微笑，輕聲吟唱那首關於苦艾酒與兩個世界的小調。

第二節，迷路於默示錄闇龍的尾椎骨

發生於超星曆２１９０７年的跨年除夕，四大陰陽支配師的共同裝置儀式，到這時候已然舉行了個十之八九，共振同步的觀眾也被淘汰了個七成以上。

先是由硫光秘儀司祭的十字夫人鑿通地骨與太陰地穴，打造生神囚場地基，禁錮殘陽帝的闇龍元神。身爲招撫支配系的歐陽鉞，以陽流颶風爲基礎，悉心把玩並安撫狂迷失神的受創神物。共時性的術者是堪稱第一名魔導麻醉師與束縛師的楊花．柯羅利，施展至陰水域支配力場，充當爲殘陽帝元神的鎖鏈。最後則是「火煌醫」皇霽宇潔，他以掌心內冒出的那把絕陽魔火爲刀，切割開闇龍的脊椎，安置神讚紋章。

正式名稱爲「深紅神讚紋章」，在這場生神受刑祭的漫長儀式，經由首席醫藥系支配師、皇霽宇潔的煬火手術刀植入司徒睚的內裡，在生神法師的體內爆發抽長。這道印記將以肉身花朵刺青的模樣，鐫印在司徒睚的背脊與臀骨之間。當深紅色的火鶴皤然盛開，就連命運超神也能夠暫時以眞正元神涉入諸次元，與萬有交會。

自從這個關鍵性時刻肇始，對應六合八荒的脈力穴道就此開通，混沌系四超神與眾多御下亞神便能夠歡天喜地地闖入殘陽帝體內的深紅色隙縫，眞正品嚐官能與神物的毒品滋味。從此而後，魔導力與混沌神族之間沒有隔閡，無須透過無機化體的轉譯裝置，神族行將陸續進駐四象限，魔導師可直接與超神或亞神搭檔，洞窺超次元。

〔這個世界的化身躺在我的力場上，如同一朵盛開出血的寒冬紅梅。領受一道道劃穿他肌里的刀俎與鎖鏈，殘陽帝以最迷人的姿勢仰起頭來，眼眸緊閉，低柔的歌聲與呻吟流瀉在我的風狂力場，他的痛楚與美是暴風之眼，最清澈也最瘋狂的核心點。我輕柔地拂去散落在他額頭的髮絲，從耳垂優雅滑落的兩撮鬢髮躺在我的掌心上，我以鑲金邊的黑絲帶爲這漂亮的髮絲粧點，這讓我的殘陽帝頗感莞爾。他慢慢地笑著，笑聲被痛意暈染得更是誘人。〕

「阿鉞哪，你知道這樣子就像是，我的兩道熠龍角長回頭髮裡面、又生出來了呢……」

在形意自若、猶如風從意湧的魔導力場之內，歐陽鉞灌注一切的念與元力，撫愛著殘陽帝的元身。

他的一雙堅實手臂把司徒睚窈窕的身形框住，讓他半坐半躺在自己身上。殘陽法師憔悴發冷的身體輕輕抵住風狂支配法師肌肉緊實強硬的胸膛，雪白的兩腿舒展如帝王百合，散發著蒼蘭氣息的下體汩汩流血。在此情此景之內，每一瞬間都必須充當床褥與紗布，可卻也知道懷裡的人兒承受至極的創傷，歐陽鉞的心魂幾乎破碎。

然而，收放渾然天成的支配念場戒嚴著自己的激情與感傷。歐陽鉞寵愛地捻起殘陽法師的兩條小鬢辮髮，在那雙冷白如生體玉石的尖俏耳邊做出了俏皮的角翼龍茸角圖案。

「誒，這不就是最美的角翼龍王子嘛，阿鉞陪著殘陽陛下呢。您的龍角與翼正要回到體內，那朵深紅色的火鶴也會種進去喲。這樣高不高興？」

透過最正式也最疏離的力場連線，他感知到另外三名支配師的激賞與佩服。楊花．柯羅利的瓜子臉一凝，平常言笑款款、舉重若輕的陰月公主風範褪去，此時的他是首席陰流支配師，如醉如痴於畢生最高的魔導實戰經驗，以最波濤洶湧的水域鎖鏈來對至尊的受刑之神致敬。十字夫人的地御柵欄就環繞在歐陽將軍的風狂力場周遭，那雙嚴厲的淡灰色眼珠注視著殘陽帝，現出罕見的珍惜，以及愈發壯實的太古母性約束力。

歐陽鉞揉著司徒睚的後頸骨，像個沒法同步於醫療程序的父性保姆，想讓最心愛的生病俊美黑貓感到舒服些。他一邊揉搓著，一邊叨叨絮絮說著壓根不切實際的父親寵溺話語。

「這朵火鶴哪，是四象限的魔陽火首席御醫所悉心種植的奇花，這就要種在您的體內枝枒內。當他澎湃開花時，您就會開始跳舞，飄移在洪流之間。那時候，阿鉞就在您的手指與足踝繫上銀色鈴鐺，殘陽陛下就跟著小星星音樂一起跳舞，跳累了，就掛在我身上睡……」

司徒睚青光瀰漫的眼底，泛起一絲醉飲過度的憂傷刻印。他雪白修長的四肢倏地痙攣起來，如同上電的豎琴，呻吟與歌唱顯得不可收拾地撩人。此時皇霽宇潔正掏開殘陽帝的第13根脊椎，鑿出闇龍脈與超越界的交會點，那朵火鶴正要從渾沌無邊的坩鍋綻放，長入司徒睚的脊椎元神端點（coccygea terminus）。

「啊，我想要曉星兒一起臨受，這漫漶風流的頂點，這杯逼近無上歡愉的痛……」

□

地水歸陰，風火屬陽。這四名以互異情念灌注於技藝、信念，以及本質的天位支配師，在這場必須賭上一切的本事與情念的儀式，儼然就是四名揮霍智識、魔導力，以及畢生之道的賭徒，為的就是讓誰也贏不去的神物粲然且酩酊。

捨棄本名、毅然進入硫光隱流秘術派系的十字夫人，以陰性支配術者少見的「地御力」為魔導技法的主質素，倘若力場全開，發揮到極處，他能夠把一整個軍團、包括元帥如司徒軾等級的陽性魔導武人給困在太古秘儀為基礎的型石囚場。

在他修道完成之際，十字夫人並未實踐一般常態支配師的生涯，而是在星團邊境的一棟嚴龍洞穴與太古陰力交會融貫。直到他正式現身四象限、成為跨星域的超天位術者之前，他生活得像是個以禁慾求道為宗旨的太古祭司，最初的輝煌初戰就是讓百人眾的武力陽性臣服師精血耗亡。在此之後，所有的戰績簡直像是以巨石砸碎一團團工蟻工蜂，如此景況讓他沮喪地懷疑，或許此生根本沒有任何心動的契機，就這樣過著近乎呆滯的掃蕩生涯。

直到他遇到司徒暱，那位佇立於太古黑石碑的臨受刑虐師，那位俊美脆弱的陽性奇花。司徒暱的脆弱讓他感到莫以名之、接近恐懼的情愫。恐懼對方自若流去，是以必須設下無堅不摧的精悍精緻牢房，更唯恐這朵難以逆料的花朵兀自憂鬱萎謝，是以他非要偶爾打開牢房，冒著囚犯就此遠離的至極之險。自從他確認自身的地向御力支配力場以來，十字夫人從未感受到動輒得咎、唯恐失去的心情，那眞正是極點的地牢心情：對於最高貴的囚犯，要禁錮他的精髓形神於每一根樑柱、每一塊磚瓦，但也不能折損他的自然而然。

那段生涯是他畢生最珍貴的光陰，也是殘陽法師尚未成爲南天超銀河君王的最後數年。在司徒睚即將繼位時，十字夫人對自己與一切發下誓言，他要以畢生的精魂與力量蓋上一座無上的刑房，成就對方的傷殘之美。

「時候到了時，你會前來，爲我蓋上一座檜木與大理石的手術室。我累了就躺在其中，躺在你之中，讓你裝置擺佈，這樣好嘛，十字姑娘？」

那抹過於倜儻、簡直像是在睡夢中極惡調情的微笑，在重逢之前，總在他的念場裡巡弋不去。司徒睚，被無以數記陽性笨蛋誤以爲是擬似陰性貴公子的人兒，比任何剛強壯碩的身心更爲究極之陽，正因爲「至陰即力偉，至陽即花萎」。司徒睚是一根獨一無二、僅此唯一的虛弱奇拔陽物，眞正觸動他身爲陰性主體的至深慾望，那是他之前從未認識的眞實自己：面對飄忽溫存的水性客體，他無比想要攫抓這枝奇花，絞住他的根莖，抽空掏盡對方的同時也讓自己前所未有地壯闊天成，如同太初母神的一雙擎天臂膀。

「讓我成爲你的花圃，以太陰沃土來灌溉滋養你的痛楚與神迷，殘酷劇場的唯一永恆陽物……」

第三節，天干地脈，齊聚於生神骨髓

〔生神受刑的最後一筆，就看這朵火鶴是否成氣候……唯有絕世寶劍才有資格入這枚無上的劍鞘，方能夠匹配得上殘陽帝絕頂的身心。〕

皇霽宇潔窄長深邃的紅眼珠一凝，思緒定格於上一個當下。御繁爲極簡的魔導手術動作彷彿分解的全向度影像寫眞，從他精瘦如刀削烏鴉爪的食指陸續湧出。

這是最後一道程序，是至成或垮然落空，也就看這一招。從渾沌萬有坩鍋提煉而出的火鶴紋章已經茂盛如一朵怵目的傷口，眼下就端看身爲受體的殘陽帝，是否願意讓這道躍然歡快的火鶴型感官伺服器永久進駐。受刑生神的脊椎穴位是最幽微叵測的闇龍神皇核心，可不是隨人神進進出出的好說話後門，這點皇霽宇潔再知悉不過。

瞬間領取這位魔導醫生同儕的提示，楊花．柯羅利的雙臂一振，銀白色的披風盈然飛揚。如同一彎眉月形的河流，他潛入十字夫人設得森然嚴峻的黑崗血岩刑台，面對早在其中的歐陽鉞與其懷裡的殘陽帝。

陰月公主注視著青白蒼蘭也似的容顏好一瞬，差點以爲自己恍神，竟看到司徒睚半昏迷的眼底流露出嗑藥過劇的王子風流神色。他凝神端詳，總算搞清楚殘陽帝所回眸的訊號並非情慾陣仗的往來，反而是最正式對等的陰陽皇室貴族交鋒。

楊花．柯羅利滿意地卸下銀絲製的隔生體接觸手套，輕輕摸挲殘陽帝仰躺在歐陽鉞身上的四肢與身軀，以體膚與念場與之對話。養兵千日、終能痛快上陣的感觸讓他力場內的陰水支配陣倍感快慰，終於可以大肆澆花，而且是最高級的陽花。

陰月公主對自己翹起小指，姿勢高雅地從貼身絲緞長袍裡掏出四付輕盈熠熠的緻水束縛鎖鏈。他要讓這朵水性的陽花體嚐到何謂凝結爲冰晶的樂趣，以及接近高潮的酸麻。

□

司徒睚同時飄曳於萬有之上，也困陷於一切之內。他依稀知覺到皇霽宇潔枯瘦有力的手指剝開他位於脊椎尾端的元神核，阿鉞緊抱住他發冷的四肢與身軀，那雙大手慰解他抽搐的神經，燒刀子也似的撫摸讓發顫的牙關鬆弛開來。十字姑娘打造的沉厚囚刑場有如太古母體的墓穴，將萬有與一切設爲天干地柱，設爲他的宮殿與囚牢。

他的頸項揚起，手指與腳尖緊繃，想要在潦草的困蹇狀態舒展元神，跳上幾筆潑墨點滴的舞步，陰月公主的水鏈卻如雪上加霜。可這道最後的枷鎖讓他感到奇異的溫存，彷彿被岩狀冰塊鎖在杯中的威士忌。餘裕與解緩的麻酸官能感把他蒼白纖秀的肢體怔住，像是綁著劍蘭莖的透明絲線。

痛楚與狂迷的洗禮宛若一場歿世暴雨，雨劍如情詩，在血紅色的沙漠上盡情屠戮。那朵不知輕重如奔放孩童的盛放火鶴，在他發燙的傷口上盡情歙張血脈，乞求他，哀懇他的門扉打開，讓萬有的流域奔入殘陽汨汨滴血的體內。

司徒睚閉上雙眼，伸直挺秀的肩頭與背脊，四肢被緊綁在X形的水域場內，他弓起的身形是一朵挺峭殘酷的蒼血蘭花。面對熱烈的眾生喧譁、神人混聲合唱歌劇的無止境鞭笞，殘陽法師伸出一截舌尖，緩慢舔去嘴角的鹹味血漬，溫柔險惡的微笑如同一筆荒涼夕照。

彷彿喝下一杯只有他喝得起的原生苦艾酒，他無言接納了那朵猛烈進攻、揮掃如生體箭狀皮鞭的初生火鶴。

〔不可能不讓你從此沛然暴長，從我體內降生的洪流……〕

□

當司徒軾及其麾下十二驃騎衛士以狂驟聲勢，須臾不浪費地跨入空蕩又靈光四溢的湘紅別館，這天已經漫長無比地奔馳而去。有能耐以魔導念場同步參與全程的少數觀眾也已經各自離席，或者以亢奮的身心交換至高潮浪褪去之後的不甘罷休餘波，或許靜默於巨大的震懾與陶醉心緒。

御前將軍勉力保持鎮定，推開那扇將殘陽帝與四大支配師封鎖於內的黑晶石鎖碼屏障。一眼望去，就是司徒睚仰躺得那麼蠻荒撩人的模樣，嘴角掛著一絲近乎殘忍的失神笑意。

殘陽法師原本就堪稱所剩無幾的衣飾，如今近乎衣不蔽體。蛛網狀的黑絲背心被蠶食撕裂到幾不成形的地步，線條華美堅挺的上半身因此招展得毫無節制可言；他纖長冷白的一雙大腿兀自敞開，足尖搭在一直充當床墊靠枕功能的歐陽鉞膝蓋上。一時間，腦筋向來塞滿肌肉與食色原欲的司徒軾難以委決，究竟是該妒火中燒，還是怪異地慶幸還好有歐陽將軍，在全程當中擔綱無微不至的人形體膚安撫器。

打從最後一筆紋章嵌入的程序大功告成，煬火魔醫皇霽宇潔一直佇立於菱形逆力場的支架前，看似凝結成一具火勢燒盡之後的半透明塑像，動也不動。十字夫人與陰月公主分別來到殘陽法師的身前兩側，迅速解除原先安裝於殘陽帝體內的支配內碼。十字夫人輕撫司徒睚的心口位置，在銀色項圈的環口繫上一串血滴子形狀的火靈寶石墜子。

讓司徒軾頗為訝異的是，向來被他與眾人想成是個冷血老怪醫的皇霽宇潔，此時竟露出這麼慈祥欣慰的神色——那是動容於最鍾愛的幼子渡過自己高妙酷戾的手術儀式，渡過的身姿又是如此的悠揚曼妙。他正視著司徒睚，低沉短促的語音洩漏出沛然的感動。

「此後每個月，我將前來為殘陽帝的元神從事微調。再也沒有任何比那朵過動兒火鶴更幸運的神核紋章了，從此以往，它居住的是闇龍超神皇的內裡。」

就在地水火三大外象限支配師魚貫退出館外，司徒軾終於鬆了口氣。御前大將軍正想要說些敬佩歐陽鉞的場面話，然後不著痕跡、輕手輕腳地把司徒睚給抱起來、帶回寢宮時，出乎每個人意料之外的是，司徒睚開始低聲啜泣，喊著某個沒人知道是什麼或誰的暱稱。

「來，出來一起睡，睡完之後一起吃點心，一起玩，小貓貓……小貓貓冥師……」

對於照拂與話語置若罔聞，殘陽帝直到剛才都一逕沉浸於開啓向無為有處的私人渠道。他撫弄著自己的兩枚鬢髮，近乎譫語似地輕笑嗚咽，像是在跟個看不見的親暱小友撒嬌著什麼。

「殘陽陛下…您想要一隻小貓是嘛？讓阿鉞找一隻最棒的小貓來陪您，一直跟您在一起……」

在這場儀式當中，力場耗盡掏空的程度最為嚴重的歐陽鉞，此時以難得的神智不清模樣，在緊抱住他悉心守護憐愛的人兒同時，非常難得地雞同鴨講。

聽到這話，司徒睚的嘴角竟然一抿，現出奇妙的嬌蠻嗔怒之色。他開始輕輕踢著歐陽鉞的膝蓋，像是不高興被約束手腳活動過久，更像是嬌稚不快於對方的牛頭不接馬嘴。

「是小貓貓冥師，不是小貓，不是貓兒的小貓！！！」

這狀況外的場面一弄，突然間讓司徒軾感到頭大無比的慌張，以及澎湃之極的甜蜜。他想要某個人兒，某個事物，某個什麼！這是司徒睚除了一直念念有詞的曉星兒，首度表示他有想要的什麼，確實的什麼，不管那是什麼都好。

「我來找給你，別哭，別生氣，一定把小貓貓酩詩給找出來，好不好？殘陽親代只要好生休息——嵇衩，還不快點把殘陽陛下扶起來，那邊的侍官，快點把大氅也拿過來啊！」

司徒睚卻像是朵拒絕被遷移到它處的任性奇花，他微弱掙扎，近乎光火地頂著歐陽鉞的臂彎，拒絕讓司颺嵇衩把自己抱起來。

「要阿鉞抱著，不要起來。小貓貓冥師跑出來，不用找，阿軾笨笨！」

就在這堆空有體魄武功、腦袋裡只裝滿肌肉與欲力的陽性武人為之頭昏腦脹、雞飛狗跳之時，這群侍衛當中最機靈的司空篤，突而搞懂了殘陽帝以嗚咽哭鬧譫語所表達的意思。他那雙可比美強化生體鷹隼的超導體視線，看到了司徒睚的兩腿之間，依稀有一團嬌小茸茸的物體，細緻地蠕動著。

「呃，可否讓屬下插個話——將軍老大，你別把殘陽陛下抱那麼緊哪！對，就是這樣，稍微移開一些，哎呀，就是這，這團小可愛！」

酊泠・冥月院所化身的靈筂小黑貓，喵地一聲，舒適地伸展絨毛覆蓋的小貓四肢，嬌縱地乜瞪無形成爲他從司徒睚兩腿間跑出來障礙的歐陽鉞。瞪好幾下，酊泠迅速地鑽到殘陽帝冰冷失血的懷裡。他要蜷曲在瀰漫滄茫憂鬱質感的懷裡，親暱廝磨個痛快，再變回人形的小冥月王儲。

無視那堆大中小老粗混沌武人的目瞪口呆、下巴亂掉模樣，司徒睚高興地抱住小酊泠。白皙秀長的手指細心摩挲小貓貓冥師化成的小黑貓兩腮，以指甲尖端輕柔勾梳著光色靈秀、毛茸茸的小貓脖子。他知道小貓貓冥師喜歡這樣，喜歡被他這樣撫摸，也喜歡與小貓貓冥師稱爲盧犀的曉星兒這般親暱。

「陪我一段，萬有當中我最喜歡的小貓貓冥師。睡在我身上，夢著只有你才能夢寐的物語，夢著我與曉星兒跟你一起，自在著無數個千載……」

第四節，轉捩點鞭舞

的確是獨一無二的一段。在司徒睚此世的生涯當中，那是絕無僅有的歲月，一段暫時告別向始隨形的透明孤絕感的珍貴歲月。

有小貓貓冥師的陪伴，在這段隔離南天超銀河與眾生的喧譁攻伐時期，約兩段超星團標準旬月的時光，他徹底休養了身心，與酊泠·冥月院共赴黑絹影陽。這顆天然的恆持中子星位於瀟湘星團外緣、紫芒微型銀河的私人歇息別館星球。在滴水不漏的無機超導守衛力與生體念力場隔絕屏風的翼護下，司徒睚過得相當舒暢寫意。

誰都無法不同意，在身歷這場爆破性的生神受刑祭之後，殘陽帝需要徹底休養。就連靈笣系的領袖、鳶露兒·極樂院也暫時撤開過度保護性的監控網，同意讓酊泠暫時離開本家象限，與殘陽帝出遊。

「但是，殘陽陛下可得答應我，要讓小酊泠只能與你在一起，可不能偶爾隨手交給哪個粗手粗腳武士來照料喲！」

當極樂院的陰凰冥后還在瀟湘星團的最後一天、前來探視司徒睚時，他向來叵測如季風的臉龐現出謎樣的愉悅神情。鳶露兒撫摸司徒睚蒼白的容顏，以年長大姊姊王后管教頹廢王子的模樣，輕輕捻出那句充滿囑託與疼惜的話語。鷺鷥般的五指停留在司徒睚的臉，不知怎地，讓他爲之莞爾與告慰。

就連司徒軾也難得識相地不亂找藉口、非要打擾他與小貓貓冥師的共處。除了在司徒睚遠離南天超銀河的中心王都時期，這個猛虎將軍必須全然挑起象徵性的代理君王職責，司徒軾以無奈但甜蜜的心意承認，除了酊泠．冥月院，誰都不適合在這段時間打擾司徒睚。說來難得，那算是青年時期的猛虎將軍好不容易學到的愛之課題——說是這麼說，在看待年紀尚幼的弟弟樤流，司徒軾就沒半點這樣的謙退心意。

就在這座通體雪白的宅第裡，日間的時光總是充滿著鈴鐺脆響的鮮活歡愉。司徒睚與酊泠多半待在東北角的那座仿太古鐘塔小別館，在深黑色晶鐵鏤花圖案的窗台前悠閒渡過，偶爾他會為喜愛清靈音樂的小貓貓冥師彈奏大鍵琴。在綽約光影柔和潑灑的背景裡，隨行而來的宮廷執事總管司颺恆會在每日下午三時，準備各色有趣的小食與飲料，讓殘陽帝與執事人員們倍感嬌寵的靈笓系小貴客愉快享用。

除了夜間的共處，這是酊泠最喜歡的活動。他會蜷坐在殘陽法師的膝蓋上，以自己嬌小但柔軟溫暖的體膚摩擦著司徒睚挺秀冰涼的大腿，以小貓貓親暱著憂鬱美麗君王的大剌剌姿勢，嫩小的手掌攫抓司徒睚冷白修長的手指，全身彷若無骨，以靈動嬌縱的姿勢依偎殘陽法師。

「可愛的小貓貓冥師，這樣吃點心好快樂……今天有什麼呢？有這個喏，最喜歡吃這種點心了，縵穠派。還有我喝的白蘭地酒茶，小貓貓冥師喝這個，加了橙瓣的焦糖紅茶……」

執事總管以堪稱精確嚴謹的動作，把一大盤子的高檔下午茶點與茶具給反手托在肩頭，低調但手法洗練地一一擺設在起居室內的櫻桃木餐桌上。司徒睚單手支頤，側躺在餐桌旁的深藍絨布長沙發上，看著酊泠狐疑又興趣盎然地聞著各種精巧點心與小食，向來抑鬱迷離的眼底透出接近莞爾淘氣的靈光。

「請讓屬下為小酊泠王儲介紹。這款點心是以原生養殖的紫核仁栗子為主角，把栗子實浸潤於蘭姆酒、白蘭地、栗子酒三合一的液態培養皿。更精彩的搭配在於栗子周圍圍裹的杏仁糕，如同畫作周圍的美味畫框，加上混身散發奶油香味的糖霜酥皮，相信小貓貓王儲會很是喜歡。我們點心師傅會製作這款改良版的創意栗子糕點，是顧慮到冥月小王儲光吃點心裡的栗子，唯恐會太醉……屬下妄自猜測，殘陽陛下或許認為此糕點的酒意不甚強烈。」

司徒睚那雙充滿邪氣美色的邪挑鳳眼，迷茫地睨了這個常以小奸小惡話語試圖取悅他的司颺總執事一眼。他任由酊泠在懷裡舒適地賴著，高興地輕聲嘻笑，一邊舉杯喝下酒意果然強烈的白蘭地酒茶飲料。

「奸人阿恆喜歡看我醉，喜歡看我失神。可小貓貓冥師不能醉那麼強烈，阿恆很細心，可也使壞著咭……」

被司徒睚根本無心於可能有何效果的輕笑戲謔一逗，哪怕這執事總管是個多麼擅於收斂起竊喜與困窘交織情緒反應的老奸人，也只能勉強在不失了禮數的情況下，訥訥抖出幾句接近囁嚅的場面致意話。司徒睚看這人帶著手下小侍童離去，寬敞明淨的塔頂起居室只有他與小貓貓冥師，接近夢遊的舒爽暈迷感襲來。

他一邊看酊泠興致盎然地輪番囓咬著栗子點心、奶油鬆糕，以及一道醇美但略苦的黑巧克力慕思，心緒飄移疾馳如一場心不在焉的流星雨。司徒睚以梳理小貓濃密長毛的溫雅手勢，撫摸著懷裡的小人兒。

「這是一場無比的長假，也是奢侈的漫長午睡。睡醒之後的我的元神，彷彿要開始自己舞蹈起來……」

酊泠睜著橘金色的一雙迷濛亮眼，奇異地收縮成貓眼石模樣的瞳孔看著司徒睚，聚焦於隨著話語兀自起伏的細長鎖骨。看著看著，酊泠竟伸出一截粉紅色的舌尖，滴溜溜舔著殘陽法師的頸項下方、形狀如細緻等邊三角形的絕美鎖骨一帶。

司徒睚閉上眼睛，在極度難得的幽光瀰漫醉意快樂之內，他依然品味到近乎被下藥的甘美悲傷。隔著無可跨越的裂縫，曉星就在隔了一層的彼方，還在分化自身，還在穿透超越界與諸次元的渾厚橫隔膜。

舔著深紅嘴唇上的琥珀色酒液，司徒睚往後仰躺，讓小貓貓冥師以霸道可愛的樣子壓住自己。某道鮮銳的感知劃穿總是迷茫的念場，他喃喃說著：「總有什麼要改變了，而且會一直永續變動……」

□

不知道這話語究竟是純粹的有感而發，還是意在言外的預言，距那天下午一個多超星團標準月之後，殘陽帝歸返王都鷹鉞星沒多久，就發生了讓眾人措手不及的粗戾戲劇化事端。從那次之後，司徒睚赫然知曉自己在絕對的不樂意時，會出現（包括他自己在內）任何人都難以逆料的狂野、近乎蠻荒的暴烈行止。

要不是驛．塔達安搬演的那場弄巧成拙施暴劇，司徒睚並未知道深居於體內、身為闇龍超神皇元神的自己，存在著絕對不可碰觸的逆鱗。倘若萬一被冒犯，狂暴的丰神如同「遇神殺神，遇魔殺魔」的太古神劍，造就的是絕景也是災厄。那是天火洗劫、絕崖雪崩的殺意風光。

碰觸到他體內逆鱗的笨拙冒犯者，就是在司徒殤詩尚在位時就設下的掌握兵權監控者之一、塔達安世家當代的首座。驛．塔達安是個身心都像是一隻粗莽大熊的諸侯將軍，不知進退的程度遠超過司徒軾三不五時因為激情發作、失了分寸的那種霸道幼虎程度。

要不是司徒睚剛從渡假狀態回到王都，酊泠也讓極樂院的使節團接回本家，兩者相乘的狀態讓殘陽帝的心情到達最厭煩不快的頂點，或許不會激起他爆破性的鬼神莫測暴力反應。說起來，這個自作聰明的塔達安將軍也不是第一次在表達赤忱愛慕的當下、使用如此冒犯性的招數。

自從在司徒殤詩一息尚存、行將瘁逝的最後統治時辰，把下一代南天超銀河的兵權分成不均衡的東南西北四方衛士譜系。身為塔達安下代主人的驛．塔達安取得骨子樂勝過第一名的第二名領地，進可奪掠王都與殘陽帝、退可安然駐守黑山白水、天險與機關處處的西方角宿星域。他向來掛在口上的粗豪囂張話語，與那身熊皮服飾堪稱相得益彰。

塔達安元帥老是對司徒軾抱持著友善的看不太起心態，真心認為那個粗線條的猛虎青年將軍根本無法眞正讓殘陽帝「發情」——說也可笑，他不是不知道自己慣用的這幾套床第模式讓司徒睚不快之極，可一直死心眼地認定，這是某種負面形式的取悅術，就像是在床第間湊近司徒睚的耳邊，以征服者的口吻狎翫說道「陛下眞是個發騷的極品陽物」。雖說塔達安元帥總像順口葫蘆，常常隨口抖出一堆冒犯之極的話語，這種粗鄙的西南邊境方言腔卻不是用來污蔑司徒睚。怪異的是，以此種語言此等腔調，像是堤防潰決的流石陣，他得以熱切、近乎虔誠地表達自己對高貴美麗君王的崇拜與熱情。

在他這次來到王都之前，就對堪稱心腹的手席副官這樣嘮叨不休。

「小三鎗你認爲勒，這次我這樣使那樣攻，殘陽陛下會不會就熱起來了？我好怕他都冷冷的不答理我，至少叫我阿驛嘛，一副連名字都懶得叫的樣子，害我覺得自己眞沒種唉。」

就這樣，半點藥救也沒有地，塔達安元帥始終以粗獷沒腦袋的心意熱愛殘陽帝，也一個勁地認定，這樣的雄性淫詞穢語是有助於施展雄風，取悅他根本半點也不解不懂的司徒睚。可是在這一回，玩得簡直快成爲老套的腳本、粗暴戰將逞其獸慾，誤以爲欺凌高貴纖弱俘虜的各種花招正在讓他的客體失神昏眩，殊不知，這是某個造就殘陽帝另一重自我驟然破水而出關鍵點。

這是第一次，在上演了不知道多少回合的猛獸攻略陣仗當下，司徒睚別過頭去。身心與念場全體敞開，分毫不保留地拒絕，象徵性結束他出生以來至今的夢遊迷神情慾生涯。

殘陽帝緊閉雙眼，以奇妙無比、讓人傷感的靈妙姿勢踢開那件正要套到他身上的細緻無肩帶小禮服。更讓驛・塔達安震驚到忘記他快要無法呼吸的是，司徒睚足踝精緻如水晶、修長白皙的雙腿竟是如此有力，一把架在他的喉頭，四兩撥千斤地交疊成X形，讓這個熊腰虎背、素以孔武著稱的武人幾乎窒息。

驛．塔達安從懵懂不解的不安到眞正欷慄、不可自制的轉捩點也就是那幾秒。他眞正看到司徒睚，眞正瞬間即逝地「讀懂」殘陽帝，讀到那雙幽光瀰漫的青色眼底正緩慢地、不可逆轉地流露出一道幾乎是瞬間高潮的激光。那是諸次元純粹的毀劫結晶。

當司徒睚別過頭去，厭惡地低聲喝令：「別再玩我了！」那一刻，除了破穿常態空間凌空掠出的那個不二保鏢與血盟衛，眞正讓他自己高亢勃起的體膚反應告訴他，銳利且殺性深重的另一重自我至今結束沉睡，乍醒且狂暴。

□

覬覦神力與銷魂神體的三教九流過於甚囂塵上，光只靠白道守衛武力根本不足以全然把關殘陽法師的身心寧靜。獨臂、另一臂化爲鷹翼，雙瞳三目，如同一隻猙獰倨傲黑羽兀鷹的獨孤篁烈，早在司徒殤詩還未猝逝之前，就是司徒睚不二的私人護衛與掌控者。

他以強硬又專制、但一點都不惹殘陽帝厭煩的脾性姿態守衛且干涉，時刻不離。獨孤篁烈長期獨居於超異能天位武者才能長期停留的〔影勢空間〕，只要是他判定司徒睚需要護衛時的當下，無論是床笫上的危機、綁架者入侵，殘陽帝不喜歡被某個特定人事物干擾，這位金銀瞳兀鷹就會不耽擱任何一瞬間，以斷斬干擾者念場的最殺無赦手法，處決讓他的主上不悅的存在。

他就這樣不著痕跡地從非常態空間破穿而出，卻冷靜淡漠如從庭院踱入心愛人兒的寢宮。髑孤篁烈輕描淡寫地一指尖掃蕩，就把驛．塔達安幾乎無反制能力的大熊狀身軀給定格成準確的匍匐跪姿，看也沒看這個簌簌發抖的闖禍將軍半眼。他專注凝視著怔忪歪著頭、彷彿爲目前景況感到奇妙趣味的司徒睚，深刻孤獨的視線異常清澈，甚至不太擔憂。

髑孤篁烈把那件被撕得怪淒慘的天然原生絲質小禮服給拎起來，完好左手上粗長的指頭一轉，啓動了他的獨家絕技。在眨眼不到的頃刻，那件造作得彷彿是爲了讓司徒睚厭惡至極而存在的衣服搖身一變，化爲一件只有殘陽帝穿來才適合的精美公子式開襟黑絲長袍。以簡潔專制的姿態，御前血盟衛繞到司徒睚身後，低沉省字地說：「睚帝君，來，穿。」

也不等有何反應，髑孤篁烈就把司徒睚像個夢遊洋娃娃抱起來，放在膝蓋上，輕易擺佈他的四肢，把那件長袍精確套到身上，整理完畢，然後滿意點頭。

「這次，把睚帝君討厭的大熊將軍給生魂轉渡，讓他在六道輪迴裡轉不回來？」

司徒睚輕微地搖搖頭。

「那，把他元神也變成一隻大熊，睚帝君要他這樣多久就多久。」

司徒睚還是迷茫地搖頭，可伴隨著清靈的吃吃嘻笑。

「唔……」

這時候司徒睚突而看到，來去於不同層次空間的血盟衛、向來不夾帶常態空間物質出入的腰際，繫著一把細長的金銀色系物件。那是一把鞭子，美得讓人一時間忘記其殺性的鞭子。

他以眼神詢問矚孤篁烈。

〔獨孤大鳥，這孩子是……？〕

矚孤篁烈淡灰色的重瞳現出唯有他面對司徒睚時才有的愛惜之色，他操縱神技的獨手細心握著那根以亞神等級靈物原料製作的珍品。

「某天想到第一次見著你，就從附近的靈物地域找出原料，做了這小東西。」

司徒睚的嘴角微撇，看似戲謔的笑意顯示他的喜愛，順勢撫了下自己的兩鬢——鑲嵌於他那頭漆黑如瀑長髮的金銅色角翼龍狀髮夾，也是這個有大師級工匠技法的超異能殺手保鏢，像一隻孤絕大鳥築巢般地悉心製造，淡漠又專制的禮物。

「給我，我來跟他玩。這孩子很想出手，想很久了……是這樣呢，孤獨大鳥想在這次生神祭結束後，送這孩子給我當禮物喏？」

司徒睚一逕瀰漫著夢幻嗑藥美感的容顏，顯得更加迷幻淫佚，甚至有種讓在場者都感到心底一突的暴烈野性。只有矚孤篁烈看在眼底，彷彿早有預期，滿意地點頭。

首席血盟衛反手交握，兀自往半空中比劃出招喚亞神物的魔導浮印。方纔瞬間，那雙皮質粗糙、骨節粗大鮮明有力的削瘦雙臂上躺著那根與殘陽帝一樣俊美挺峭、長滿險惡鉤刺的鞭子。以古禮致敬的姿勢，矚孤篁烈把這個看似意外的贈禮呈送給司徒睚。

「跪好，阿驛——你很驚訝喏，可這時候你該恭喜自己，透過你，我的確要開始發燙發情。透過你，我要與這孩子燕好……」

執起那條墜滿金色倒鉤的銀鬚鞭子，點滴也似地拂過塔達安將軍的肩頭，殘陽帝的模樣就和那根彷彿是他延展性肢體的鞭子如出一轍。極度的冷冽、險惡，是行將雪崩暴烈滅世的雪，也是即將天火洗劫諸世的火。

在斷金裂帛的鞭舞當中，司徒暚起先冒出低沉的冷笑，再來是倜儻的大笑，終究空茫啜泣但笑聲不止，如同兩種看似矛盾可卻也天造地設的樂器抑揚頓錯、琴瑟互弒。

隨著他使馭這道與他彼此一見鍾情的名器，原本低溫失血的全身穿上一件以探戈節奏爲素材的大衣，熱流如沸頂的酒意，手掌內凝聚史無前例的滅頂張力，每一鞭揮擊出去都讓他的舞蹈愈發粲然。低頭受鞭的那身雄厚武將肉體逐漸從發紅到血痕斑駁，空氣中沒有別的聲響，只有受罰者情不自禁的呻吟，以及殘陽帝狂亂如詩篇的笑聲與足尖舞步。

鞭勢與他都瘋狂得不可收拾，那是一場時間也爲之凍結的浩劫。

他從一場永生也似的長夢乍醒，可並非清醒。痛與火就是全向度一盞盞亮眼又憔悴明滅的光電招魂燈，把司徒暚、他的鞭與舞映出銀花滿天際。他並不是清醒，而是暫醒，從此世出生以來不斷服用的悠然昏沉藥物狀態斷弦。司徒暚高興得崩潰，崩潰得讓人傾倒，如同狂飛的雪夜血梅。他將開始培養新穎的酗飲嗜好。

在萬有悉數靜默、萬籟俱寂的此刻，殘陽帝對他腳邊的四個血盟衛化身銘記施然一笑。從此夜開始，一場盛大且無總是去而復返的煙火盛宴肇始，蠻荒如此，血意如是。

「我要創作出此世的孩子，我獨自所創的女兒。從他降生而後，南天超銀河的全體都屈膝於第一因，第一陰，以及我的足尖之音。」

【第四章】我是我最無上的毒品（The Deadly Drug is Me and Pour Moi Only）

星辰與紫色天際相隔天涯，回家的路跋涉整個永恆。渴望有朝一刻，找到我與你歸鄉的祕徑。

——〈袖手凝眸〉（Stand Away），Angra

第一節，馳騁於駿馬，奔赴至諸世界的盡頭

超星曆２３３６９年，剛繼位數年的南天超銀河第三代魔導皇帝略顯寂寥。他隨便找個藉口就從煩膩的笙歌宴舞退出，獨自待在少數侍從與衛兵在側的私人放映室。

年輕的皇帝把雙腿頑劣地擱在前排座位上，渙散的眼睛並未真正凝視浩浩蕩蕩在他周邊上映的全向度共象劇場。

他是個所有把戲都玩遍了的浪蕩子，適合奔放縱情一場之後就漂亮地早夭。可時不我予，典制與禮教的嚴格精細力量遠超過他的頑拗不馴。「黑太子」司徒野巖方處於青春的晚期，內在已經枯燥索然，近乎認帳地讓制度與人們安排一切。

在這等狀態下，他是個最醇美酒入口也沒有細緻味蕾品嚐的前酒徒，感官耗亡殆盡的前浪徒。

如今讓他唯一回復生機與愉悅的私人活動，就是投注堪稱高檔的感官調節師天賦。在意識最清醒的時分，生體素子針尖從他的手臂咻地由內而外綻放，刺穿他的空虛，刺入他等待著充血勃起的兩腿之間。

如同在光幻海域血拼的針頭注射上癮患者，浪費天賦地磨損自我，黑太子一再將根本該是與另一個實存對方互動的官能調劑針頭往自己內裡戳射，羅織一場毫無實現可能的鹹濕幻夢。然而，那確是他唯一的至高的眞實與想望。若說他有什麼堪稱夢想的心願，唯一希冀的就是能有一度生命、某一段竊取來的光陰，無拘無束，玩遍一個高段數感官調節師所能探索的極限。

倘若還有更完滿的償願，他希望自己最後的結局是與他從小看著全視劇場就愛上的殘陽法師邂逅，在形神潰滅之前一起騎馬。在馳騁的當下極盡奔騰於性愛，迎接即將覆蓋身心的死之暴雨。這是身爲黑色御者的黑太子乞求的「不可能的完滿」——

〔殘陽法師坐在我身前，只披著一件血紅色或深黑色的毛皮大衣，雙手被我以血色絨繩反綁，昂起脆弱但挺秀的頸項。我黑色豺狼般的利齒浸漬於他冷白色的肌膚，他發出讓人神魂破碎的輕聲呻吟，夢幻的淫佚肢體摩擦著他胯下的馬鞍。我把最心愛人兒散發著最頂極美酒與毒藥質感的身體攬入懷裡，雙腿一緊，策馬疾馳。在速度與官能的盛宴當中，我深入懷裡的失神迷茫人兒，他是我的王子與俘虜，我是他的征服戰將。我的齒列、手指，以及胯下的超生體光電陽具持續深入他毫不抗拒的肌膚、體內的幽微深淵，永遠如此。我就這樣抱緊他，侵略他，與他一直在荒城斷垣、牆毀殘敗的古戰場上騎馬奔馳。〕

「真是生不逢時，這一世好無聊，好想落跑當個海盜頭子。可即使如此也遇不到你，時差了三代誒……」

司徒野巖高蹺著二郎腿，半顆鈕釦也不扣的絲質襯衫惡劣敞開，顯示他個人壞品味的磨白破洞牛仔褲，鬆垮垮地懸在那雙頤長結實的古銅色雙腿。兩腿間的三顆鈕釦也是解開，那根頂端還在冒著生鮮鴉片味精血的百合花狀特製陽物此闖出褲檔外，逕自滴答，在他的大腿間痙攣抽動。

眼前的全視野念場共振劇場只剩下一片長滿礫石的不毛高原，至極的性慾對象從未真正與他廝磨。就連在這個「經典壞男孩」好不容易高潮洶湧的頃刻，也不給溫存片刻，畫面上的殘陽帝輕瞇雙眼，向始如初的空幻迷離的輕笑如迷茫的鈴鐺，聲音餘韻猶存，形影已然飄然離去。

他實在稱不上是個明君，甚至連個稱職的統治者都稱不上。多虧他的母皇、御尊陰帝司徒旻的垂簾監督、耳提面命，此世的南天超銀河還勉強維持個堪稱偉業二代目的模樣。

也就是這樣的一份若有似無歉然，加上從小就別無二話地順從自己的母上大人，對這個亮麗堅決的陰帝抱以壞男孩獨特的孺慕柔情，這回司徒旻闖入放映室，又要開始無數回合之一的拎耳垂訓話，黑太子也只是淡淡地嘆息，沒半點抗拒之意。他像一隻被馴養的莽原黑豹，面對自己的撫養者，滿心無奈但聽話。

「小巖——你這德性成何體統?!我可不要群臣與民眾認為我培育出一個淫蕩浪子，連在寢宮之外的地方都管不好自己的下半身！」

司徒野巖低下頭，愀然地看著即使被母上大人凌厲管教、還是近乎抽噎地逕自噴滴粉紅色體液的蘭花莖狀陽具。剎那間，他也不知道究竟是煩悶地豁出去了、還是太久沒有被親代疼惜，焦躁又委屈的心情作怪到什麼也管不著。

對著面容威而不怒的太上陰帝齜牙一笑，黑太子以最屌的姿態抬起下巴，慢條斯理地把腿張得更開，溫馴低聲地回嘴。

「娘親大人本來就培育了個不長進的淫行浪子。反正現在木已成舟，何不乾脆讓我物盡其用——孩兒我的胯下橫豎就是您的，就試用試用咩？」

出乎意料之外，司徒旻並未惱怒、甚至連少許的疾言厲色也從他的端嚴五官撤除。他靠近頹然得不能更頹然的長子，靠得很近，近到幾乎可以碰觸到他孩子兩腿間充滿挫敗感與焦躁美感的性器官。

是沒有應邀試用這玩意，可司徒旻的臉上現出一抹機靈的神色，這讓他幾乎回到數百年前的頑皮少女時期。他以感應法師的自己、穩健練達的心念魔導師念場探入黑太子的內裡。他不是不知道長子的苦惱，此時他充滿了澄澈的母性情愫，對這個必須將被硬生生鑲嵌於南天超銀河帝位數百年的不適任野孩子感到心疼。沒錯，他已經很久沒去眞正愛惜這孩子了。

司徒野巖驚詫地看著那雙柔和撫摸自己臉頰的手，溫軟但瑷瑷含光的力場漸次舒緩他的燥鬱與難以言說的悲憤。原先他以爲這隻手會以巴他幾個耳光的形式，接觸自己的臉。

「誒，我應該先把你妹妹造就出來，再讓你誕生。在莽原上浪蕩橫行的黑豹會是個超棒的陽性神狩御使，可也最不適任繼任帝位，至少是這一代的帝位……」

黑太子苦澀地掉轉視線，無力空乏到沒辦法對母上大人難得不假斥責的憐惜情愫抱以感念。他只能盡力克制，不讓自己那張欠打的嘴再抖出更多不知感恩的話語。

司徒旻卻似是失神了。雖然還是輕撫著他的長子臉頰，可他心神飛濺、心念電轉，剎那間他回到了自己首度在樕流的臂彎，見識到那場無與倫比的劍舞——要說不適任南天超銀河的帝位，比起他的祖父殘陽帝，小巖這情境只能說是小意思。

可司徒睚不同。他的祖父與任何的悲情憤懣都如此分道揚鑣，以致於他常常不禁懷疑，是否殘陽帝的身心早已浸潤於無比道地的激狂抑鬱，以致於他根本沒有能力與常世的愛憎瞋怨眞正遭逢。

「好啦，你這孩子就別鬧了。如果在這三天的皇天祭典你夠安分，當個有模有樣的新任皇帝，我就說你最愛聽的故事給你聽。不是最想聽殘陽帝的騎馬揮鞭舞劍三部曲，乖乖，今兒就先說我最難忘的那場劍舞罷……」

□

司徒旻並不知道，那場永誌難忘的獨舞劍陣是無數場的其中之一。之所以會有那些意興如波折冷光、在馬背與鷹翅之間曼妙舞踏的破格劍術，最主要的肇因就是他的陰親代、因龍王司徒琰的誕生。不過因果歸因果，早在那之前，司徒睚的「暴烈殘酷三重奏」就已經演奏得光芒如血。

日後當殘陽帝以親暱但漫不經心的姿勢摸摸小旻的臉蛋時，總會邪氣十足地微笑說道，騎在馬上與牠交合馳騁，酗酒揮鞭，躺在大鳥身上舞劍，那是屬於自身的三合一不可自拔耽溺。

如同一筆力道深重的破折號，在那場懲處驛塔達安的宮闕事件之後，司徒睚的生命被那筆轉捩點帶入另一個起點。以往的他是一瓶悠揚散發著陽性絕色、任由過路人等掬一瓢飲的絕世美酒。然而，經由他培養的新穎嗜好，這瓶烈酒從此不再任人拔開瓶塞、昂首痛飲。他毋寧徹底地縱飲自身，痛與快意逐漸在他的三重嗜好當中接合為一體。

超星曆２１９４９年，歐陽鉞無意間在日後成為鐵魂血珀星雲出口貿易命脈的「穗穗年」、終年為寒帶草原氣候的行星上發現珍貴的量產駿馬。此等隱約含有亞神獸血脈的寒帶原生駿馬不但身軀矯健俊秀，奔馳的力道與美感有若天位劍客酣暢舞動的最高級生體活劍。當歐陽將軍驚見這群馬兒當中的王者，從容優雅地朝他走來，最恐怖也最銷魂的神奇又對他開展了一回——

那匹全身通體銀色鬃毛、以黑晶石生魂為眼珠的秀美神駒盯著歐陽鉞，眼神凝定，彼此的魔導心念場捲入最徹底的「破溢物種界限交感」。在那幾個兔起鶻落的瞬間，歐陽鉞的形神幻化為一股激昂颶風，駿馬的背脊赫然現出與司徒睚生神浮印同步走位的印記。在那一刻，歐陽鉞這個除了一元魔導神學之外無啥神祕學知識的武人不禁體內如電流穿行，全向度的超自然神祕實非他這個魔導支配師所能全然駕馭，無論自身的位格多麼崇高。

他知道，這匹神駒將要經由他的護送來到司徒睚身邊。人馬合一的狀態隱然讓他想起所知不多的太古箴言之一，物神歸元。

然而他沒有料到，這無可比擬的禮物將會造就更高亢的心盪神馳、以及從此而後。難以言說的憂傷挫折感。雖說並非抽掉這個契機，就能永久讓殘陽帝如同一朵讓風霜雨露澆灌潤澤的奇花，無間斷地任由歐陽鉞在內的入幕之徒為所欲為。可他終歸沒料到，司徒暚會那麼徹底地沉浸於「新穎的三合一嗜好」，從此好長一段時間對任何人提供的性慾攻略興趣缺缺，不時在攻略者高昂激情的當下大剌剌地昏睡。

在鷹鉞星的秋冬交接閏月月尾，司徒暚與他命名為「銀刑殘天」的這匹亞神駒初會之夜，也是歐陽鉞每三個星團標準月固定造訪南天超銀河王都。每三個月的那三夜是他積蓄了無數驟起暴落慾念與愛意、只想要投注於殘陽帝身上的珍貴時光。

就在那一回他赫然發現，司徒暚的反應有所不同，幾乎是大相逕庭的不同。並非不任由他擺佈，說起來司徒暚還是溫存地回應他，任由他蹈行各種花樣，可是歐陽鉞就是知道，在這段時間當中，殘陽帝的內裡起了無可形容的變化——如今的他，沒有半點心思保留給任何意圖以肉體韁繩來掌控他的人們。更讓他赫然洞察的關鍵場景便是與亞神駒初會時、殘陽帝的反應。

乍見到那匹無須任何指示就輕捷如一筆銀光，流水也似地飄掠到他身邊的亞神駒，司徒暚的眼底青光暴漲。那是絕世的劍與劍鞘終於遇合相逢的欣悅。

「殘陽帝很喜愛這匹小馬呢……讓阿鉞抱著你騎，來，這是韁繩，馬轡在這兒。我們胯下的是天蠶絲絨為襯底的馬鞍，這樣舒不舒服呢？」

司徒暚的確很開心，開心得讓他心碎。此生第一次與如此純淨的有機生命體交會，司徒暚愉快到忘記了身後的支配師。他時而俯身，向著銀色小馬低聲說著什麼，時而仰起那張美麗極惡的容顏，吃吃笑著。最極致的反應莫過於身體的反應，抵在歐陽鉞身前的軀體向來冰涼迷離，就連在寢宮內的張力迭起情事也甚少讓司徒睚的體溫有所變化，可是當歐陽鉞輕攬這把堅挺細長的腰身，赫然發覺他所擁抱的是一塊發燙的火性冰晶。

原先他是一溪春水，水性不變。可現在他的模樣是一柱秀異瀑布，激狂如斯，鋒芒洗鍊但溫存，如一首殺人也殺得讓被殺者欣然赴死的絕句。他與他的愛馬化爲一道水性的魔劍，奔馳於無涯的荒野。

從那次之後，司徒睚只願意一個人與他的愛馬歡好，他的騎馬活動禁絕任何人參與。日後成爲刑天殘血儀式的地基「蒼莽原」，是一開始就只屬於殘陽帝的私人曠野，在那裡他跳著自己才看得到的舞，踐演無人可中斷的自瀆。

第二節，無法停止舞踏的舞者

說到告一段落時，司徒旻輕啜一口玉蘭花露，對著依偎在他膝下的叛逆愛子縱容一笑。

「所以哪，小巖的性幻想情節無法實現的原因，才不只是時差哩！眞要說起來，時差還是小事——說到騎馬一事，我的祖父才不讓任何人在馬鞍上對他上下其手呢。」

司徒野巖逕自沉醉於讓他心神蕩漾的心相畫面，一時間倒也忘了先前的鬱憤滿懷。他抬起頭來，原先失焦的紫紅色瞳仁如今精光四射，胯下的陽具也不再垂頭喪氣，反而昂揚如剛採集天地精華玉露的火鶴花蕊。司徒野巖如同一個貪婪聆聽床前故事的幼兒，但求更多的一千零一夜譚。

「就算這性幻想根本連預設都是錯誤的，可我愛慕曾祖父的心情只有增無減……看妳的孩子可憐，娘親就多說些給我聽啦！」

司徒旻豈不知曉他的愛子。對於他而言，除了司徒睚是例外，根本沒有任何陽性人物能夠面對他的心念潛場、還能保有任何奧妙神祕的質素。這些人如同一張張攤開來的厚實粗獷書頁，寫滿了歕張的衝力、快意恩仇的情愛怨恨，任其再練達老成也無法在慾望對象面前保持眞正的定力。

他的伯父司徒軾向來就是個兵敗如山倒的最佳範例。可是在他聽橅流說起這則軼事之前，倒是沒有想到，就連歐陽鉞也有這等豁出去的大膽行動。

眞是的，依稀記得某位上古單一銀河系的詩人所言，這些人，那些人，砍頭千萬次總也再生如一切兩半的水蝗，或是無頭淌血行走天涯如太古猛漢。這些人，那些人，怎麼死也死不透的陽剛武士們！司徒旻帶著促狹的善意思索，一邊含笑注視著在他膝下溫順得不可思議的黑太子。他想說殘陽帝要有興致說這樣的調侃話語，一定很像那個他從小就喜歡閱讀的太古小說家那樣，溫存地輕笑，嘲弄包括歐陽鉞在內的那些人——即使那一回，歐陽鉞超級有力的行動讓他取得最珍貴的回應。

■

那次是歐陽鉞固定造訪南天超銀河王都的秋季時分，距離他把銀刑殘天護送到司徒睚身邊已經整整一年。

在這一年當中，殘陽帝只顧著與愛馬馳騁，根本把所有其餘的人事物當成稻草人。若說之前的司徒睚在本質上無視於這些陽剛將軍們的個別性，所有蠢蠢欲動之徒早已經搭然認命——包括最不甘願的司徒軾在內。然而，被忽略到如此一場糊塗的田地，這年下來眞是人人內傷不已，就連最深知殘陽帝的歐陽鉞都已經到達極限。

不愧是四象限陽性支配師的首席，在難受痛心的時候還是不動聲色，一如表面上不起波瀾的透明燒刀子烈酒。那一回，在他停留於王都的第三夜，他帶了個簡單但是一擊必殺的性玩具到司徒睚的寢宮，身後跟隨的熊腰虎背將領是歐陽支配師這幾年來的調教助手——自從被等同於賞賜的鞭笞一頓之後、赫然明白自己具備臣服師潛能的塔達安將軍。

「殘陽陛下……阿鉞帶好玩的來玩您了。」

司徒暚還沒從寤寐的餘韻醒轉，那雙蒼勁有力的手臂就把他框入懷裡。還是那麼地溫柔深情，可是歐陽鉞是橫了心，一點都不管殘陽帝是多麼迷惘驚訝，逕自把他的雙手反剪，以一雙看來俏皮、鑲著粉紅色絨毛的銀色手銬束縛他的雙手，再把他整個抱起來，放在順從地跪在地板上、充當跨坐道具的驛．塔達安身上。

「阿鉞爲何這麼凝重？今晚你很不一樣……」

歐陽鉞湊近他就算是粉身碎骨也要席捲奪取的人兒耳邊，粗啞的低語洩漏出他已經按捺一年份的思慕與傷心。

「阿鉞很難過。殘陽陛下與銀刑殘天在一起之後，阿鉞就無法讓您快樂……」

被他以裁剪成蝴蝶狀的黑色皮革眼罩矇起雙眼，司徒暚如今的模樣更是無與倫比的脆弱與精美。他仰著頸項，對著看不到的歐陽鉞柔聲啜泣。

「阿鉞很難過……所以要這樣讓我快樂，要很嚴厲地玩我？」

歐陽鉞的嘴角泛起一抹近乎抽搐的痕跡，說是微笑卻也過於心碎，但卻比任何形式的快樂都要更接近滅頂的銷魂極樂。他做了個手勢，無聲命令驛．塔達安擔任牢靠的人型坐墊兼約束具，而臣服得無比赤誠的塔達安將軍以守望無上神物的心情，湊近司徒暚的雙足，蜻蜓點水地各印下一吻。

如同烈風擄掠了一朵長滿棘刺的挺秀長莖血梅，歐陽鉞撕開司徒暚單薄的睡袍，裸裎出他冷白色的背脊。他的手指在上面周遊，一路下滑，直到觸及嬌小但形狀優美、宛如兩片嬌稚雪白玫瑰花瓣的臀部。

然後，再沒有言語駐足的餘地，歐陽將軍手上的那把百尾軟索鞭從他的身後探出。此神器以烏檀木爲把手，細膩柔和的近百道嫩紫皮索乃以不殺生方式，讓初生麋鹿自然蛻皮，耗費數年所製成。僅此一把的器物，正是禮讚他最仰慕心愛人兒的高尚道具。

他面對司徒睚蒼白細緻的背脊，空出的那手起先是愛撫的輕柔碰觸，再來則是百尾軟索鞭由輕盈到暴風也似的抽打。由徐緩到快捷，每一擊都以最摯愛最帥氣的姿勢，觸及那身優美弓起的臀股之間、最隱諱奧祕的快感地帶……

「這夜之後，殘陽陛下得離開馬鞍一小段時間了呢。在您暫時無法與銀刑殘天恣情馳騁的這段時間，就讓阿鉞以各種花樣取悅您，讓您高興，好嗎？」

■

司徒野巖從出生以來，第一次臉紅尷尬成一個徹底的青澀小子。

「那個歐陽支配師老頭！眞是令人髮指，太，太可惡了……」

御尊陰帝淘氣地瞧著他的愛子，瞧得黑太子古銅色的肌膚發白，簡直羞窘不堪。

「胡說，你這小鬼還以爲這種佯裝義正詞嚴的德性就唬得過你娘我?!你眞正想吶喊的是〔這等要得的事情怎可讓歐陽老鬼包去，我也要這樣對待曾祖父！〕」

司徒野嚴的嘴裡冒出一陣不知伊於胡底的發情辭彙之後，倒也算是爽快地點頭默認。

司徒旻一時恍神，剎那間彷彿看到殘陽帝就在他的視線最遠端，悠揚但激烈地舞著劍。在無法騎馬的那段時間，司徒睚總是一襲血紅的單衣，如同楊柳般的身形在槲流與「髑孤大鳥」的注視下，劍舞彷彿永無止境。

之所以會有那場劍舞，會有接下來的一切，那柄以柔軟上好小麋鹿皮製成的藍莓色澤百尾軟索鞭堪稱居功甚偉。在那一夜，歐陽鉞不只是鐵了心，造成的後果也讓觀者心蕩不已──司徒睚向來白得如瓷器的纖小臀部雖然形狀如昔，可留在上頭的漂亮淺紅色印記交叉縱橫，加上魔導力場的文火慢煮滲透，造成快感與煎熬等量齊觀的火燙酸痛滋味。接下來長達一個月的時間，受傷得那麼性感的司徒睚只能短暫地趴在銀刑殘天的馬背上廝磨片刻；別說是跨身正面騎馬這等劇烈動作，剛開始的五六天，連躺在床上休息睡眠也得是俯臥的姿勢。

「殘陽陛下這模樣，眞是好迷人哪……來，趴在我身上，讓阿鉞來以冰鎮的香草塗料按摩。這次會不會覺得阿鉞有點兇呢？」

司徒睚舒適地伸長那身剔透的肌里，爛漫地任由歐陽鉞的手指與藥膏他的臀部上來回遊走。背脊上的生火鶴紋章宛如受到強烈雨露的澆灌，栩栩然的花心兀自綻開又收縮，與殘陽帝同步的超越界神族在這幾天感受到的快悅足以支撐到下一個轉輪週期。

「阿鉞總是不兇的，只是坦然徹底地知道自己要什麼，我要怎麼被玩──可這回玩我玩成這樣，好嚴重哪，要很久以後才能再這麼玩喏。」

司徒睚背對著歐陽鉞，無感於對方悲欣交集的動容神情。他自在地仰長脖子，享受傾覆在身體上的冰涼芳香藥膏與那些熟練的手指。隔了半晌，他又慢慢地低語說：「就連阿輸這孩子也不那麼兇了呢。要是幾年前，一定翻很大的臉——讓我很煩很煩、一點都不好玩的兇惡翻臉。」

幾乎沒有誰不在歐陽將軍甘冒大不諱的戲局當中、賺到或多或少的便宜。當然，除了殘陽帝最鍾愛的神駒，畢竟這陣子沒能如同以往的劇烈歡好，難免讓銀刑殘天倍感失落，雖然照料牠也無比愛惜牠的御騎師傅司空言歷，已經在能力範圍內讓這匹神異的馬兒不那麼無聊。

至於王都朝廷眾人，從司徒軾到殘陽帝寢宮的小侍童可都樂得很。畢竟不是只有長肌肉不長歷練，司徒軾在這幾年還算有長進，已經不再把那幾個臣相將軍當成假想敵，反而認可對方是奇妙的同盟。面對這次的事件，他未嘗沒有牙癢癢的妒意，可畢竟有那氣量承認歐陽鉞就算心情再辛酸，就是能讓司徒睚以他喜愛的方式被對待，那不是他這個抓狂起來只顧著發洩激情的長子所能項背。

不過說起來，就算這是讓殘陽帝體會到新鮮強烈感官樂趣的難得活動，當他休養了一星期之後，也難免開始無聊起來。那一回是歐陽鉞非得回邊境處理重要軍情的一個午後，司徒睚很沒神經地驅散侍從，想自己在秋光滿溢的庭院裡散散步。在紫陽花與忍冬的陪伴下，走得正高興時卻足尖一拐，差點要絆倒，在那瞬間他卻被凌空攬了起來——

在異度空間隨時觀望著的矚孤篁烈穿破界限、俯衝而下，化身爲一隻精悍的大老鷹，說時遲那時快，一把就把他叼住。載著司徒睚的那對健美鷹翅在天空畫出一道深沉湛亮的線條，翺翔得無比酣暢。在那頃刻，司徒睚彷彿跌入曠古之前的原始記憶。在此世之前、在許多個人世迴轉之前，超神本體的自己施施然從那扇割離了全向度與超越界的門跳下，如同一根悠揚漂浮的羽毛，嗑藥也似的墜落況味永無止境……

恍惚間司徒睚攫住了髑孤大鳥翅膀上的一根黑亮羽毛，魔導念場嘩然洶湧如「白瀧洞巖」的磅礴瀑布。那根羽毛在他無意識的心念電轉下，化煉為一把生體活劍，劍端的血光內凝煉如紅玉。當他翩然於半空中舞著這把玉血劍，載著他遨遊九重天的髑孤大鳥彷彿被體內的電光一再戳擊，隨著殘陽帝曼妙流轉的劍式與舞姿，每一根羽毛都為之歙張。

那是司徒睚以劍為舞伴、以髑孤大鳥為舞台的起點。

〔記得睚帝君起舞如一根黑光內蘊的火炬，舞到我的視域長出洪荒蔓草。在那些當下，熱能與寂滅竟而合體，絕無僅有地共有那一刻，又一刻。〕

最後一次見到髑孤篁烈，當時是司徒旻即將迎接成年式的前夜。向來與他交好、滋生出奇異跨代友情的髑孤大鳥冷不妨從他的背後冒出來，遞給小旻一本以熱能晶體封印的七感同步法師才能觀看得到的〔全像追憶影音〕，當作他的成年贈禮。在那之後，髑孤篁烈徹底消失於常態四次元時空，傳言說他去了人子之身的魔導師無法前往的亞神界，也有人說他始終攜帶著司徒睚的心室晶核體，隱居於南天超銀河的隱流地基，反熵系內宇宙。

對於髑孤大鳥的行蹤，司徒旻像這些人一樣，只能推測而無從確認起。可當他看了那則在鷹翼上凌空舞劍的全像記錄，哭了一整晚的他非常知道，經過如此徹底的完滿與傷慟，髑孤篁烈再也無法與人世有任何形式的交會。

第三節，荒城殺意盎然

「當然啦，距離髑孤大鳥來到我窗前的那時候可還很久哩，那可是我成爲獨當一面的千金大小姐前夕唷。在那之前，祖父與髑孤大鳥在一起了好久，在我的陰親代尙未誕生之前，南天超銀河節慶不斷，發生了好多精彩的事，精彩到即使日後髑孤大鳥隱遁了好幾百超星團標準年，也足夠愉快玩味才是……」

司徒旻拍拍入神的兒子肩頭，不失慧黠地輕戳一下黑太子還在震動的胯下。

司徒野巖伸伸舌頭，在這聽故事以來的半天，他彷彿又回到了繼位前意興風發的「野壞男孩」模樣。依偎著今晚難得任由他撒嬌的母上大人，司徒野巖發出眞心的讚嘆。

「啊，那位髑孤長老可比歐陽支配老兒勝出不知多少倍！是不是就在超星團２１９６０年舉行的轉輪競技賽，取得形神互換魔導師首席的那位？說起來，孩兒一直有個疑惑……經由保存下來的超感知全向記錄，我一直在想那個神祕的最後超異能者的身分——他眞的很像，很像……」

不知爲何，司徒野巖就是說不出他想直接指陳的那個名字，那個名字彷彿冷酷的夢幻浮印，撇頭而去，就是不讓他從嘴裡吐露而出。司徒旻的心念潛場讓他活脫脫是個讀取未言說心思的先覺者，他輕輕頷首，站起身來，示意他的孩子隨他到室外的溫室花園。不知覺間，天空已經呈現鬱青色的破曉光澤。

這光澤讓他想起兩個人，除了他的祖父，只有那位透過超導體全向記錄才能被肉眼以上魔導力看到的神祕人兒，只有這兩人有這樣的眼色——在那場人神魔獸都爲之血脈沸騰的最後競技賭局當中，倒行逆施禁反之術、穿破次元藩籬而來的那個冷峻貴公子，讓時差了這麼久的他依然無比心悸且心折。如此酷肖殘陽法師的青年法師……他究竟是何許人也？

打從他看到那份全向記錄至今，徘徊於司徒旻心底的疑問始終未消弭，反而一如始終地蓬勃激動：那就是司徒睚唯一所愛的人兒，誠如酊泠所呼喚的小名，那人兒就是「曉星」?!

□

被後世幾個喜歡閒淘氣的史學家暱稱爲「魔獸戰線」的四象限首度生神浮印無設限競技賽，於超星團標準曆2１９６９年、南天超銀河新春節慶舉行。

當然，司徒旻並非以自身的肉眼或魔導念場參與這場殺伐得興高采烈的盛大肉搏賽，當時別說是他，就連他的孃親、因龍王，可也尚未誕生於人世。之所以耗時七日夜的競技大賽成爲他記憶念場裡念茲在茲的巨大象徵之一，緣由來自於司徒橛流——在這場以〔永‧續‧夜‧色〕分別體現四象限魔導師與神族的共榮關係儀式，混沌系被遴選爲超神艾韃的夥伴、承接混沌超神續印之席位，就是這個剛渡過稚嫩青春期的黑火劍客。

有生以來，司徒橛流首度得到他應得的榮耀與喝采，就連向來不避諱地公然壓制他的大哥、司徒軾，這回也難得慨然爲他祝賀。這個無論周遭如何以權勢位階來壓抑、也無法遮蓋其出類拔萃天分的年少魔劍客，在競技場得到了生涯的首度榮光。對他而言，最銘記在心的回憶卻是他難得能接觸一次的爹地、殘陽帝，在他取得生神浮印之後，以他向來註冊招牌的優美恍惚笑容，對櫟流輕輕招手。在祭典兀自進行的時間，司徒睚無視一切的擾攘雜沓與視線，就是無視一切地坐在他的次子大腿上，時而喃喃自語，時而迷茫失神。

在那度之後，櫟流終於能夠比較常與司徒睚在一起。每週一次的雙人御劍陣式不但是例行課程，更是他後青春期的歲月中最珍貴晶瑩的記號。甚至於，在因龍王出生之後，司徒睚時常與他的一雙孩子翩然飄飛於天際，在髑孤篁烈展翅變形、化身爲頂級魔獸的守護下，排練最奇特的三人魔導劍陣。

然而那畢竟是之後的往事，司徒旻並不那麼了然於心。對他而言，要眞正認識櫟流的青春流光歲月，就要在魔導念場捲軸裡一再讀取那場以人獸互換式爲競技主題的超暴烈殺戮舞台。凶狂的武力與欲力互爲頂禮，那是一場肅殺情調與發情荷爾蒙滿地掉的大典。

雖說是無設限參賽者的資格，可倘若要過五關斬六將，在初試時取得在鷹鉞星的堂皇環陣劇場搏命演出的資格，至少得是有天位證書的魔導師。這些千年來難得聚首、更別說短兵相接的乖張魔力者，以武術或心念力爲自己開出一條血花斑駁的決賽入場卷，集結於一千年以來最豪華隆重的競技賽，角逐魔導生神浮印，每象限僅此一枚。

在這四名摘取下魔導月桂冠的冠軍當中，奇妙地呈現出高反差的老少兩代鼎立局面。弱冠之年的櫟流有個靈箢系至友、也是魔導怪醫皇霽宇潔自豪的幼女，風系冥師皇霽靪成爲會場上與混沌少年魔劍客並列的秀異早慧風光。在這場角逐賽當中、不須太多力氣就自動居住到他體內的超神夜浮印，乃是靈筂太古四超神之一的流空風色化身，嶂修奴。對於與會的歷史觀察團而言，再也沒有比這位清麗的小冥師與幽涼風色超神的搭配更讓人們心曠神怡的景況。

至於矗立在超高齡魔導師的天平另一端，給予在場會眾們的觀感完全超越了善惡、美醜，甚至聖邪等截然立判的美學或德行層面，唯有全然的五體投地方能略爲形容落敗者與觀眾的衷心震懾與敬畏。

硫光上師當中眞正的硬底子、相貌猙獰森然如一隻光色詭譎青光鶴的鉥．鳶尾，早在千載之前的幼年時光就上通聖超神核制裁言令。在超越界尚未與諸次元形成互映交感結構之前，這位鳶尾家的無性身軀長老是魔導公會視爲擎天三柱之一的「聖言靈」。他就是活生生的永印化身，無怪乎元祖超神蘇霏亞的神核根本看不見另外的參賽者，就直接溶入鉥．鳶尾的念場。

至於黑曜系的「御神使」，鵜鶘椋燕，他更是傳奇中的傳奇。打從鵜鶘世家在魔導四象限奠定下隱流主的頭銜以來，鵜鶘椋燕就等於鵜鶘這個姓氏，他的出身秘辛更增添了不可勘破的色相魅力──據說，鵜鶘陰帝的容光神貌與黑曜超神四公爵大姊大的亞緦塔蘿斯酷似無比，個中難以洞穿的曖昧長年來讓好事者不斷津津樂道。雖然長年以來流浪於次元諸界的邊緣地帶，可只要他一現身，即使是當世第一陰性美人的楊花公主也不得不退居其次。以他來執掌黑曜之色印，駕馭野馬騎士超神，實在是無第二人想。

可這四名站在頂點的浮印配載者，在競技告一段落之際不免感到些微的悵然。在正經大事的競賽之後，司徒睚吃吃輕笑、戲稱為「小玩一場血色」的人獸互換競逐賽外賽，唯獨這四名耗盡力場與肉身能量的勝利魔導師無法加入戰局。這就像是飽飲勝利的烈酒，可那杯最精美的無價美酒僅此一杯，既無法巧取也不能豪奪，只保留給眞正在魔道生涯淬礪自身、與魑魅鬼神與共的化外戰士系法師。

正式稱呼為〈生神獸互換體〉的這些罕見量產魔導師，是會場上最驚心動魄的風景。光是其中之一站在舞台上，就足以鎭壓一大票膽寒得明張目膽、自許為正常魔導師的貨色。鎖碼於體內、彷彿雙身的殘虐不馴生神獸就是這群奇才們與生俱來的詛咒與福祉，遊走於人子之身與眞正獸形化物的軀殼，生神獸法師註定將大多數的光陰投擲於所謂見不得明亮體制的死角。

然而，這此的賽外賽堪稱此等族類至上的翻身，倘若在同類的屍骸血泊中殺出一條艱辛的冠軍路徑，就能夠取得生神浮印也瞠乎其後的超額獎品。

浴血脫穎而出的冠軍在接下來的月陰之夜，能夠以無遮攔的原形身心與殘陽帝共度一夜，成為因龍王出生的念場棧道。光是想到官能的至極銷魂就讓這些獸神血脈的後裔覺然勃起，甚至還有現世的榮耀，從未想過能夠加諸於此等形神的榮耀——在此後，既然是因龍王的托生者，取得最終勝利的生神獸法師將成為隱流攝政王，與闇龍超神核共有永恆。

這眞是一場終極賭局。無論對於賭上一切的生神獸法師們、甚至對於司徒睚而言，都是如此。

他是壯麗羅馬競技場上最高貴的獎品，只待冠軍生產之後來把他奪取而去。這場勝利的夜間歡好，究竟能以暴力官能的極致來成就出什麼，讓殘陽帝的身心為之頹靡共振，或只是一場無趣的乏味征服戲碼，身為祭主的司徒暱一點也沒有預測，甚至沒興趣去猜想。他半闔起的青玉色雙眼似笑非笑，讓那些已經瀕臨獸身出竅臨界點的凶狂決賽者如同聞到聖血味道的魔獸，每一雙激灼注視殘陽帝的雙瞳眼底都寫滿了讓自身不可自拔的美味痛苦。

在行將互噬的競技場上，不但生神獸法師們彼此為敵手，光是自體境內、每一個狂暴欲裂的複合性獸人體就是互相廝殺的對手。那是一場自從蠻荒與文明開始交鋒以來就無止境上演的制霸權爭奪賽，沒有任何妥協或和談的餘地。

交叉並現著人子戰士與狂囂暴走的獸，生神獸法師們在行將暴走互殺的當下，去時間性的人獸雙軌欲力總集合豁然敞開。司徒暱深邃如最惡性藥物的冷豔容顏，驀然泛起一絲迷茫的興味，他竟然微笑得如許天地不仁。為了讓此世的獨生女、因龍王誕生，殘陽帝讓自己成為賭注的獎品，要的就是這些讓眾生塗炭方能集結的最高魔導力場打通坩鍋的最內裡，欲流成為他指尖探入的產道——

關於殘陽帝這等暴君也無可比擬的作為，要直到數年之後、司徒琰以原生超冠名魔導王的位格出生，才讓原本就隱約猜測到大概的魔導演算士豁然開解。這些腥風血雨之所以然，為的就是成就司徒暱想要唱出的第一音（因）。

然而，這等暴虐為主調的奢華儀式卻讓不可想像的眞正化外存在闖入，或許連殘陽帝也始終未曾想到。這也是他在這一世的生涯，唯一眞正失控、眞正傷慟欲絕的時刻。

□

那條血路開得斑駁森然，勢不可擋。即使在魔導力場此起彼落、蒸騰如煉獄坩鍋的當下，身為旁觀記錄員的當代同步史學研究生——來自黑曜系邊境史學塔的潹里安・旁若還是目不轉睛。他總是如此告訴自己，再怎麼不忍卒睹也要看，把這些撕肢裂體、血骸與分崩離析力場的景致悉數輸入掌心上的水晶傳導儀。同時對贏家致敬，也對落敗得磅礴壯烈的死者致意，完成才性與職業操守兼備的初入門學者應盡的職守，這才不愧對自己的志業。

眼見已經打到最後三輪的淘汰決賽，當那位展翅起來飄撒著的是萬劫毒雨的「陰凰后」以獸身形的鳳爪揪住落敗的對手，碧綠色的嘴裡冒出分三叉的黑色舌尖，潹里安・旁若感到一陣寒涼入骨的悲懷——不只是為了身體與念場都行將潰散的猛獅形陽性武打魔獸師。他在陰凰后漫漶著空洞狂喜的天鳳雙瞳當中，讀取到難以遏止的疲憊與空涼。倘若能夠，是否他會想要永遠躺下來，在無人可去之處真正成其自身？

在他這麼凌亂思索時，潹里安的視線對上正從全獸形逐漸轉回人獸複合體的進階決賽者。陰凰后背後那雙巨大赭紅的鳳凰翅膀讓觀者觸目驚心，他的嘴角沾染火燙獸血，瀰漫著獸性美的野性身軀從胸口處到下體，竟是琳琅滿目伸張出銳利的金屬棘刺。潹里安倉皇迴避視線，一轉頭卻正好瞥見競技場貴賓席上、坐在帝王百合花形御座的殘陽帝。他悚然一驚，幾乎不忍想像司徒帝君冷白修長的形體被陰凰后強制攫取於懷中、被那身毒光燐燐的鐵荊棘撫愛穿刺的殘忍場面。然而，這個新手歷史學者卻無法不想像這些場面，無論他再洞察渾沌欲力的運作機制，也不可能全然逃逸掉它的掌握。

潾里安低下頭來，盯著他那台掌上型資料庫兼數據演算器，纂著眉頭。看來，下一場准決賽勢必形成一死一重傷的局面。以猛獸力場稱霸黑曜系的柯羅利幼子、山貓王，那身幻夜軀體飽滿著湛亮的黑光，雖是柔勁力道的首席，卻也出入於象徵諸次元的曲折婉轉念場。不過這次算他倒楣，遇上了破格超天位、多重熔接獸神軀骸的葛厲芬帝——混沌系的隱流異能者當中、除了以超太古始祖龍鳥鉤爪爲奪命象徵的髑孤篁烈，誰都難以在這名複合異能魔獸的掌下逃出活路。兼任亞種強化不死獸部隊領袖的葛厲芬帝，謠傳〔牠〕是前代司徒首座、司徒殤詩干犯天條的魔導怪物，殘陽帝的私生弟弟。

面對超越了人獸合體界限、無人可匹敵的致命恐怖存在，恐怕外型如玉樹臨風的山貓王這次劫數難逃。他的段數就差葛厲芬帝那麼一些，難以跨越的位階。在「萬有形神解消場」的侵襲之下，再怎麼剛柔交織的肉身與力場，不免銷融如掉進沸水裡的方糖。

看來眞是乖乖不得了！倘若葛厲芬帝的力場全開，爲了要在向來可望不可得的殘陽帝身上逞其殘戾桀驁的慾念，硬是把山貓王給幹掉，想必也得付出不可回收的傷殘代價——潾里安專心致志地演算這三名最後角逐者的食物鍊結，並不驚訝於怎麼更換演算公式、都是陰凰后取得終極贏家的預測結果。

然而，那是在那抹飄忽於超次元軸彼方的纖長形影降落之前的事。在那名怎麼看都像是殘陽帝的子代或弟弟的冰冷美麗生神法師，傲慢無比、理所當然地打斷了最後的決賽之前，潾里安對這場賭局的骰子開盤並不報以任何的例外期待。

那聲說是嘲諷卻顯得溫存、冷酷但卻情深難自拔的話語，從天而降的異次元魔龍王儲卻改寫了這一切。司徒睚向來如同昏迷於自體藥物的雙眼，彷彿有史以來第一次眞正睜開，第一次眞正注視他所欲注視的彼方。

聲音的主人飄移在氣流狂亂喧囂的半空中，對著司徒睚伸出左手掌心，身穿著古典燕尾服的身形洋溢冰冷從容的美感。這名從無明天外闖入的訪客旁若無人，只注視殘陽帝。

以莞爾自若的風情，奇妙無比的訪客吃吃嘻笑，低沉性感的笑聲戳破了川流於偌大競技場、濃霧陣似的的粗暴荷爾蒙結界，以及吠然的嗜血集體心念。

「如此絕頂的殺性，難怪有干天合，也莫怪天亡你我。荒城還是該與廢墟共舞，龍王的伴侶只能是另一個龍王。若非如此，第一陰龍公主怎願意誕生於這個大老粗滿地跑的世代呢？」

第四節，魔獸愛與死

在那位破天而降的訪客蒞臨之前，司徒睚面對生神獸法師們的一場場競技，一概以近乎不仁的溫存微笑看待。

雖然並不常如此，有時候在他難得意識清明的時候，常會迷惑於這些獸性洋溢的超額生命體，到底在想什麼？難道他們不知道，眞正的亮眼風光不盡然得向他索求？這些狂暴得無以爲繼的肉身，唯有彼此之間的廝殺，才眞是是施與受的極致，才在形滅與銷亡的剎那找到出口。無論是何等磅礴的屠城攻略，殘陽帝能給予任何一個絕望或暴亂的身心，就是一抹連他也不知其所以然的微笑。那笑意當沒有安慰也缺乏救贖，或許只有那一丁點冷冽的溫柔。

在最後的三場進階決賽淘汰式，葛厲芬帝已經全然變體。此時的牠完全與人類形體分道揚鑣，看到這模樣的觀眾連驚呼都不敢出聲。有些列席者、尤其是南天超銀河的武官，更是不忍卒睹地閉上眼睛。偶爾在時勢允許的狀況下，他以南天超銀河隱流將軍身分矗立於君王身後的那模樣——無論是英華畢露的黑暗挺帥容貌，從肩頭到小腿的線條，說是陽剛美學的最至極典範也不爲過。然而司徒睚知道他弟弟，無法更知道。

只要是在陪同他的師傅矚孤篁烈於隱密時刻來到寢宮，葛厲芬帝是以多麼難以遏抑的灼熱目光看著他——不只常態的熱情欲求，卻也不是截然二分的敵意。那是非得在撕裂目光所凝注的對象的同時，才能夠投注天譴等級的眞情。

甚至連司徒殤詩在晚年時也感嘆，自己到底是製作了無上的神之使徒，還是難以回收的渾沌暴虐化身。司徒首座不是不知道，對於這個對異端反常生態抱以幸災樂禍兼看好戲心態的常世，葛厲芬帝是最極頂的悲劇異獸。他的猙獰異態正是對這個可恥秩序界的最大嘲笑。然而，對於這個位居頂點的生神獸法師而言，一切都不過是可恥的喜劇，唯獨他的生命必須活在人獸異形合體的酸楚悲調。

可這悲調是他自身的，並不爲任何他人而唱。再怎麼無告，他不想爲了充當常態秩序界的反面、它的反面與敵對者而存在。生命不該是這麼無望且空妄的事，他也有自身之所以存在、非得存在不可的想望與傷勢——唯有在凝視著司徒晅，葛厲芬帝才擁有短暫的澎湃心情。鷹翼獅獸非要兇殘地撕裂一匹優美的小駿馬，撕裂之後再珍惜地叼回空中的王國。如是，他才能短暫地獲得麻藥般的暈眩，與體內永恆撕扯的激痛取得怪異的和解。

司徒晅疲憊地闔上眼簾，輕柔撫摸著這回儀式最棒的小嘉賓背脊——竟然也是具有生神獸冥師血統的酊泠，趁這場豪華的跨象限祭典又來到了他身邊。當然是沒有下場比試，冥月小王儲卻一逕以爪子如白雪、眼睛如金色夜光雲的幼體黑貓模樣，一直趴在他的膝頭，舒適地細聲嗚叫，不時發出滿意無比的小貓呼嚕聲。

撫著小酊泠的貓兒後頸，司徒晅心思散渙，不無憐惜地想著，原名是難鈞．司徒的生神獸之王，他在此世的怪物弟弟。他向來知道，也隱約預知總有一刻，在宿命被傾巢而出的時候，他的弟弟會在最完滿的時刻得到解離與出口。

□

這場進階賽太過一面倒，再津津有味、毫不遮掩其飽覽奇觀窺視心態的觀眾也爲之心頭絞痛。注視著欣然負死、毫無卑屈寒酸意味的翼手龍爵士殞滅，讓任何光顧著看好戲心態的觀眾也爲之一凜。

司徒睚的玉石質地瞳孔毫無表情變化，看著烊欽．司照的類恐龍前肢鉤爪整節離體飛出。血河如沸騰的天火般撒落，有幾滴飛得那麼輝耀閃亮，直濺到他的嘴角。殘陽帝抿了抿下唇，把那幾滴內鍵太古魔龍的血舔入嘴裡，原本就如血染櫻花的雙唇更是魔性。翼手龍爵士緊抓著最後的生欲不放，直到見證了他的血注入該去之處，四分五裂的身軀才坦然崩解。

葛厲芬帝那身凶狂澎湃的獅身鷹翼軀體，堂皇得竟要把這整座仿太古羅馬的環形競技場給從中拆列。牠以半挑釁半傾慕的姿勢，朝著御座上的南天超銀河君王致意，雙翼交疊成一個怪異不可言的歪斜十字圖形。

司徒睚的眼神與心思更形迷離。此時他看到的不光是那身赭紅色的精悍強大獸軀，而是在神獸軀體之後、唯有超次元靈視才能夠瞥見的銀白色機械神壇。神壇上忙碌的機械齒輪轆轆運作，井然有序地再生產一具具精壯如神性猛獸的形體與力場，爲的就是要餵養行將來到的象徵性秩序。

潾里安的眼底一燙，差點禁不住想號啕大哭的衝動。他別過頭去，強制自己只能思考距離此時情感波濤最遠的狀態，最無關情念的硬梆梆論點——在此時，皇霽師尊所撰寫的拗口冷血教科書倒是非常善哉，提供了不肖弟子瑟縮躲藏的好去處。他開始像個幼級生般地躲在自己的記憶磁碟庫，讓那些發亮如冷眸的字句從全向度的捲軸徐緩展開，以無機的口吻自行敘述。

在無數個漫長魔導世代的歷史進過程中，太古以來就在物種史上進進出出的靈長類進化之最、homo sapiens將面臨無法避免的演化死結。若把生神獸法師當成一個獨特的物種，牠們是靈長人類亞種自身內部的壯麗病徵，無法收手的鐮刀與瘟疫，一次徹底的迴身大逆轉。

從此，吾人將面對的森然巨變已然惘惘到來：南天超銀河，黑火狂花時期即將縱情而去，全額蠻荒世代的同義複詞如眼底的流星陣，揮霍無度之舉即將要面臨挑戰。除了少數太古質地的神性神物將永駐不變，巨大儼然如機械神壇的消費與再生產機制就要取代向始以來的洪荒質地——物質不再取之不盡、用之不竭，超星團的每一處自然之域都成為開採剝削的偽神話。一切的原始資源被耗用到盡頭，古老的豐饒星海即將如破曉時分的微光，與黑夜一起離去。在這些年來，經由黑曜系主導的再生產機制躍升於數眾階級的領導地位，從統治階層到閒居於邊陲星域的超星團庶民，生活與生命情境都會興起根本的變化。

他一邊漫無邊際地背課文，總算回復了起碼的自制力，再度將目光投注於另一場進階準決賽。

上一場的蠻荒渾厚力道如斯究極，在在寫盡了混沌系生產此等「荒力破界」生命體的前提——炫技。無比的天罰使徒既是處決者，他們超出常態範圍的的肉體更是最初與最後的被屠宰牲體。生神獸法師在混沌系的意義儼然是上古世代某個時期的炮烙、剖心掏肝等刑罰化身。高級如葛厲芬帝與其嚴選魔獸部隊形成軍事武力的隱流系統，除了殘陽帝與少數權勢者之外，此宰殺兵團行走於廟堂與溝渠，竟配備著無人可豁免的先殺後奏令符。

至於那些儼然如加工廠製品的不良肉身，總讓他揣揣不安地聯想到，下場是充當帝王陵墓人柱的前代奴隸與牲口。

然而，黑曜系情調就大不相同於此。他們簡直把魔獸再生產系統研發成一場場精妙花蝶之舞。如今在他眼前翩然上演的這一場準決賽就是最佳範例：輕如捻花的局面，輕盈到極處反而讓人惶惶坐立不安。那眞是象徵系統的奇觀，廝殺轉化爲親近狎翫的調笑，可那調笑當中又悉數寫滿非情的殺意——在聲色過度瀰漫，猶如醇美清爽但卻易醉酒液的渲染，優雅練達的山貓王、稷．柯羅利以稍嫌過度的紳士風情，輕巧地折斷他的遠親、胭尾．朱雀的燕子般剪刀狀羽翼。在彰顯風度、不取對手性命同時，他取走了炫耀性的戰利品，就像是帶走了一夜情對手的一只耳環。

即使是處於劇烈的感官疼痛，胭尾．朱雀甚至還風姿綽約，看得潾里安頭皮發麻又讚嘆不已。胭尾格格挺著四雙替代雙腿的骨白色外骨骼節肢，比任何人體藝術模特兒都更洗鍊地繞舞台一週，在眾人目眩神迷的叫好聲浪下，嫵媚地走入洋紅色的舞台幕後。

包括胭尾格格在內，一開始會有這些色藝兼備的舞台秀奇才被生產，來自於上百年前主事系統無法平衡長年以來虧損連連的皇室支出。消費與再生產的內爆循環尚未形成，那抹空出一塊缺的月蝕處變成一隻內部反噬的蟲，咬牙切齒地蒐羅各種賺取鉅額外快的道行，直到他們形塑出第一隻複合性生神獸原型，內蘊曼陀羅花毒與美人魚下半身的陰魔獸（Lamia）……潾里安嘆了口長氣。回顧這些鱗片亮晶晶可卻也寫滿了陰慘酸楚的黑曜系無光暗處，總讓他有種念場內被塞滿了鉛塊的梗塞窒息感。

至於以陰凰后爲頂點的靈筂系生神獸法師，最初的生化魔導師創造理念相當嚴守自家系統的份際：這等最逼近冒犯性神鬼的物種，被視爲調和大化極性的樂器。隨著這百年來的流風草偃，原先高尙的思惟難免染上齟齬與塵泥，翱翔於九天之上的神異生命體淪爲道具，爲了清除統治系統認定的無用渣滓而存在。

他不懂，一點也不懂。這些形與神都跨越了界線，暴虐與悲傷都因此過多、過剩，過於純淨也過於畸零的超生命，何以被放逐於如今的慘澹不堪位置。身爲那些旁觀的、鄙視的，同時也豔羨不已的常態生命體之一，他一點都不知道自己該做的是什麼——這又不是當我還是個幼級學童時，演算程式算錯了，被老師和悅地戳戳臉蛋，重新算出正確的體例就沒事啦！在這個雜沓繁擾不堪的偌大超星團四象限，也沒有什麼地盤容得下誠心誠意的「重新演算」這等稚童動作吧？

直到那位從彼方而來的訪客，如同自動演奏的鋼琴冒出低沉好聽的話語，打破了即將開展的三神獸法師對決，潾里安一直沉吟苦思。

他錯過了開場白，可他被那句洋溢著純粹的悲憫、音色過於冷澈的話語擊中，如同被水晶鎭紙擊中胸腹間的要害，一時間潾里安忘記自己身處何處，究竟這一切在做什麼。他只覺得，竟日以來，生神獸法師蹈行的磅礴但徒勞競技，終於被這句話帶入眞正的休止符。

「八百萬鬼神的船隻將要遠航，從此，諸次元時空的夜色只有生神獸族能夠攫取。人類總是自以爲是得讓我無法憐憫喏……你說是嘛，我的地獄父王？」

第五節，生生滅滅諸神紀

終於，從天而降的闇龍王子展現出本體。鑲著金色五芒星爲胎記的軀體透明凝煉，以鱗片爲基材的披風色澤通體冰銀，時而閃現星火百合那焚燒到極致的青色焰光。他是一場仲夏時節的洪荒暴雨，柔情的手勢是一場不見血的大戮。

闇龍王子來到殘陽帝的膝前，捧起那張與他自己酷肖、宛如天罰火雨籠罩的俊美絕情容顏，把司徒睚與他懷裡的酊泠一起抱住。這情景讓接下來的南天超銀河五千載都深受無可規避的永宿之業。

在歐陽鉞與一切的注視下，闇龍王子輕輕吻了司徒睚的眼角，那微笑比任何形式的悲傷神情都要讓歐陽家的將軍大慟。那是一抹只能此在、不可能再度的曠古微笑。

而司徒睚，從他降生於此世到這一刻爲之止，終於穿破了向來川流在他四周、散發夢遊藥物氣味的結界。他仰起下顎，喃喃地說著什麼，恍惚微笑，恍惚得比任何時候都更清醒且痛楚。驟然間他徹底潰堤，倚在那個他唯一認識所愛的人兒身上，如同一場霪霪霏霏的溫潤春雨，闇龍魔鬼陛下首次哭泣。

然後他就一直哭著，哭到他想起原來與一切。從超神始世代以來，攸關於自己與曉星的節慶與盛事，痛事與傷亡。

□

屬於八百萬鬼神的太初神族臻域早已不復。倘若以某個未曾中途夭折、服膺著漫長演化過程的宇宙生發史充當類比，八百萬鬼神蓬勃於諸次元的時空，儼然是厭氧性生物、原始菌類與海藻紛紛興起的始生代——那是神鬼與有機生命體的前寒武紀。

那彷彿是一艘無微不至的巨大深沉方舟，搭載著八百萬異形鬼神，飽滿著一股股難以收束釁然的渾濁原欲。在創傷與七竅尚未鑿開之前，原生諸次元的時空並不往前直驅而去，週而復始著渾然的環狀圓周線，鼎足而三的太古母神統治這一切。

從祂們的足下，陸續誕生豐饒的諸次元生態，或明亮或晦暗，但總是生機昂然。彼時的超越界與人世之間，甚至沒有過於分明的隔絕線，流動的液態分界線容許不時的互相滲透滋養。那是一灘飽滿鮮明，尚未分化出自我與異己、主體與客體的汪洋水澤。

在那段漫漫無邊的時空，只有母神與子女們的名與形，父與父性是切分了秩序與混亂之後的故事，許久之後的故事。最初的母神有三：滋生出一元系統的蘇霏亞，把天界戳破了個窟窿、帶入生之洪流的女媧，以及明豔豁達的猗妠妠——祂的足趾底下匍匐著八百萬鬼神，在最初的無差別汪洋，八百萬魍魎畸零的永不出生胚胎快樂地浮游，那是任何創世紀都無可比擬的完滿原鄉。

整個寒武紀就這樣淋漓盡致，三母神與羊仔般憨傻的子代們過著沒有朝代更替的歲月。如同潮汐來回循環，過於豐足的生態宛如一圈圈的同心圓。到最後，或許因爲毫無缺憾的飽和感，某個因素如同化外之民一般滋長出來。那是贅物，也是多出的他者，臣服、屈膝，毫無融合感的異己，他們各自的長子。

女媧把光之神艾韃從渾沌湯鍋也似的蒸騰渾沌分化出來。穿著全副閃亮盔甲、紅孩兒似的光之子一降生就搗破了潮來夕返的永恆太初，諸神紀於焉進入祂們的中生代，三疊紀。

之後猗衲衲某日突發奇想，枕在他眾多乖馴異獸胚胎所組成的絲棉質地床褥，祂想要摹塑出一個不只是伴侶的人。一個臣子，一個侍奉者，對立於祂豐美無邊的陰性，祂要那個將出生的子神是個屈膝得好看的陽性神。如是，思宙從猗衲衲的肋骨處分裂而出，沒多久就長成一隻外型孔武剽悍的大型劍龍。超神紀的恐龍系亞神大全盛時期就此興起，類比地質系統從三疊紀到白堊紀的這段鉅額時光。

對於這檔子不甚合他意的家族往事，魔鬼殿下盧西弗向來以倜儻傲慢的風情，自在且愀然不樂。在太古三超神世家當中，以猗衲衲為元尊的熠娑塔（Ishtar）神族橫跨黑曜系與混沌系，直到幼子盧西弗降生時，諸次元已經到了始新世的階段。對於盧西弗來說，最棒的自然是父王與長兄汨軔霈，向來溺愛他之極的母神媽咪也很棒，叔叔與幼妹雖然各有些讓他扁嘴之處，可還是不可能不喜愛他們。唯獨那隻不識相的粗蠻恐龍，脫線媽咪在初次實驗時生出的那傢伙最是惹厭。

每提到思宙時，盧西弗總是昂起冷淡精緻的小臉，輕聲地呸呸幾聲，扮個過於狡黠可愛的鬼臉。

「誰會叫那廝大哥啥，去！」

這樣的時候，汨鞙霈總如同一溪悠揚無拘束的春水。他揚起頭來，以慣有的皎潔茫然模樣吃吃笑，把年幼時就燦爛無度易光火的盧西弗攬到懷裡，玩起兩隻黑貓互咬脖子的遊戲。

「那叫他弟小，好不好喏？嘻嘻，那傢伙對祆雅颯很兇，兇得讓我都想慢慢扒那老粗一層厚厚的恐龍皮。可是好玩著哪，思宙對我們小曉星兒最是溫馴了──那叫做什麼呢？老粗惡棍自有小暴君治理？」

通常這話題持續不了多久。汨鞙霈過於自在恍惚，沒說幾下分心嘻笑，仰著晶瑩如玉柱的頸項只顧著與他的孩子歡好。他不是不重視弟弟，對於渾然無邪的闇龍超神而言，祆雅颯是一篇無法真正閱讀入內裡的故事，過於纏綿也過於掛念，汨鞙霈的本質是近乎遺忘的無情之愛，他只能也只想與曉星兒愛著愛著，恍恍然進入永恆原眞的空寂懷抱。他總會提了之後就忘了那話題，忘卻自家族的內爆，更遑論與其它超神世家不時迭起的大小亂子。

直到八百萬鬼神成爲光闇雙邊共同踐踏的巨大異己，汨鞙霈彷彿首次從永恆的夢寐嗑藥狀態醒來。他驟醒的姿勢那麼蠻橫殘暴，宛如一筆直刺入深谷的瀑布，極惡與震怒席捲了尚未分化爲四象限的全向度滔滔各領域。那是首度的超神內部喋血時代，儼然是超生命物種之間的白堊紀末期──某些物種從演化的舞台頹然退席，汨鞙霈與他的弟弟殲滅了思宙與艾韃所率領的新生代亞神系統聯合軍。

雖是聯合得如此各懷鬼胎，可當盧西弗回想起那段轟轟烈烈的興亡──那可是他以新生超神雙眼所讀取的首度諸神生滅大典──不禁莞爾戲謔地輕笑起來。難得思宙與艾韃那兩個老粗戰神也能互為權謀，玩得彷彿多麼老手似的！

可這兩個粗暴有加、無甚謀略的老粗陽性超神，竟也轉出了個絕地逃生的出口。他們攫取了神族向來失之交臂的某個元素，製作出「必將銷亡與重生」的一座摩天輪，也就是時間，兩種質地的時間。思宙從他的敗軍殘兵當中提煉出直線性的擬光速時間，隨著那個有去無回的缺口，有機生命體因而湛然勃發，是最初的「有」之胎動。至於以女媧御母為靠山的紅孩兒艾韃，由於是備受呵護的獨子，於是躲入〔生生不息循環時間〕的環流，從此滋生出混沌係的始初模型。

對於汨鞀霈而言，他根本無所謂勝利者的自覺。之所以滋生這場最初的終末大戰，在於他向來珍惜的八百萬鬼神遭到無可彌補的摧殘與蔑視。汨鞀霈體內化為一座全向度的爆破性火山，無法遏止陣陣割裂性的火性熔岩，畢竟他的某一面就是世界的自然化身。毀劫的熔岩驅逐了那些自以為是的新生代亞神——他們恐懼且輕賤一如母體胎盤的集體性鬼神，執著於把對方貶抑為污染與污穢。

在汨鞀霈與祆雅颯都來不及發現的剎那，憎惡的處決軍團在八百萬鬼神毫無區別性的龐大超物質身軀上鑿開七竅，其中五孔放置了五感，其餘的兩孔為〔意識〕與〔心智〕。處決者聲稱這樣的手術為的是解放與淨化，甚至是無上的救助——無感無用的肉質團塊皮開肉綻，醜惡的裂痕從此開啓出文明與智能、知覺與感受。

殊不知，豐碩的太初本無彼此之別，總是飽滿安靜地浮游於萬有的水鄉澤國，不能有任何的斷裂。就此被鑿開了傷口，那團原來是如此豐腴純淨的鬼神團塊逐漸出現壞疽，無比痛苦但無法分化彼此，八百萬鬼神從此墜入魑魅餓鬼的沼澤。它們回不了渾然無缺的始前，但也無法滅亡，龐大但發狂的團塊與永恆的壞滅交相纏繞。

在他至極的狂怒，汨靼䨣焚燒了亞神軍團，造成四十晝夜無間斷的天滅火雨。闇龍超神無視於思宙套用家族和睦的說詞討饒乞求，之前他喜歡如同生猛弟弟的艾韃，如今面對紅眼超神粗暴的愛意，只感到冷淡的傷心。就算被率領的恐龍族裔亞神軍團多麼無辜，多麼無知，汨靼䨣無法不毀去那些源頭是恐懼的輕蔑，也無法不厭惡那些以進化與理性之名的後裔。

他們弄髒了無邪童騃的一團巨大渾沌，爲的只是成就繁殖與演化。他們侮辱了一切的根源，那是他與曉星所鍾愛的故土故人，雖然他們總是嬉戲於它方，偶爾重返一回。

八百萬鬼神塊體上被鑿開的七道傷口不可能痊癒，闇龍之王必須以永恆的舞蹈來安撫鎮魂。憂鬱優美如一道彎月刀傷的舞姿如血如雨，在每個初生的宇宙裡淅瀝撒落。那傷口是汨靼䨣的印記，畢竟當他化身爲屠殺的天火，首先遭致燙傷的是一如溫潤冷涼春雨的自身。直到戰爭終了，闇龍之王受到兩道無可挽回的傷勢，要不是盧西弗終於堪差趕到，把他從原初現場帶走，汨靼䨣永遠無法停止發狂跳舞的身姿。

終究他是勝利了，甚至讓不定形的超次元流域出現界線，劃開這邊與那邊。爾今，八百萬鬼神的形貌是一塊長滿肉色昆蟲複眼的巨大肉塊。他們未曾死去也不得解脫，傷殘但幸福，居住於永誌不滅的瘋狂與神蹟之地：汨靼䨣以血泊種植的應許之地。

然而，以諸次元爲基地的敵手總是在他的背脊劃下一道又一道的愛欲刀痕，無論在他墜落之前或之後。思宙與艾韃永不放棄，以欲力與時間爲刑具，在汨靼䨣的身後追獵無休止。欲力是灼熱的

【斷章之二】八百萬鬼神於焉夜行（All the Gory, Gorgeous Demi-Gods: The Night is Yours From Now On）

儵與忽時相遇於渾沌之地，渾沌待之甚善。儵與忽謀報渾沌之德，曰：「人皆有七竅以視聽食息，此獨無有，嘗試鑿之。」日鑿一竅，七日而渾沌死。

——《莊子》，〈應帝王〉

「那可是一團如此安詳憨傻的鬼神團塊，無區別性的純粹整體。在有與無尚未誕生之前，這團懸浮於無始終之地的眞菌肉狀團塊早就良有以也，其名爲『八百萬鬼神』……」

凱奧基若有所思，撫著下巴自言自語著，覺得沒了下頷那撮壞紳士小鬍子的部位頗爲發涼。可那是他的頭號造型——深凹的雙眼與刮得青光畢露的鬍渣張揚梟雄風采，把那張本來就是個迷人反派的臉龐襯托得更是力道十足。這將是他化爲人子時的不二造型。

「雖說猗妠妠尊神所孕育的長公子魔鬼陛下，向來就以怪奇的嗜好聞名，不過會爲了這團喜憨樣的『胎盤』難過成那樣，眞是讓我等靈笳神族不解。」

在凱奧基佇立的超次元象限交界處，如同擎天三柱也似的靈笳三超神元身塔默然長存。向來淡漠空幻的調和神婥修奴安靜地訴說著，如同一股音調單純潔淨的晞塔琴音。

「塑造這團龐大肉塊的原生體，其名曰〔黏菌〕，乃是標準行使世代交替、介於有性世代及無性世代之原初不死生物，介於日後諸次元陸續萌芽的高等發展分化性質的動物與植物之間。此團塊的微型單位能夠自體循環代謝、以排泄後之質素爲食，造就自給自足的無間斷自有永續生態；每個基礎單位內鍵核膜、核仁，但不似日後次元演化出的植物原型，不具細胞壁。

「直到猗妠妠躺在這團看似黏稠的巨型肉塊上，生養出他的超神兒女，八百萬鬼神已然屬其生活史中『變形體期之成熟期』。在那場開七竅的意外割裂事件未發生前，牠處於飽滿豐碩的超生物高峰期，本質是一團多細胞核的原生質團，以僞足移動、並亦利用僞足攝食周遭的浮游性微生物，於體內形成食泡，並消化爲生命養料，滋養其永存不斷的有機循環。」

以他近乎單調的極簡音頻，崥修奴不疾不徐地下了暫時的結語。

「當時的太初洪荒，旺盛且豐碩的生態難以讓吾等駐足——安詳得比任何金戈鐵馬都更無法抵擋的渾沌原質，牠飽滿的體腔過於無缺，沒有任何留給空與無的位置。」

凱奧基一拂長袍，瀟灑地振袖，取出一柄以金箔點繪於黑緞面絹紙上的竹君子摺扇，他揮扇沉思的動作活脫脫是個經典的反派書生。

「照調和神長輩的言下之意，我族靈笵神倒是合該暗場致謝南北雙雄的開闢七道孔穴之舉？畢竟沒有此舉，向來居於邊陲的我族難以滲透入中央天域，乃至於轟轟烈烈成就目前與其它三象限鼎足爲四的局面。」

聽得這番話，調和神只是地「唔」了一聲，既不駁斥也不認可凱奧基扇子底下埋藏著三叉戟的

反問。位居三柱中央、他身邊的創始梵天神核開始異樣地騷動起來，這場談話怪異地驅動著梵天，他的亢奮之勢有去無回。

「後輩小子！豈知創生是何等難以遏阻的驅力，吾等並非幫南北雙雄粉飾太平，然我梵天坦言，在蒸騰無邊的渾然無缺塊體上鑿出孔穴，使之成為有也成為無，是何等的澎湃誘引。」

凱奧基輕輕一哂，毫不為靈笵三主神當中居於君父位置的梵天斥喝所動。他繼續以瀟灑得令人氣結的姿勢揮動羽扇，低沉但嘹亮的聲音適合說上許多個永續轉輪的故事。

「起因是南雄艾韃造訪魔鬼陛下不果，見著中央天域僅有賴在城牆外的北雄思宙。流連不去的雙雄正巧在天緣湊巧的時機，成為哥倆好。他們使僅手段與花巧，哄得讓八百萬鬼神敞開天域之門，善加款待兩個不受歡迎的賴客……」

涅盤之王的視線凝注於黑火兀自熾烈的濕婆天神柱，眥裂如傷口的毀滅之火是他脫胎而出的起點。他的超神雙親之一是他真正想要對話的彼端，而非那兩個必然在側的長輩。

「當然，南北雙雄的用意是要討好汨靼霌，甚至以為這樣是回報八百萬鬼神的好客招待——他們各居開化與智識的兩端，形成兩種時間的基礎形式，孰能想到居於時間之外的蒙昧絕非病噩，更非缺陷。

「他們對彼此擊掌，以為這是個破天荒的贈禮，必然能讓向來不理會南北雙雄示愛的汨靼霌為之感動，那是一束高檔蠢材才想得出的最大手筆花束。當七竅如同七張失水魚兒喘息開闔的嘴，佔據於八百萬鬼神的七道基始穴位，天帝汨靼霌受的傷不下於他鍾愛的渾沌塊體。連他也無法治癒這七道傷口，從那時候開始，汨鉭霈就瘋狂失神，那場墜落讓他得以在人世流離，終於攫取了破皇天儀式的契機……」

〔以血還傷，以肉身餵食飢荒。〕

直到此時，濕婆天的神核吞吐出最劇烈的一篷鬼火，毀滅萬有的舞神格止不住沛然暴漲之勢。濕婆天那只甚少開啓的眉心之眼驀然綻開，正視他的長子，漠然說道。

「八百萬鬼神身上的傷與飢荒，由地獄帝王的超神血肉來永續餵養。再也沒有比這等做法更瘋狂、更純愛的行止。被捲入永續征戰的吾等，面對永恆受刑的超神帝王，將要往何處去？猶有甚者，他唯一的愛子又該如何承受永續無斷絕的欲力？」

□

劫難與劇痛從渾沌七竅的傷口汨汨流出，化爲一股往諸次元內裡痙攣的熱力。當熱能散盡，痛楚卻無法隨著銷亡的物質形骸解體，這時候滋生出「熱寂」。

凱奧基輕搖綸扇，他在諸次元時空所統御的領域便是熵——熱與傷口的餘燼，難以銷解但卻趨向寂滅的餘留物。

「熱力與七竅之傷從原初的創口不斷湧出，而後滋養出全向度的傷滅化身，就是異形複體獸神，不屬於四象限的官方系統。雖名爲神，卻是天譴與敗亡的化身。從我的第三隻眼望去，其中一造是我族的修羅王，三頭如火炬，六臂如劍戟，全身上下無不彰顯人獸複合的至痛與至高。至於他的雙身，則是尚未誕生於任何界域的超額胎動，黑龍體液為培養槽的夜叉王。迄今阿修羅在虛空中無止境翻騰，他受的傷不可能痊癒，因為他自己就是傷口——除非有朝一日，他食用了異界義兄超神的血肉。」濕婆天講述的風情彷彿以火提煉一首夜曲。

凱奧基失聲驚嘆：「難道，修羅神弟憑空失蹤於我族的領域，竟是進入時空洪流，降生為絕頂生神獸與司徒皇室交媾產出的私生子，難鈞．司徒……？」

向來氣勢如虹、梟雄行止的他，竟是忍不住不忍了瞬間，話哽在喉，嘴角扯緊不語。

濕婆天還是無動於衷，敘述心愛異子遭遇，如同淡淡觀賞一齣盡入超神視界的高熱自爆景觀。

「他就是修羅的原身化形，降生於那個草菅異己的世代。該說是反諷或是悲調呢，司徒家的大法官一生追尋同質集體化的宗教信仰模式，他摯愛的長子與不忍注視的非官方子嗣，都是叛離體系的異己所追尋投注的嚮往。身為祭品的神與身為人類公敵的神獸，這兩者是一對兄弟，再也沒有更慘烈、更迷人的一對兄弟了。」

凱奧基收扇入袖，直步向他的超神至親，直到他那雙乘載著萬有虛無與空曠的冰晶淡灰眼如兩枚鑽子，與濕婆天眉心間爍亮的那只豎立火舞神眼炯然對視。

「到了那一刻，你的異子修羅得到最終的完滿，欣然成為畜生與六道輪迴之神。向來鍾愛幼女與異子的親代，可想過以火劫之舞成就地獄帝君的殘血儀式，代價有可能是在超越界的靈笵我族全滅？沒有了創傷與空無，我的亟滅音樂要奏給誰聽？」

濕婆天的那只眼兀自焚毀，給予他長子的回應卻如許悠然冷峭。

「你自己早有胸壑定見。當一切都獲得圓滿，渾沌本體也回返原初無竅無傷的渾然還原狀態，只有以冷淡衷情回報萬有的魔鬼王子會受傷。成就一切，還原他的地獄父王所願所望，代價是盧西弗不知有時盡的漂泊與轉生。」

凱奧基別開眼神的交鋒，難得現出他無以爲繼的惦記與追念。

「眞不愧是親代……可憐我這涅盤之王竟也有如此心緒。倘若能換取他不要受傷，我寧可交出獨佔這位絕世的傾聽者，我願意封琴自緘，交出爲魔鬼殿下演奏虛亟之音的唯一特選位置。」

此際是凱奧基化入諸次元人世之流的倏忽微毫間距，面對向來以殘酷毀敥把他從裡到外燒出一條精煉火坑的濕婆天，涅盤與虛無之王不禁和盤托出，從事絕無僅有的懺情。

「在他終於進入人世之前，我衷心所愛的魔鬼殿下流浪在超越界與人世的夾縫。那裡的時間崩塌如荒城之牆，他與他胯下的太初神獸不知其所然而飛，在壞掉的時空內悠然翱翔。

「就讓我搭乘八百萬鬼神衍化的船隻，追隨他的行旅而去。此一別矣不知歲月經久，且讓孩兒與您長久告別。」

□

「長兄……凱奧基，他已然進入降神擺渡站。」—

在超越界的千叢雲端，濕婆天的形神從他的神核處飄然而出。對眼前穿著一身精繡碎花鵝黃色和服的幼女、乾闥婆王怡然微笑。這笑意只出現於毀滅舞神心境最平和安適之時，通常就是他與乾闥婆王相處的情景。

「是哪，曾幾何時，這小子竟也有激情澎湃之時。本以爲他向來秉持著孤高傲世的涅盤統治者身段，渡過這無止境的一瞬與永恆……看來，他總算是我的小孩嘛！」

乾闥婆王那雙淡紫如桔梗花的眼眸，靈巧上揚。他向來以奇妙的包容與心疼愛著濕婆天，雖然是他的親代，可那個不知如何讓情愫從寡人絕情的言辭裡滲透而出的模樣，無論是在超越界或久遠之前在人世的交會，都讓乾闥婆王感受到近乎甘美的憐惜情意。

「大哥才不是您說的那樣！眞是，一個是寡言於懺情，一個是過於無懈可擊，要你們眞正坦然交心交流，就像要倏忽雙雄停止追逐魔鬼超神父子的行止，同等的絕不可能。」

濕婆天眉心之間的第三隻眼，在他的幼女青蔥手指的摩挲下，舒適地半張半闔。

「雖然不知道那小子是怎麼點燃起那把無名執火，可我的超越界小友當眞會歡迎這等無懈可擊的求愛嘛？」

濕婆天盤膝而坐，讓乾闥婆王童女般的幼小軀體倚著自己。他精緻如刀雕面具的面容，難得顯現出強烈的關注。

「終歸超神的無知，更甚於自以爲有知有識的有機生命體哪……當時我看盧西弗從那艘航自蓬萊國度的巨大船隻飄然而下，就知道事情遠超過任何我族所能夠回天的地步。

「當時我問他說：『所以渾沌復原，成爲爾今這艘生體方舟？』他以那抹招牌的冷酷傲慢微笑，慢吞吞地說：『當作是我浪遊於超越界與人世之間的移動式別墅，不甚好之？』可我立即知道，不太對勁——非常不對勁。聲調太自制溫雅，這是他最傷心時才會有的模樣，眞是個半點都不爽朗的憂鬱大少爺哩！

「於是我不自覺問道：『繼那場破天儀式之後，汨䡇需還無法復原嘛？』可我問對了，對得讓盧西弗無法保持若無其事的冷淡。」

濕婆天長歎一聲，曳地的黑色鑲金薄紗長袍在足尖處焚燒，燒起一朵朵近乎黑色的深血薔薇。

「聽得我的疑問，盧西弗飄然從那艘孺慕著小主人的巨大舟船輕靈胯下，飄曳在半空中的身形讓前來接應的太古鵬神獸接個正準。他倚著船桅，輕聲喃喃，要這艘成爲機體生神方舟的八百萬鬼神回家等他。方舟幸福憨傻地順從起飛，接著他轉身，對我輕輕揮手，指尖上竟是斑駁殘紅的血跡。

『他所自弒的傷是永劫之傷，七殺神碑連我也無法拔除。當他還在諸次元飄舞自傷自亡之際，要談復原，或許實在太早了些。』

「他奇妙調侃的微笑告訴我：得了，老友，我要去的地方不適合你陪伴，更何況，擔心是你最不擅長的行止。就來跳上一場烈舞，以我身入你身姿，以我形神與你的第三隻眼交會，就此餞別！

「於是我跳了舞，那場舞讓九十九個天壽將至的宇宙化爲一場最絢爛的共體皤火。他優美的身形斜倚在大鵬神獸的背上，噙著那抹看似無動於衷的微笑，是個喝愈多美酒愈是冷眸清澈的高段酒徒。

「接著他被大鵬神獸載走，那一飛首先就飛了好幾個超次元的胎動，直到我也無法追溯其蹤跡。這是我最後一度在超越界與魔鬼王子的交會，從此我與唯一的知己分隔，分離之遠不知有其盡頭。」

乾闥婆王聽得幽幽入神，宛然出入夢土無數回合。最後他以指尖碰觸摯愛父神的額心，混合大祭司與童女神的悠遠靈視發作，說出清醒時的自己也不知所以然的預見。

「直到諸次元共振，息壞生神船在五十六億七千萬年後入滅更新，每一艘守護魔鬼陛下的生神活船隨之開眼……到了彼時，闇龍神皇會從迷夢的領域歸來，我父與魔鬼殿下自能重逢。」

【第五章】十字架．束縛具．蠻荒之刺
（Bloody-Sun Lord's Cross as the Site of Bondage and Abandonment）

我又目睹一隻異獸從海中浮升。此獸有十角七頭顱，十獸角上戴有十具冠冕，七頭顱印刻褻瀆的名號。

異獸的七頭顱之中 其中之一深受死之傷。當闇龍帝將己身之榮光、尊位、以及無上權柄，都給予那異獸，她的死傷因此痊癒。

——《默示錄》，13:1-13:3

第一節，降生因龍王

超星曆２２００８年，殘陽帝的獨女司徒琰，在他一人一騎、於雪鈆嶺舉行殘血降生式的光景降臨人世。

從父王頸項發燙的緋烙諾鷺紋章（Kronos Brand）滴溜冒出，龍王天姬的胚胎形貌是一顆散發著淡金色光暈的珍珠外型。他渾然天成，無須經由魔導生體培養皿的照料與孕育，方纔七七四十九夜就成為當世念場無雙的魔導宗師。稍通智識的法師就知道，他是南天超銀河破天荒的「原身大魔導士」，更諳門道的史學家與生體技師還知道，他們的「琰姬」核心本質就是南天超銀河的龍王之首，駕馭天干地支六十神龍的陰龍帝，龍族九超神之冠。

自從幼妹出生，槲流就愛慕他，以年少武者傾慕絕頂御姬的心情仰慕他，個中思慕也夾雜著小哥哥護衛妹妹的青春情懷。他知道幼妹與殘陽帝的心意相通非他所能及，剛出生滿三月的「琰姬」就以珠璣輕盈的超譯念場，讓司徒睚從長期以來的失語沉鬱狀態恢復啓齒說話的心情。槲流在無比欣喜之餘，卻也體會到自己力場內的不尋常紊亂超神動量——由於宿敵陰龍王降世，紅孩兒艾韃在超越界掀雲翻浪，陽性孩童強烈的獨佔欲搞得六合氣脈大亂。

對於槲流，自身搭檔的超神向來歙張活生生赤裸裸的原欲，無非就如他的名諱「Id」在太古世代被視爲「生命本我驅動力」的誤打誤撞詮釋。有時他不免好奇帶著悵然，或許自己向來少了這種要什麼就去取於掌心的霸氣，才無法認同大多數的陽性同儕？

直到許久之後他都在思索，這問題對於自己摯愛的殘陽爹帝根本就不成爲問題。毋寧說，對於司徒睚而言，他讓所有剛強燥動的頑劣莽漢都不由得傾倒，傾倒於春雪初融爲流水般的溫潤冷涼的本質，憂患時亦如飲烈酒夢遺的倜儻。就連他那些年來的失語不言，也是那般。

起先在生神浮印式之後，那位讓全體震懾的異界訪客飄然前來，又悠然離去。沒有任何人知道，究竟他是怎麼從每一雙或尋常或魔導異能的視線憑空消逝，只知道在那天之後，司徒睚的左手腕多出一道印有星火百合紋路的生體銀手鍊，襯著他白玉似透明肌膚愈發剔透。每當他以懷念的視線望著那手鍊怔忪神遊，總讓槲流好生不忍。

起先殘陽帝只是懨懨不歡，煩懨之情讓那幾個固定的入幕之賓都不敢再有什麼瞎鬧之舉。除了與愛駒相處，或是讓髑孤篁烈化身為大鳥，在大鳥翅膀上漫遊天際，乘風馭劍。司徒睚愈來愈不說話，一整天來最多只說幾個單字，而且是爛漫得讓誰都不甚解的狀聲字。

有一回，怎樣都猜不出殘陽爹帝的哼聲是什麼意思，而且還被指著門口要他閃出去。看著爹帝任性輕哼的模樣，樕流又愛又焦心，對於無法取悅自己最愛的人兒感到異常挫敗。

剛好接下來是練工夫的晚辰課，在課後他終於不住問髑孤師傅：「究竟爹帝在啜泣著『咿』的時候，何以師傅分得出何時是要飛上天玩耍，何時要喝酒，何時又是要左右侍從守衛都退下、只要與一年來訪一度的小酊泠共處？為何只有師傅、節肢相公老師與小酊泠知曉爹帝呢喃的聲音，究竟是什麼意含？為何當爹地心情最不好時，生神獸部隊的陪伴比歐陽大哥更能讓他開心？」

向來精簡不多言的髑孤師傅彷彿心底甚感趣味，難得對年少的樕流打了個言簡意賅的啞謎。

「實因酊泠小貓、迷諜殿下與吾，皆通曉非人之語。至於所謂生神獸者，未有任何『為對象好』的人類獨家心態。」

這答案還比沒有更讓樕流困惑，他生性即使並非打破砂鍋問到底，可對於在意之事，樕流向來難以釋懷，不像他的好友皇霽靬總是輕快如風，聳聳肩就瀟灑地擺脫苦惱。

不過，髑孤師傅的習性他懂得，要是他願意透露的是這些，那就是這些，永遠就不會再多說什字。樕流看到幼妹成長，在屆滿周歲時以水嫩但早慧之極的牙牙語，操持「超譯通語」，同時與殘陽爹帝、熟諳太古神獸語的生神獸部隊副隊長「節肢相公」款款談笑，滔滔說起一串串被司徒軾帶著敵意評譏為「烏鴉小公主與淫毒相公胡亂瞎掰討好我爹」的超驗式太古語。那時候，看著阿軾嫉妒又無法進入的表情，樕流似乎彷彿懂了些。

在他成年之後，與生神獸部隊的成員更常相處，尤其是身爲他文學私塾師傅的節肢相公，他又稍微更懂了點。

「可知道我們操持的是鬼畜之道？小皇子，鬼畜與人類相背而行，我們只怕永難明白人類的虛妄與矛盾，人類也不懂我們的殺性與蠻荒。稱之爲『文明』的過程讓靈長類的意識念場愈是自以爲獨特，愈充滿雜質。眞正獨特的人類個體，才不會成天嚷嚷著『人性高超於獸性』這種笨話。」

聽到最後一句，樕流忍不住朗聲大笑。向來刀子嘴的節肢相公興趣之一就是譏損呆瓜，尤其如司徒軾那般仗著優位而不自知的腦細胞長肌肉物種。司徒軾不只是輕慢侮蔑的蠢材舉止之大成，在於頂著世子位置，妄想將神獸親王視爲殘陽帝不理會他時的替代對象。他揉雜奇異戀慕與咬牙恨意的態勢，意圖把上傲慢冷麗、絲毫不將他當一回事的「司空家長老群寵壞的蠍子妖獸表弟」。

「至於，爲何吾等能與殘陽陛下相處愉快……」

突然間，節肢相公戲謔地清脆嘻笑，讓他唯一的人類徒兒不禁心荊蕩漾。

「因爲我們是陛下的野獸們哪！野獸並不存有複雜囉唆的人心，對主人的愛也不帶有任何或精巧或粗手的瞻前顧後，有時更可能獸爪過於銳利，在摩挲撒嬌時甚至可能傷了所愛的對象……可是，小皇子，殘陽陛下厭倦於人類的言語轉折，他以純粹的聲音裸裎自身，身爲獸人複合體的我等，多少比人類更能接近陛下。」

表身份爲隱流司空家的親王殿下，俊俏冷利的節肢相公乍看是溫文得不懂何謂「武」字怎麼寫的太平盛世書生。但是，不知有多少人類與他的同儕親身領略他蛻變為「另體」的絕頂光景？

原名為司空迷諜的節肢相公變身，原先清瘦挺拔的身軀更為抽長，裸露一身磷光閃爍的白亮外骨骼，彷彿金屬色玉石的骨架讓人不忍卒睹但也目不暇給。手臂分化為四隻高速鋼玉刃杈，指端的沙漠黃金蠍爪同等輕易戳入肉身與無機質切面。無論再堅硬不可摧的物質，被他輕巧一插，全如同切穿豆腐般水到渠成。

當他宰殺時，那雙猩紅色天蠍複眼毫無焦點地注視著待宰的人類，兀自溫吞漫聲說話，訴說語言與獸性的分道揚鑣。但節肢相公並非以人世語言陳述，而是吟唱著人類無法體會的「鬼神眞驗言律」。他以磁性十足的嗓音，哼著一首並不為死者所吟唱的異界輓歌。

通稱為「眞言」的鬼神眞驗言律並不容許象徵系統進駐，駁斥雜沓紛亂的縱橫意識枝枒，但這些都是人人無法倖免、無法不擁有的文明演化胎記。槲流隱約知道，展現於爹帝、幼妹、相公師尊與小酊泠身上的殊性，堪稱「超越界的神性一瞥」。至於髑孤師傅與生神獸部隊成員的特質，的確如同節肢相公所言，那非任何人類所能進入的鬼畜之道。

□

從曉星兒來到他身邊、又隱入他體內的須臾時刻，已經足夠讓司徒睚知道，自己就是找尋為了不可或缺的某種解藥，才會非得與唯一所愛的人兒分隔得如此遙遠。如此長久，如此廣漠，甚至連他自己都無法回溯，自從他與曉星兒分隔以來，究竟經過多少的時光向量。

他隱約知道，非得要覓到了那方解藥，某個曾經撕裂不堪回復的什麼方纔還原，自己與曉星兒才得以眞正聚合。

恍惚間若有似無的頓悟讓殘陽帝憂悒莫名，降臨此世之前的元身在體內下著深紅色暴雨，好長一段時間他只喜歡靠在銀刑殘天的背上，以殘戾的狂野馳騁於一片猩紅色的孤寂曠原。直到他稍微平復些，已經距離那時候一年之久，然而司徒睚還是不喜任何人接近。他只容許髑孤烈篁載他在天際遨遊，或是依偎著不時造訪的酊泠，說些在語言層次上毫無意指的喃喃狀聲字。

這傾向並非短暫的耗竭，而是恆持數十年的自閉。閉鎖於自身空幻如水流的內裡，司徒睚想拼出一道堪差明白的圖樣，於是他棄置言語，專注與體內元身核心的脈動共振相鳴。自從超星曆2196 9年到司徒琰出生，沒有任何人能夠讓殘陽帝說上一句完整的言語。如同節肢相公所言，將近四十年的工夫，司徒睚沉浸於神與獸之道，能夠進入他幽深迷離的內在深處的少許例外，只有那些處於人類界線之外的神靈與異獸。

就這樣一過經歷四十年，沒有誰能夠闖入殘陽帝這一場不知何時了的失語夢遊，直到超星曆2 2 0 0 8年的瑞雪冬至日，正是雪鈆嶺滙聚天干地支交會通力之時。就在是日，司徒睚突覺身心狂亂，有如怒流薈萃於兩腿之間，把他從漫長日夜的昏眩狀態抽拔起來。

〔時候到了。神靈與獸力皆已備齊，且讓我從你的流域誕生，此世的父王，產下我如同產下陰性的你自己……〕

宛如被體內的淙淙音流所驅動，他以罕見的速度與勁道，無須左右侍從服侍，自行穿上一身完整獵裝：硬領雪白襯衫、收腰天鵝絨墨綠背心，以及深褐色燈芯絨馬褲下的麂皮短靴。這身裝束以含蓄的美感張揚殘陽帝纖長挺秀的身軀，他的軀體內彷彿蘊藏千座天火洗劫的都城，從天際到海涯的磅礡火性渴求一場淋漓盡致的馳騁。

的確，司徒睚許久未感到悸動如是。他一揚下顎，以乖張傲慢的風情拎起那根金色小皮鞭，往空中優雅一抽。對著躊躇不知所措的近侍，司徒睚茫然微笑，笑意極惡又無情，如同癮頭上升至臨界點的酒徒，所思所念只是行將奔赴的酗飲之旅。

當他跨上銀刑殘天的背脊，修長雙腿夾緊愛駒，殘陽帝感到體內的洪流汪洋劇烈起伏，在在與王都近郊的松雪林深處共振。他足尖一緊，銀刑殘天就如一根銀亮的箭矢，轉瞬間從極靜到至動，從王宮的御馬庭院凌越重重柵欄與魔導障蔽，衝馳入只有殘陽帝與牠才能前往的雪地松林。

司徒睚的視域盡是一片片狂雪，雪片如一場安靜的交響樂將他與銀刑殘天整個包圍。他在馬背上兀自起舞，彷彿非得以最傷感也最狂迷的姿勢與天地風雪交合，否則悲傷如同無法衝破地殼而出的岩漿，他會被體內的活火折損而亡。

直到司徒睚再也支撐不住，脆弱的體膚與洶湧欲裂的火性如同無法寬待彼此的雙人舞者，他必須讓體內的音流破柙而出。騎在銀刑殘天的背上，司徒睚近乎失去意識的身軀隨著祕密的音流起舞，左手執鞭抽打一株株擎天聳立的曠古雪松，右手食指內拗，拇指與中指將近疊合，形成超越界神族之間的「降生純血秘契」浮印。

最後他右手食指如雪刃，戳入自己頸項間發燙如引爆火山的緋烙諾鶯紋章，生之洪流唱出從他體內降生的第一音。剎那間，錯落林立的參天松樹如同被五色煙火洗劫，憑空飛下紅藍黑紫白、五色六十隻守護南天超銀河始初地基的天陰龍與地陽龍。

龍群環繞銀色駿馬與以指尖爲劍的殘陽帝，領略這場只能由神龍族見證的生神親子儀式，神色孺慕又欣喜。六十對龍翼形成巨大班爛的屏風，守護處於激烈的光與熱、將陰帝龍姬從體內招喚而出的殘陽帝。

「從此，你要與世界一起歌唱，飲我千載萬劫，我的女兒……」

在他昏迷之前，司徒睚半闔著眼，以憂傷到極致的低語，對著脫胎於鎖骨間天譴紋章的龍珠如是低語。

第二節，痛飲我千載

自從小女兒降生，司徒暱得到生平唯一的紅粉知己，以及徹夜狂飲交感的最佳酒友。不知道該說是天賦異稟、或是自然而然的龍姬本命，當司徒琰還是一顆漾著粉紅潤澤的珠體，這顆流就喜愛與烈酒共歡。

尚未從龍珠胚胎狀態蛻化爲人形幼兒之前的三個月，殘陽帝常常在夜半風雪交加時，就著窗外飛雪捲簷的聲勢暢飲觀雪景。強烈又飽含風霜陽性氣味的蘭姆酒包圍著龍姬的胚體，那是他以七感直接體會到的滄桑憂鬱氣味，父王的況味。當他飲酒的興致正好，司徒暱會湊近眞珠狀的女兒胚體，低聲唱著那首殘酷又撩人心魂的歌曲。

就這樣被上等的酒與歌曲滋潤，當龍姬滿周歲，他已經能夠以細嫩的小手執起份量非同小可的玉雕夜光杯，坐在殘陽帝的膝蓋上笑語嫣然，一邊把酒，一邊說沒人懂得的神異語言。正由於在他們共處的歲月，這種從太古以來就暢行不褪的果實或麥穗釀造飲料是這麼必然、如同司徒琰象徵性的另一個父兄，當他要歡度二十歲的「破幼」式，小龍姬唯一特定的要求就是要在當日的典禮舉行「交杯三巡」的罕見儀典。

「要讓參與見證者都喝上三巡聖酒，喝下我與我父王所鍾愛之神液，酒釀的神髓跑入身心。在那三盞交杯之刻，飲酒者皆與生神共有醇美的體液……」

對於龍姬怪異但不容駁回的要求，捍衛階級宗法、森嚴得不容許一根髮絲踰越份際的南天超銀河巫覡司祭團全體皺了好幾日夜的眉頭。終究在大司祭祖孃難得的偏袒下，沒話說的順遂司徒琰。當小女兒展現水靈靈的笑顏，司徒睚的心象奇妙流光一閃，過度清晰地閃現元神記憶當中的另一張迷人笑顏。那是難得被取悅的地獄王子終於找到所愛的奧祕笑意。

除了要求舉行神酒交杯宴席，司徒琰強調，他自己選出的客人不容巫覡司祭團駁回，尤其是自他從龍珠胚體破殼以來、就日夜悉心照料他的近侍嵐草。巫覡司祭之長、總齋宮司徒葹絹在眾臣都感訝異的情況下，輕易地裁示小姪孫女的要求。

「身為琰兒的內侍，雖非九層品級之臣爵，本宮特讓嵐草·森榠於宴席共飲神酒。然帝君陛下之血盟衛神獸士，雖為近臣官爵，但神酒乃神靈與人界交會之物，為避免神獸士之獸神血脈與之衝撞、逆犯氣脈念場，希照列席但不飲酒。」

當歐陽鉞得知此事，向來與巫覡司祭團道不同不相為謀的他難得眉頭一緊，毫不避諱地顯示出對此舉的厭惡與不滿。在閒雜人等退去之後，歐陽鉞對親近的司空副官著實發了頓牢騷。

「做得甚是難看哪，擺明就是要單挑生神獸隊長——那位司徒家的大巫女那麼看不起獸性血脈的未冠名侄子，也削了整團都是上位軍官位階的生神獸法師好大的一刀。眞擔心這次會不會捅出什麼婁子，齋宮大巫女怎不想想殘陽陛下的脾氣哩，眞是。」

司空篤捻著下頷那把有點可笑的師爺鬍子，模樣雖然逗趣，可是他自己與歐陽將軍都渾然不覺。

「說來這位德高望重的司祭齋宮，不就是前代司徒宗主的長姊——要說單挑，恐怕不只是單挑生神獸隊長閣下，而是連我們殘陽帝，巫長大人都認爲是可以不乖時管束一番的王儲侄兒吧？老大你也不是不知道，這些活在閉鎖寺廟、成天除了打坐就是誦經的出家人，哪可能眞正看清楚時事與局勢，更別說這個驕狂的齋宮御前！記得您第一次正面頂撞司徒皇室，就是因爲他堅持在殘陽陛下即位前，要到皇族宗廟去閉關七夜……」

雖然是不滿到極點，可當歐陽鉞思及當時的場面，向來生性風趣的他也忍不住笑開。

「也眞是絕景哪，竟然有個活脫脫從遠古世代童謠裡跳出來的『尖耳騎掃把巫婆』，將我們殘陽帝連拖帶扯，非要弄進去他最討厭的無聊清修地。也只有這位了不得的齋宮御前，才說得出『小睚不聽話，姑姑我要打你俏生生的小屁股呵呵』。」

看歐陽鉞愈說愈是八卦，司空副官捻鬚大笑，笑得差點把剛才喝下的上品玉露茶都要噴出來。

「記得那次，殘陽陛下好生氣噎！其實齋宮御前不是不知道我們陛下的脾氣，而是一意孤行，就是要他的『小睚』就範吧？」

結果連歐陽鉞都沒料及，司徒睚是以那麼淫佚的方式來回應從小就要他就範的齋宮姑姑。

這場宴席以盛開如粉色薔薇的氣派展開，火樹銀花也似的場面與愛女司徒琰如此匹配。進退有序、讓司祭團操控的每一道環節都如此華貴嚴謹，讓列席的歐陽鉞頭皮爲之發硬。儀式順利得讓歐陽鉞感到詭異，連位居上首的齋宮御前都以爲這回「小睚」難得從頭乖到尾。不過，就如同從小就對這位長姑姑扮鬼臉說「不乖，小睚我才不要乖給妳玩」，殘陽帝這回還是一點都不乖。

讓眾人都措手不及的場面發生於就當快告尾聲，殘陽帝的「再來一杯」——在他喝完三巡祭酒，司徒睚並未擱下手上的酒杯，反而懶洋洋地搖晃著空蕩水晶銀紋杯，冷白修長的手指把玩杯緣，示意那個愣閒在一旁、不時偷偷愛慕注視他的小事務官過來。

「再斟滿一杯，要再喝。」

以夢遊似的微笑，司徒睚對著森嚴的司祭齋宮姑姑眨眼，戲謔優雅地對他舉杯致意。可他並未以口唇就杯，反而是順手一灑，以曼妙的手勢把酒液灑在自己的兩腿之間。散發著神性的美酒在司徒睚的胯下形成淺灘，他俊美的五官魔性十足，輕俏地以指尖沾抹酒液，塗抹自己櫻花般鮮紅的雙唇。

「好喝……剩下的也該被好好喝掉。」

沒有人敢制止或出聲，任誰都只能眼睜睜看著殘陽帝當著眾人的每一道視線，慢條斯理掀開鑲繡龍紋的長袍，裸露出那雙任誰都會精血衝腦的絕色修長雙腿。

司徒睚吃吃嘻笑，把兩腿間的弧度打成150度角。他抱著幼小的女兒，開心依偎幼女的臉頰，眼角瞥向自始至終都遵循齋宮勒令、尚未飲用半滴神靈祭酒的生神獸隊長，葛厲芬帝。

「過來這，難鈞，把這杯潑出的酒喝乾淨。此非神酒，乃是魔道化煉的血酒，是只有你喝的酒。」

□

發生於司徒琰「破幼式」的最後場面，竟然是這樣一筆要命的異色畫面，全南天超銀河從公侯王爵到邊境草民，無不爲之嘩然。當然，要說眾生喧譁有什麼基礎共通的噪音，無非就是「魔獸血脈的異類膽敢冒犯神物化身的殘陽陛下，遂行大不敬的淫行」所掀起的狂燥蒸騰情緒。

就連跨越象限藩籬、向來支持生神獸法師爭取常態生命權益的「基進生命同盟」在面對此破天荒新聞，竟也微微躊躇起來。領導者兼發言人宇默．銘昕薊在舉世責難滔滔的次日，發表他在觀看同步轉播的全向共感畫面之正式感言。除了力陳對於複合生命體的總體性支持，這位極具風骨、向來光風霽月的學者在明知政治局勢騷亂的前提，還是坦然他一貫的誠實與清明思索——

「南天超銀河的殘陽陛下的惡之美無與倫比，但是，若其聽命行事者換上任何人類，恐怕無法爲這幾分鐘的飲酒情景激盪出讓眾人如此震怒或焦躁的效應。正由於另一方的主角是卸除全形人類外貌、以複合體形態現形的生神獸法師，才滋生出無法以善惡好壞框架來歸類的鬼獸風光。自從成立以來，本組織的信念與行事方針皆以讓人獸複合生命與全星團人類處於等同地位爲基本守則。然而，在我以感官念場親身共振此情景，我被生神獸隊長閣下的確超乎人類的獸性所悸動。我無法不開始思索，究竟我所堅持的信條是否侷限於人類本位，徒然讓複合生命體的獸性更遭壓制……」

當然，如此懇切又跳脫本位主義的聲音，比起由司祭團掀起的跨象限諸宗教抗議遊行，眞可謂之滄海桑田中的一小枚弱小羽毛。經由南天超銀河巫覡團契領導，集結四象限所能動員的宗教勢力人馬，在其後的三旬日夜於王都星的鄰近子星球破粟，浩浩蕩蕩又昂揚正義之極的痛切陳詞，甚至連「驅離生神獸部隊，支持司徒世子統合政教合一執政權」的煽動皇室內亂言辭都不惜出籠。

眼見如今局勢呈現出撕破臉的態勢，從那夜之後便駐守於殘陽帝私人宮闕的歐陽鉞反而暗自冷笑。呼風喚雨、無所不能的齋宮御前這回總算踢到無法收腳的著火鐵板囉，這可不是「小睚向來沒神經扮鬼臉」的行止爾爾。

要是司徒萂絹的算盤是要拉攏自己的長姪孫、司徒軾，這實在不算高明的算盤。就算司徒軾再吃味生神獸部隊成爲殘陽帝的親近衛士團，就算他再耿耿於葛厲芬帝這個沒有爵位的非冠名叔叔，司徒軾從年少到現在，起碼學會了一課：司徒睚看似沒有實權的帝君，他絕非任這幾個將相擺佈的活娃娃。更何況，他一點都不想取殘陽帝的位置——司徒軾從不放下權勢，從司徒殤詩駕崩以來就謹守監控司徒睚的職責，最根本的緣由是因爲他在大老粗的身心底下，不無清楚地認知，這樣的位置是不可或缺的雞肋，能夠讓他偶爾佔領不可眞正獲得的對象。

不只是司徒軾，如今成爲歐陽鉞副手的驛．塔達安更是轉生無數次也不會忘記，殘陽帝的確是帝王，而且是現世權柄更替也無法削減其殘酷力量的眞正主宰者。歐陽鉞撫著才剛徹底修整儀容、刮得發青的下巴，一邊夾雜著老父無奈甜蜜的心情，注視著在湘木四柱床上睡得像在元神內裡漫遊的司徒睚。歐陽將軍心情大好，滿足於這些天來除了必須參與的軍政會議之外，都在殘陽帝的寢宮渡過。司徒睚秀長的身形斜躺成撩人的X形，彷彿在藥物與烈酒所導引的迷夢中舒適地與四肢的絲絨束縛具調情。

〔要是有誰感受不到那場殺必死的威力，也就只有身爲主角的殘陽陛下。只有您不知道，自己是這場朝野大亂當中的暴風眼……〕

看著司徒睚在夢境中喃喃柔聲叫著「小星星亮晶晶來玩我」，歐陽鉞心滿意足地微笑。暫時安身於巨大的柔情風浪之內，即使這位長於運籌帷幄的將軍也無從預料，接下來的浩劫是如此逼近眼前，景致如此猙獰，任何人都無以承擔那些被無端糟蹋的生魂與屍骨。

就在隔年的秋季末端，在保留太古農耕遺址的宿昂星γ號，當住民正慶祝豐饒秋收的當下，發生了罕見聽聞的奇事——照說，應在此時隱入凍原進行秋冬補糧的當地原生銀牙狼群，違逆生態系不言自明的均衡態勢，就這樣衝入祭祀會場，叼走了十數名孩童。

此事端最怪誕的疑點在於狼群並不為了捕獲食物而搶奪這些孩童，反而把他們當作自己的幼生乳狼來看待。自從孩童們被帶走之後，有人目睹這些銀牙成狼悉心照料這些幼兒、並以自己狩獵到的血肉乳汁哺育他們，似乎這群成狼出現錯位的物種認知。然而只要有基本常識就會知道，這樣的「印痕錯認模式」不可能發生於以生體酵素串鏈單位為認識同類的狼群身上，除非打從一開始，牠們以氣味為基礎的辨識系統就已經受到人為性的調整操控。

當居民們把此事呈報於最直接的上級單位，最讓人難以委決的難處立刻出現：由於宿昂星γ號在內的宿昂七仙星，並不確切隸屬南天超銀河的任何諸侯星域，地理位置座落於歐陽星域與北垣星河交界點的尷尬位置，究竟是要出動兩造之一的軍事力量，或是由第三方指派，一時間在諸政治勢力之間掀起嘈雜的卡位與爭鬧，直到地位超然的巫覡司祭團裁決：此事件既然是原駐生物的無由發狂，最恰當的應對單位莫過於「近擬親族」的生神獸軍團。

當這道過於天衣無縫、看似以德報怨的懿旨從齋宮御前的直屬使者頒佈，歐陽鉞以他混過多年的市井武人直覺知道，這大大不妙。如此精巧的環節不可能是一連串偶發的變數，根本就是一道被精心佈置的食物鏈陷阱，暗藏的捕獸鉗足器根本不是針對宿昴星γ號的野生動物，而是被怨毒已久的人獸複合體——他們才是巫覡司祭團視爲大不淨的畜生鬼獸。

他的憂慮並非杞人憂天，就連副官司空篤也推論出類似的看法。

「老大哪，要讓那些原生天然的狼群做出有違物種根性的行爲，非得改變基因內鍵碼。不過這算是小卡司，巫覡司祭團只要指定那群走狗生化演算師，鎖定特定的小狼們，灌入生體再編碼，時候一到，自然就會發作成這樣…」

歐陽鉞不想掩飾他近乎反胃的反感，把本來欲沾口的「晶釀」擱回桌上。這時候實在不該糟蹋美酒。

「阿篤，可是沒憑沒據的要我們怎麼提出彈劾？出現此反常行爲的狼群數目並非大規模到影響整個行星的物種生態，那幾個精乖的發言使者大可祭出物種學者的看法，只消強調是殊性內碼突變就可以乾手淨腳，撇清到家。」

雖然無法施力，歐陽鉞還是盡人事地請司空篤通報節肢相公。冠名爲司空直系次子的節肢相公是司空篤的遠房表親，也是少數「願意說人話」的生神獸法師。

身爲生神獸軍團的副隊長兼軍師，節肢相公確實察覺到蹊蹺，可他過度聰明狂傲，太不把巫覡司祭團放在眼裡——從表面上看來，這些算計只是扯生神獸部隊後腿的難看舉動。節肢相公輕蔑地從俏麗的鼻端冷哼，雖然模樣很是可愛，不過從小就習慣替他捏把冷汗的司空篤，還是滴了很大一顆的冷汗。

「哎喲阿篤你囉唆操心個什麼勁！我知道啦，那群出家人以爲我們軍團要嘛就不可能搭救人類小孩，要嘛就可能擦槍走火、把那些細皮孩童給誤傷誤殺之類的——」

司空篤才剛插嘴說「你知道就好，不過我跟歐陽老大都認爲沒那麼簡單」，節肢相公不耐地打斷他，繼續以清脆的男童高音喋喋不休地叉腰數落下去。

「講話那麼慢，還虧你是只講人話的！哼看我厲害，以爲我們軍團只有會宰人的、沒有會救人的?!笨頭一堆，只要派出『天地海三系尋獸師』，要找什麼生物會找不到？要不沾滴血地馴服狼群、救回小孩們，海地天三兄弟的地系小弟最擅長啦，哎喲他可是個連螞蟻都不忍心踩上去的溫良小子噎！你知道嘛，出身於穆容家那種什麼光風亮節白武士家訓哪，他那馴良樣夾在我們這些嗜血大姊大哥當中，還眞是爲難這孩子噎，難得竟然出現了派得上他出動的任務，好加在。」

這幾個在體內建檔了全星團原生獸連鎖共鳴碼的「人獸念場轉譯使者」，確實是生神獸部隊的異數。正如同節肢相公所言，這三人的魔導力場分別串通飛禽、走獸，以及游魚的地海天三界全星團生命體，恂恂儒良的模樣常常讓司空篤懷疑，這幾個小弟是不是跑錯地方的幼稚園保姆三人組。

看到節肢相公這樣意興飛揚、話匣子掉滿地的高興模樣，司空篤也不禁欣慰起來。難得來一趟王都出小差，更難得造訪他最喜歡的表親，實在不想把時間都花在鑽牛角尖於盤算司祭團暗算的佈局。更何況，他也只能感受到隱然竄動的惡意局勢，無助於提出明確有力的方針。

當時司空篤與歐陽鉞就算再精明天縱百倍，也萬萬沒有推算到司祭團的佈局縝密且辣手到那等地步。是以，才距離司空篤從王都回到歐陽星域十天不到，當宿昂星γ號北原居民百萬人次全滅、後世稱爲「無差別恐怖大戮事件」，這對主從都非常知道，這不是自責的時候。

經由官方史料的冷靜概括記述，如此慘劇被登錄爲不動聲色的精簡一段：

〔宿昂星γ號北原居民聽從淨身司祭的指示，將尋獸師覓回的十三名孩童於隔夜祕密處以極刑，並即將割裂其念場，使其無法進入常態生命轉輪——此舉被居民轉述爲『爲孩子們永恆被污染的福祉祈願』。於事後到達現場的尋獸師狂痛之餘，在阻止居民逕行撕裂孩童們念場的過程，其魔導力走火過剩，佔全星球四分之一的北原成年居民皆在數分鐘之內悉數即刻屍解。在過剩魔獸力場運作的範圍內，唯有十三名死去孩童的純靈念場保有完整性。〕

無須經由分析，歐陽將軍沉痛地告訴自己，就像是基因內碼被翻寫的銀牙狼群，「穆容家的馴良小弟」從此被大眾視爲屠殺大量村民的萬惡凶手，沒有幾個人會看到他與銀牙狼成爲犧牲者的清晰痕跡。如同在撒滿汽油的易燃物上點起的一根火柴，此事端成就了司祭團主事謀略者的最終佈局，從此掀起南天超銀河人類武力與生神獸軍團的十三年內戰。

第三節，浩劫窮盡方完滿

在那十三年的工夫，所謂「生靈塗炭」竟成為含蓄委婉的形容詞，後世史家在看待此事件時，鮮少有能夠超越生殺觀點，或是拒絕站在任何一端的立場。

然而，處於歷史所不及的洪荒遺跡，那道形狀優美的十字紀念碑矗立於宿昴星γ號北原銀狼雪林的入口，為了十三名孩童與銀牙狼群而銘記。紀念碑讓某些視野清晰的眼睛能夠不受到口沫橫飛的雜沓詮釋干擾，眞正看到最該被注視懷念之物。

超星曆２２０４１年的漫長冬季，內戰在南天超銀河的五個諸侯星雲進行到最高潮。某日，司徒睚突然於漫長的夢遊醒轉。

藉由體內如春夜冷雨的生神念場，他於瞬間轉渡到宿昴星γ號北原的陡峭崖口。面對在他眼前僵持不下、形成兩兩箝制局勢的穆容鐸、節肢相公，以及穆容世家的當代宗主、穆容子武，殘陽帝空涼微笑，不管這三人悻悻然快要幹譙起來的景況。他冷清低沉的語氣像是在春夜裡驟然夢醒，對著親近人兒說著童話故事。

當然，司徒睚根本不是對眼前恰好形成互為咬合局面的三方說話。他揚起食指指尖，彷彿對著半空中飄浮的精靈們柔聲訴說。

「孩子們的念場在我夢裡吵鬧不休，他們的精魂要回到銀牙狼部族，待狼群們天壽已至，屆時一起進入轉輪。我難得花體力，還不就是看這些被靈狼血族作記號的孩童們頗可愛……這事完成之前，你們幾個大人要收手住腳，都別閒淘氣喏。」

經歷長久的流亡與逃生，面容不復當初稚氣的尋獸師抬起頭，目光裡充滿這些年來親手造成的毀壞焦土。被殘陽帝不其然間憐惜瞥上一眼的神色所觸動，穆容鐸一片狼藉的心神開始慢慢回復。彷彿剝開這十三年來凶狂廝殺戰鬥的外殼，逐漸還原回自己，原先在王都生神獸部隊服役的「馴良穆容家小弟」。那個膽怯羞澀、喜愛孩童與野生走獸的溫厚青年從發狂瘋癲的外型浮現出來。他開始發抖，全身渾厚紮實的肌肉因爲龐大的悲痛而抖動如山崩。

「乖……就哭給這些孩子與狼兒聽咩。他們很想聽你大哭，等很久了呢。」

司徒睚漫不經心地摸這個還是大孩子尋獸師油膩膩的亂髮，心不在焉地湊近穆容鐸，貓兒樣地聞聞他沾滿風塵與流離氣味的衣領。

「很不好受喏，眞是個笨笨大孩子……」

穆容鐸全身上下都開始顫抖，體內居宿的所有走獸基因由於這不可思議的人兒重新沸騰。司徒睚身上瀰漫著幽冷的松香，以及一絲頹靡如曉夢乍醒的罌粟花氣味，那股混合起來如此撩人的氣味讓穆容鐸哭得更是放縱，他在殘陽帝身前跪倒，不知禮數地把頭埋在司徒睚的膝蓋上，如同一隻攣著纖弱長莖帝王百合的餓壞少年狼，找到夢寐歸宿似地嚎啕不止。

司徒睚在一株小蒼柏前蹲了下來，攤開雙手，原先收攏在袖口內的一串五色花石慢慢落在小樹前的靈塔凹槽。五色石共有十三顆，顆顆晶瑩渾圓，透著粉嫩的靈氣，那是盛載幼生靈體念場的容器。

不管背後三人互異的神色，司徒睚歪著頭，細心撫摸這些發出鈴鐺似聲響、好似在訴說著稚嫩暫別話兒的小靈石子。他對著穆容鐸招招手，空靈的嗓音讓尋獸師倍感心安。

「過來，跟這些孩子們道別。他們終於回家啱……至於你，你要跟和肢肢護送我回去，要再一副亂把命送出去的樣子，孩子們與我都會不高興。」

穆容鐸抬起頭，體內鏈結普天下走獸的血脈激烈運轉。遠方在雪林裡的銀狼故舊傳來陣陣悲涼但滿足的長嚎，悲欣交織的大起大落情感充塞他的胸懷。

他伸出雙手，粗大的指尖捧起那些活靈靈的念場花雨石，以笨拙的溫柔撫觸這些在他的念場深處活潑暢快的孩童精魂。他閉上眼睛，思及與這些孩子起在銀牙狼巢穴共處的美好短促時光，狼群的低鳴與孩子們的笑聲那麼對位，每個孩子的念場一如被溫厚貝殼守護的小珍珠。終於，他們得以完整且不再受傷，回到這兒，從此銀牙狼會一直守護他們，直到狼群的天壽屆滿，一起進入那座轆轆轉動的全向度轉生摩天輪。

「好冷啱…這些熱熱的孩子們順利到家啦，可這樣一來，小保暖包也沒了……」

殘陽帝的喃喃自語讓穆容鐸大驚，他這才意識到眼前的身軀瀰漫著過於燎原的溫度。他唐突抱住司徒睚，幾乎要把那株小柏樹與殘陽帝給一併夾碎。

「陛下，您……發燒了！」

節肢相公回過神來，赫然注意到司徒睚竟是只穿著一件和服式的絲質單衣。在風雪呼嘯的北地高原上，殘陽帝接近透明的白皙膚色更是蒼白，蜷縮在穆容鐸的懷裡，雙手環抱著自身，纖秀優美如楊柳的身形更顯單薄。意識到自己這時候才回神，他幾乎勃然大怒。

「殘陽哥，你連我獨家配方的恆溫護體核都不佩戴就跑出來嘎?!」

「我忘記了咩，肢肢……別生氣嘛。」

這種時候，沒有誰比節肢相公更惱怒自己的冷血動物體溫。他正不知所措時，自從戰局被打斷以來一直保持沉默的穆容世家宗主脫下身上那件雪狐皮製成的大衣，簡略地說聲「請恕爲臣失禮」，高大厚實的身形卻是行動輕快迅捷。穆容子武瞬間來到司徒睚身後，以大衣裹住殘陽帝，回頭示意他的弟弟。

「無須太緊張，小弟，山下就有我軍行駐的驛站。如果生神獸副隊長同意，我等先放下干戈，護送陛下到那邊休息。」

□

即使是臨時建造的軍營式城砦，那座矗立於雪山崖下的長方形黑色花崗岩建築仍然氣魄雄渾，毫不虛華的務實陳設在在顯示出穆容世家的典型風格。

進入拱廊，來到軍官單人房區域的盡頭，就是身爲宗主與元帥的穆容子武寢室。忙著讓司徒睚換上睡衣的同時，節肢相公警醒地打量四周：說是最高統帥的房間，從茶几到床具都是樸素厚實的質地，唯一堪稱奢侈的配備就是沙發旁的原生壁爐，赤銅與原木砌置的火灶內堆滿上等的松木，不時擦撞出靈動火星子。

原本舒適趴在地氈上小憩的三隻雪白狼兒，一見到抱著殘陽帝進入房間的穆容鐸，彷彿見到久違的同族一般，興高采烈地圍繞著他，親暱聞著長達膝蓋、磨成古舊赭紅的羊皮大衣。顯然是首領的那隻狼兒，那雙異采四射的深藍色雙眼眨也不眨地凝視穆容鐸懷裡的殘陽帝，熱切看著半闔著眼睛的君王，舐舐司徒睚無力垂落、格外蒼白的手背。

意識到自己過於分心，節肢相公的心神一凜。他以高傲小蠍子的神情對著又是好奇、但不敢太挨近他的狼兒們揮揮手，以通譯神獸語對狼老大說：乖啦，都爬爬到床上去，殘陽陛下喜歡你們當毯子哩。

他滿意地看著狼兒們溫馴地擠在司徒睚身邊，殷勤摩挲依偎著被高燒洗禮的纖弱身軀。眼下最重要的是讓司徒睚退燒，湊在一旁的幾個小副官實在礙手礙腳，於是節肢相公提高嗓子，斥喝那幾個小朋友。

「別杵在這裡，全都退下——給我燒水煮茶，把這枚藥材晶體提煉好之後送上來！喂，穆容小弟你不聽副隊長我的話這麼久，現在總可以安分點，洗澡換衣服後再給我閃過來，別在這裡擋著礙事！」

經過那番徹底的情緒奔流，穆容鐸總算回復幾成血色。他以痴痴的孺慕神色留戀地多看司徒睚幾眼，對於征戰至今還是以刀子嘴護衛他的副隊長感激地行個軍禮，默然退出廂房。

節肢相公冷哼一聲，以眼角斜瞪了巍峨佇立如一座雄偉石碑的穆容子武，對這個被南天超銀河稱譽爲「武王」的傢伙，在惱怒之餘竟然無法眞正厭惡。

「我知道，只有你不會聽話退開。也罷，要看就看個夠……」

節肢相公低下頭，心愛地凝視昏迷中兀自輕聲喃喃的司徒睚。才瞬間的調息，驀然間他咬緊牙關，俯身半抱半扶著殘陽帝，手指暴漲爲一束銀色尖長的蠍針，毫不遲疑地朝向蒼白修長的頸項穴位刺入——

被那束柔細之極的生體尖刺所插入，身體的感受卻毫無疼痛不適，像是注射滋味甚佳的感官浮游劑，彷彿沉浸於甘美的橘花香味溫水。司徒睚感知到自己體內任性的熱流不疾不徐地緩緩釋放，流往節肢相公的生體力場。

「啊……肢肢你又用了犯禁的症狀轉移術，不聽話，壞壞……」

除了戀人，只容許殘陽帝與雛鈞隊長叫他「肢肢」，在強大的魔導力場護翼下方能保持微型變身形態，節肢相公吃力地齜牙一笑，向來古靈精怪的翠竹少年模樣更是粲然。他以未變身的手臂支撐搖搖欲墜的自己與司徒睚，將殘陽帝體內的熱灶抽汲殆盡，再把精緻的蠍針束回收體內。

手術告一段落，節肢相公轉身，對大是動容的穆容子武戲謔地眨眨眼。

「怎麼樣，佩服吧？我這冷血萬人斬也是個不賴的江湖密醫哩！」

穆容子武剛毅的長方臉還是沒表沒情，不過他淡灰色如花崗岩的眼底出現一抹眞誠的激賞與感喟。

「相當佩服……恕在下無知，未曾知曉司空副隊長亦是當世妙手華陀。」

節肢相公不禁好心情地翻了枚大白眼。

「你這人還真是一絲不苟，硬派得緊。這麼有禮貌稱呼我，小心被你們背後的總司令妖婆婆教訓，我勒最討厭那個每次都要我回歸人類宗系的可惡老太太啥！」

穆容子武的眼神寧定如初，但卻現出一抹奇妙的好奇，嘴角咧開一絲接近苦笑的痕跡。

「連司空副隊長也認為，我是受御前齋宮的命令出動，才與生神獸部隊的各位交戰？」

節肢相公一時間怔住。他其實知道並非如此，起碼眼前這人的確不是受到上級驅使或策動就昂揚高亢，腦細胞長滿肌肉地跳出來打仗的笨頭南天武官。他吶吶地啓齒：「誒，這個……」

一直仰躺在他懷裡的司徒睚，在節肢相公沉吟的當下，突然間冷冷淡淡地接口。

「因為你這個耿直笨蛋，以為親手了結你家的小弟，就能夠洗滌他的罪業，嗯……真是笨笨。」

穆容子武一直保持剛毅如山的身姿，突然間地震似地晃了一下。從他在三年前加入這場徒勞血戰以來，這是第一次被這麼冷清靈澈的念場擊中要害。剎那間，他恍惚以為自己回到百年前剛過破幼式的少年時候，與自幼相處的白狼們心儀仰望雪崖上的一朵黑晶玉花。眼前孱弱又撩人心弦的殘陽帝如此恍惚，但也如此洞澈，比任何師長智者都更明白這一切。

穆容子武坦承：「臣之前一直認為，唯有如此，才能讓小弟不再受苦。不過，方纔見到陛下帶著盛載幼童五色念場的雨花石前來，才知道差點鑄下大錯。」

司徒睚迷茫一笑，稍微頷首。

「終於知道你家小弟受的是什麼苦哪？他才不是因爲力場暴走、讓那些該死的殘殺孩童凶手掛掉而傷痛，難過痛心的是自己怎麼樣都沒能保住那些孩子。要知道，野獸只執著於自己眞正珍惜之物，才不像你們人類，成天在那裡估算一堆什麼道德操守良心安不安之類的玩意。你根本不認識、也不眞正在意那些居民，怎麼知道他們掛得甘不甘心？況且，眞正的宿業哪是這玩意，怎可能由你把穆容小弟宰掉就能一筆勾消？」

穆容子武不知從何答起，可那番話在在抵達他在失眠時刻所苦惱思索的命題。在滿腔感懷與服誠心情底下，他不禁微感奇異，殘陽帝難得如此語氣清脆鏗鏘，又如此……清醒。

才轉念這麼想，穆容子武驚覺節肢相公原本強自支撐的坐姿終於癱垮，整個上半身倒在殘陽帝身上，像是徹夜不眠展卷、終於不支睡去的書生。穆容子武不禁驚嘆，節肢相公睡著的模樣如此純眞，又如此不設防。司徒睚看著這般模樣，莞爾微笑，點了睡得不知何時盡的節肢相公鼻尖一下。

「肢肢沒事呢，他睡著了。這是症狀轉移術的副作用，他與我的生體狀態暫時互換，難得我會這麼清醒又多話。趁這時候，就來說個盡興喏。」

以醉意不復的冷澈神情，司徒睚一邊悠然撫弄著枕在他大腿上睡得沒日沒夜的節肢相公額頭，說了比他過去幾十年總合起來都要更多的話語。

「你愛守護人類就隨你，可你守的是什麼人類？寧可守那些傷殘孩童的自行洗腦人類，那些人類該不該被你家小弟殺光光我不管，我要聽你說，那些孩童們應不應該被他們的族人切割分屍，只因爲他們沾上〔野獸的記號〕？」

「如果你不知道，自己從來就沒有守護到什麼，只是成為我那個可怕姑姑的過河卒子，如今也是你知道自己有多笨蛋的時候了，穆容家的老大。」

穆容子武並未申訴或辯解，不過他的眼神讓司徒睚知道，事實上並非如此。

「我知道，你之所以從穹蒼星域出兵，並不為了喧囂的什麼大義，什麼重整人權。可難得我想碎碎念一番⋯難得你可以明白，你家小弟的命屬於孩子們與我。

「接下來這個小故事，就當作是你放得下戰意的獎賞。

「從前的從前，有許多個農夫在某個山谷裡建造起聚落，起先與森林裡的猛獸們井水不犯河水，直到猛獸們圍繞在一朵總是日落後才綻放的夜帝曇花身邊。農夫太愛那朵曇花，可又無法擺脫日出而耕、日落而息的宿命性作息，可又受不了這朵花兒只讓夜間目光炯炯的猛獸們包圍環繞⋯⋯」

他的音調逐漸惺忪，原先鏗鏘清脆的語調逐漸緩慢空茫。穆容子武專注傾聽，就連殘陽帝口唇間無意的輕舔都盡入眼底，但他不淫不穢，只是接近明白地感傷著。

司徒睚憂傷地輕輕頷首，彷彿知道這個心智遠比武技第一外表更清明許多的臣子明白些什麼，感傷些什麼。遠在邊陲之外的穹蒼星域，穆容子武與生俱來的天賦讓他與自家故星森林野狼得以溝通，但他從來就知道，比起非人非獸也亦人亦獸的生神獸法師幼弟，他從來都不是以生獸之魂與友伴也似的狼群共處。

「你知道，曇花喜歡那些蒼莽活脫、與天地脈動並存的野獸。就算農夫們眞心想守護這朵曇花，但他常常在絲絨花壇上疲累厭倦，他想讓獸王的血跡滴落在透明無暇的花瓣上。」

以他接近微醺時的低柔喃喃自語，司徒睚仰躺在床上，空靈的瞳孔乜著天花板上雕繪的葡萄藤蔓與林中仙女壁圖。

「這樣說吧，既然此世身爲南天超銀河全體眾生的神與俘虜，我想保留遴選獄卒的權限。」

領略到殘陽帝極惡迷人的輕笑，讓穆容子武在悚然之餘、又覺得心碎愛惜。縱使日後他窮盡一生，戮力思辯人與神、神與獸的兩兩對位，此刻最多是隱然通曉什麼，可這感受如同在昏昏欲睡的當下注視這朵夜間曇花，腦海間罩著一層無法穿越的薄紗。

「接下來，要讓我的沒名分弟弟成爲眞正的神之手……這不是你能介入的情節。可也別擔心，只消帶著你家小弟回去，讓他療自己的傷。至於接下來會有無數雜沓的噪音，切勿插手，就讓兩造自行抵消。」

穆容子武不禁問道：「然而——請容我無禮疑問。任憑世代生靈殺伐生滅，那豈不會沒完沒了？」

聽得此言，司徒睚如同行將從事最極致凌空迴轉的舞者，對著這位坦蕩磊落的武王隱秘一笑。

「哪如此容易，沒完沒了可不是如此輕易就會祭出的卡司呢。一旦時候到了，愛與劫數都會悉數顯形，如同林中惡獸。」

第四節，愛的天劫．殘星懸崖

在那天之後，六十八星團標準年恁冉流逝，穆容子武未曾再與殘陽帝有任何私人的交換。直到難鈞．司徒如同千萬惡獸之王，劫走他的帝君與王兄，在後世命名爲「十字天崖塔十三晝夜」的災厄時日，南天超銀河幾乎以爲要失去殘陽帝。

在動盪喧囂、眾生沉浸於撕裂性情感的關口，穆容子武卻猛然領悟。他終於明白，當初司徒睚悠然說出那番謎語的意思。

在這些年來，對於生神獸法師這族類懷抱激烈嫌惡的人們從未有鬆動之時，個中最死咬不放的高位人士莫過於南天超銀河軍政諮事團的長老，司絪義鉦。此人向來不遺餘力宣導大眾「人獸誓不兩立」的仇恨態度，更從不放棄推動一手制定草案的「生神獸胚胎終生控管提案」。經由旗下的生化物種演算學家的集體背書，他昂揚陳詞——

「人獸複合體的存在是魔導基因演化學走火入魔的可恥意外，尤其從超星團通過自由創生法案以來，胚胎株一旦從親代的魔導念場滋生出世，就無法回收銷毀。面對四象限評議會的過激放任態度，站在爲大多數純血人類福祉的吾人只能努力亡羊補牢。如同在太古時期席捲肆虐眾人的流行疫學，無論是黑死病、癌症、冠狀病毒，吾人必須盡一切的力量與政策防堵駕馭，面對已然不可姑息的人獸複合生命體議題，也自當若是。」

超星曆２２１０９年的南天春節除夕，軍政議事長老圓桌會議以九票對三票的差距，通過司絪義鉦推動數十年之久的控管提案。此提案不僅針對法外之徒的人獸複合體，就連高級軍官多達百人以上的生神獸部隊，竟也即將於次日被解散監管。

就在是夜，對著共度數百年困阨歲月的節肢相公，葛厲芬帝留下神獸通譯語的一句留言。他佯裝不懂對方震驚詢問的眼神，逕自灑然離去。

〔領取延宕多年的獎品去也。勿掛念，世事豈能盡如人意。〕

無須多久的工夫，不但是節肢相公、再愚鈍的人都聽懂這道訊息。是年南天超銀河的春節被後世稱爲「百劫殘陽」——在當夜從軍團宿舍離去，葛厲芬帝不浪費任何一瞬間。如同天災雷霆一般的速度，先是誅殺了副相兼外長的司絪義鉦，再進入殘陽帝的寢宮，運用身爲生神獸部隊隊長任內的最後權力，逕自帶走司徒睚。

接下來的十三天內，南天超銀河全體陷入比任何死病更惡劣的恐慌焦心狀態。就連歐陽鉞也不免被強大的焦慮所攫取，擔憂司徒睚雖不至於被他的私生胞弟所殘殺，可難說以撕裂所愛爲表達形式的生神獸隊長，下手會多麼不知輕重。

於是，他評估全局情勢，聯袂另兩名在軍政議事長老圓桌會議投下反對票的軍政大臣，與司徒軾折衝斡旋。以全議事團無條件取消司絪義鉦的提案爲條件，在狀況最吃緊惡劣之時，雙方願意盡一切的武力資源圍堵「前生神獸部隊隊長」，在不殺害對方的前提救回殘陽帝。

不過，只有兩派軍武勢力拒絕行動。要說有誰堪差明白這次破天荒洗劫的緣由，除了早就被提點的穆容子武，只有向來深知葛厲芬帝與睚帝君的零字號生神獸法師，闔孤篁烈。

說是再也沒有誰見到髑孤篁烈的蹤影，櫯流通常只能淡淡一聳肩，不願在那些瞎鬧好事八卦閒雜人前顯出他的淒涼與傷慟。

其實他知道師傅一直都在，就算不在時光轆轆轉動的人世間，也一直在南天超銀河介於人神交界處的洪荒交界。可那些眼睛給髒污狹隘的什麼矇住的小鼻小眼人，什麼都不知道，什麼都無法明白。憂鬱的神蹟被他們的視野看入，竟只像是充當太平盛世閒磕牙用的奇譚奇觀。

他知道那條巨大如腔棘魚與始祖鳥合體的奇獸，就是已然脫曳人類形骸的髑孤師傅。他也隱約猜得到，奇獸背上的天仙人兒，就是在他那麼年少時、在四象限魔導浮印加冕式僅只倏忽一面的超越界魔王子——他最愛父王眞正的兒子，殘陽帝所愛的永恆惦記。

知道髑孤師傅如今的行蹤片簡，讓櫯流時常忍不住想起，究竟在那一度的刑天殘血式之後，殘陽爹帝如今的元神舞雩何方？那隻髑孤師傅換形的神獸與他背上的魔王子馳騁於九天之上，是否傾其時間無法抗衡的永駐形神，在無數個人世與超越界的座標尋覓容易嗑藥後就迷途的司徒睚——即使在自家後花園散散步，殘陽爹帝的確也可能走著走著就失神不復返。

有一回因爲慣常的物種歧視事件，他與司徒軾大吵一架，慣常徒勞地看著對方說不出任何有理的理、臉紅脖子粗的神氣，竟沒來由想到那一回。就在「十字天崖塔十三晝夜」的第一天，當時還是世子的司徒軾，面對拒絕出動的髑孤師傅色厲內仞，大吼大嚷。

直到事端結束，爹帝也平安回到王都，櫞流總會如同守護著晶瑩易碎之物，心痛又珍愛地看著殘陽爹帝莫名悲傷的神情。他越過任何人的視線眺望遠方，像是想念什麼永遠難以弭合的遺跡。

每當那時候，司徒睚總是迷神憂傷，近乎喃喃自語對著櫞流說話。

「被野獸食用好過給任何人形傢伙亂愛一通。要是有朝一刻，難鈞貞的暴亂形變不可收拾，我就要給他吃了。他會很殘暴很深情地把我吃得很道地……到時候，孩子，你要攔住那些自居爲大的見鬼人類，別讓他們變成超大顆電燈泡喏。」

可是在「十字天崖塔十三晝夜」初發生之時，司徒軾這顆超大電燈泡，可是氣勢洶洶，硬是凹著櫞流一起逼髑孤師傅出動。

「要是睚帝君貞想我把他帶回來，他自有使喚我的訊號，無須你來代言。」

眼見對方就是不賣他的帳，司徒軾勃然變臉。

「要是我父皇殘陽帝出了什麼事，你就算再超能天縱，又擔得起什麼責?!」

那時候司徒軾再顧不得任何檯面上的起碼禮數，咆哮得像是一隻天理昭彰的大老虎。他背後那身隱隱忽忽如虎斑紋的黃沙暈雲，是個來路不明的超神力場。

髑孤篁烈悠然一哂，那隻獨眼卻散發出譏誚的精光。

「我擔的責無須你來過問。就算是上一代的司徒首座也不敢以此等姿態對我，你這大個子黃口小兒，在這裡叫嚷什麼呢？」

司徒軾忿然不已，筋肉寬厚的身軀挺得更氣壯，口不擇言得更爲徹底。

「我再尊敬祖父也超不過我對父皇的愛，你拿個死人名號出來做什！獨孤家的你給我聽好，我祖父這一生最大的錯事就是做出那個怪物，從渾沌坩鍋裡亂找材料，什不好找，找到那天譴的敗壞傷口，我死也不會承認那隻怪物是我的叔叔！」

〔生神獸隊長根本不屑你或我叫他什麼，叔叔也好，怪物也罷……〕

可怪的是，在揪心焦切的澎湃情緒底下，嶰流還是被這等狂妄自恃的姿態給刺個正著。他無法原諒這個全身昂然、半點反思都沒有的大哥，他更厭惡自己在這當下，竟然要跟這樣的人站在同一邊，討伐所謂的「怪物」。

獨孤篁烈那隻獨眼驀然一凜，沉聲低喝。

「不知本分的蠢材。你當個人類當成了什麼東西？難鈞是怪物，你又是什麼？你知道自己究竟是什麼?!」

他周身散發出的力場悠然依舊，可身軀逐漸變化，暮鼓晨鐘也似的低沉聲頻也逐漸化爲人類耳朵所無法企及的頻率。

「我是那隻棲於北冥天池的夢龍魚，曾其名爲鯤；也是那隻扶搖於九天之上的大鳥，曾其名爲鵬。你們所愛的闇龍陛下，是我游於北池、飛於南海都不改其唯一的主上，他的住處是中央渾沌冥域，他是九陽殘天之帝。不知其久遠的太古，你們毀去我主上的故居，陷他與他的獨子於永恆的戕傷，如今還張狂窮追不捨？就算天不怒，我也將代爲鎮壓。」

對著司徒兄弟周遭躁動的超越界力場、也就是南超神艾韃與北超神思宙的原身，髑孤篁烈卸下最後一絲的人類形骸痕跡，現出本源的太古冥獸神眞體。展現於櫟流依存的超額力場之前，赫然是一隻每根羽翼都蘊藉著柔而威猛神力的太古大鵬鳥——那是一隻瞬間跨越次元門檻也恍若飛過池畔水澤的黑晶大鳥，眉心間的眼寫滿了搏扶搖而直上九重天的酣暢蒼老氣度。

以超越界存在才聽得到的聲音，髑孤篁烈告訴眼前的這兩股超神原力與其搭檔，沉靜的嗓音似悲乍喜。他的獨目雙瞳現出自太古超神紀以來就向始不變的初衷，靜靜地凝視眼前迷惘之極的小徒兒櫟流。那麼渾厚、與孤高蒼天相伴永恆的大鵬鳥眞形讓櫟流感到目眩，卻也忍不住眼眶的熱流。

原來他的師傅守護爹爹是如此的長久，原來這羈絆如同北冥之海，深切至斯。而他現在什麼都不要做，他不要被唆使，即使體內的紅孩兒超神再如何激昂翻動，他也決計不讓步給那股自晥骨肉還諸天地的渾沌欲力。他要聽他師傅的話。

「師傅，我來鎭住體內的南海王艾韃。您只管展翅，護住十字天崖劫界。我自是擔心爹帝，他身體如此纖弱，要是生神獸隊長過於血性高漲……但我相信師傅守護爹帝的心意。」

□

位於鷹鉞王都星的南北兩端，各有一顆以反向公轉的衛星，南端的星球名為「逆十字」，源出於環繞星體周圍的倒豎十字光印（anti-cross halo）。每在十年一度的日全蝕，逆十字光暈會是在鷹鉞星上人們頭頂唯一可見之光，稱為「黑淵之光」。

這星球上的最高海拔處就是殘星天崖，地勢險峻怪奇，矗立於崖頂的尖峭高塔，就是葛厲芬帝於幼年時期的住處。那是他依稀感受到些許柔情的地方，雖然並不知道，那是許多人類對於命名為「故鄉」所在地的情愫。

正如同他似乎並不知道，對於失去意識、被他扛在肩上擄掠至此地的司徒睚，那心情會被稱呼為「不可自拔的摯愛激情」。葛厲芬帝以多重複合的獸性體會那滋味，無法以言語表陳，但非常知道：司徒睚是他唯一的獵物，要他是個酒徒，司徒睚就是畢生追索巡狩的那瓶甘邑。在他把懷裡的人兒品嚐殆盡之前，龐大的飢荒與乾渴總是如影隨形。畢竟，以萬獸之王的榮耀起誓，他有絕對的權柄這麼做。

「你是我的獎品，不光是因為我必然是生神獸競技賽的冠軍……早在我從萬有的坩鍋誕生於此地之前，把我引入此世的老鬼就這麼說，我會是食用闇龍神皇血肉的默示錄惡獸。」

方纔緩慢由昏迷狀態醒轉，司徒睚任由葛厲芬帝以粗暴的動作把自己扔到床上，迷茫空靈的模樣毫不受影響。

「所以，是要侵犯你的神，成為絕對的惡獸……原來身為宗教大法官，親代根本就充滿邪道情懷。」

難鈞．司徒脫下衣服，堅實英挺的身軀連同早已翻湧百年以上的告白，壓住司徒睚。在司徒睚的視線驀然全黑之際，只聽得獸中之獸的弟弟這麼說——

「我是你唯一的獸（monster），而你是我唯一的主（master）。」

□

在那十三晝夜當中，時間幾乎沒有駐足的餘地。

司徒崖用以計量時空向量的變化，除了體內恆常如夕照的生神念場，就是自己被餵食、穿刺、注射藥物，以及在一場場的暴虐性愛之後耗竭昏厥。可怪的是，這段時間以來，他始終無法啓動魔導無意識端子的夢寐之旅。從降生於人世以來，司徒睚首次在形意身心、意識與超越念場的各領域，都遭到絕對的困縛。

當他被帶到殘星天崖上的這座山頂巖洞建築，肉身視覺還發揮作用的最後時刻，看到的最後景象就是葛厲芬帝跨坐在他身上，兩腿之間森然冒出的那根蠻荒之刺。

那物體比任何獸牙都更堅挺，比任何陽具都更熱烈，也比任何刀俎都更殺性迭起、深情款款。外型如同冰河時期猛瑪獸牙的異物穿破麂皮長褲，挺翹於司徒睚的視域，與葛厲芬帝咧嘴時綻放的白亮獸牙相互輝映。

「這是我要送給你的禮物，是我出生時就如影隨形的詛咒，來自於超越界渾沌本體的劇痛開口。」

外型已經全然生體獸化，葛厲芬帝的全身上下再無一絲一毫的人類痕跡。他的獅爪一掃，在司徒睚半裸的上半身劃下幾道玫瑰長莖形狀的血紅傷痕，再一掃就把殘餘的衣衫給撕裂精光。強蠻的下半身入侵兩腿之間，那根蠻荒之刺就在司徒睚如同帝王百合的下體之間，鯨吞蠶食往深處挺入。

司徒睚的眼前整個發黑，要不是葛厲芬帝擒咬住他往後仰的頸項，前肢托住他的身軀，原本雙手被反綁、半坐在獸皮上的姿勢幾乎要失去平衡，往後栽倒。

「從現在開始，暫時與你的眼睛告別……生體視覺麻醉劑很快就發揮作用。你什麼也不用擔心，什麼也看不見，只消傾聽……我進入你體內的鳴叫。」

從那瞬間開始，司徒睚的視覺與自身徹底融化。除了擦撞侵略時最純粹的肉體知覺，他只能夠以嗅覺來辨識周遭。

每當從闃黑不見底的無夢深眠醒來，首先聞到的是強蠻壓在身上的葛厲芬帝，混雜煙草與生肉的發燙體溫總讓司徒睚感到奇妙的懷念。然後是岩洞裡曠廢久時的氣味，枕在身下的毛皮散發出死去已久的乾淨野獸氣味，生體注射劑淡淡的橘花香。每當飲食過後，他被葛厲芬帝扛在肩頭，在岩屋外的一小方石礫野地散步。周遭高崖上的紫薊花香，荒煙蔓草與海拔八千潯的乾冷空氣，如同故鄉般包圍他。

每回散步過後，葛厲芬帝會把他放在背脊上，那雙蒼勁的英鷲翅膀載著他在方圓百里處翺翔。

「司徒殤詩那個狂熱老頭鬼迷心竅，到處捕獲來自神魔領域的斷垣殘瓦，先是擒住了墜落魔王的神核，後又打撈起八百萬鬼神七孔綻裂時分娩的鬼畜之子。南天超銀河的魔導生殖科技團契瘋魔鑽研，顧不得僭越了人神分際，打造出這對天神與地魔。你自然知道，ni-chan，那就是你與我。」

躺在那雙大翅膀上，司徒暊伸展冷白如玉的肢體。如同一隻戴著眼罩的貓兒，鼻尖湊近英鷲翅膀的前端，輕舔幾下葛厲芬帝鬃毛濃密的鬢角。

那時候，葛厲芬帝總會轉過來，黑色鬃毛潑墨也似的獅首廝磨司徒暊的臉頰與頸項，那是暴戾橫陳之餘最徹底的柔情。

「獎品遲到太久，我太餓了，一夜是不夠的。」

□

十三晝夜週而復始，如同太古神世的無休止遺跡。直到葛厲芬帝發出最高亢的嚎叫，獸性高潮如同刺入他手掌與腳踝的記憶金屬軟釘，司徒暊在至極的勃起時刻知道，眼前的鬼獸已經療傷完畢，他的弟弟將會帶他回到人世。

「傷害你讓我感到完整。傷害你之後愛你，讓我感到得救。」

難鈞．司徒咧嘴笑著，那列白晶晶的獸牙在熾烈的天光下粲然無比，就像是先前在司徒暊背脊上血洗而過的生神鉤爪，雪白而熱烈。

「可不該只是我滿足，我的地獄君王……除了讓我得所其哉，可有什麼方式是我能踐行，讓你體內的殘墟能夠重合？你內裡的傷口遠比我造成的爪痕與割傷都更嚴峻，此世無人可治癒？」

司徒暊艱難地舉起一根手指，白皙脆弱、但卻異常筆挺。這手勢如同鬼神招魂曲，弭合難鈞．

司徒體內的魍魎空穴。重新以肉身之眼凝視一切的殘陽帝現出恍惚優美的笑容，按住此世唯一弟弟的天庭穴。

洞穿天庭也似的明心見性如洪水奔流，體內的劇痛如無聲的音樂，那根蠻荒之刺穿透司徒睚身心，翻掏出無以名狀的愛。

司徒睚的雙腿迎向只屬於他的怪物，讓難鈞的芒刺深入他體內的荒城，與宇宙之流會合。這是送給鬼畜的神之體液，藉由汩汩流淌的血與精髓，鬼畜神獸的永慟得以消弭。他泛起一絲空茫的微笑，這十三天如同最激烈的藥，打造出砰然撞開內裡秘門的鑰。終於他分明知曉，內裡的皇天一旦開啓，他流下的血與傷口能夠讓八百萬鬼神癒合。

到時候，原初渾沌的故鄉不再需要承受皮開肉綻的七竅死傷，時間與永恆將會再度交叉聚首。

〔到了那時候，你要肢解我，絕無僅有地肢解我，吃下我。如此，我與我所悼亡的原鄉，終能夠重新癒合，我也能夠在這一切之內跳舞，等著曉星來找我。〕

〔記住，弟弟，我的屍洗者約翰，魔神與畜生合而爲一的你，將是永世的你。到時候，你是我的屍解者，永恆與我的血肉共存。〕

【第六章】死得沒完沒了，愛得揮霍無度（Everlasting Flow of Devastation; Expenditure of Love）

被失落的遺跡所追獵，那是她年少時代的故土，或是難以言喻的夢寐。從此而後，她將與不斷遠行的世界纏縛於一體，永無止境。

——〈憂悒〉（Sorrow），Pink Floyd

〔王兄，雖鈞這就回到你身邊……〕

就這樣，在之後的兩百多年歲月，雖鈞．司徒以鬼獸才有的毅力，堅守他早已與人類分道揚鑣的軀體與銘試——除了司徒睚的血肉之外，他再也不要吞食任何物質。任由飢饉如烽火雪火雨掏洗，他以怪誕的喜悅領受這等磨難，為的就是在血酒聖刑的時刻吃下他的王兄。

獅鷲親王與飢餓的交鋒起先盡是受苦，之後逐漸轉化為禁制與痠麻的快感，最後是唯有野獸之王才能領略的強烈狂歡。在他體內的獸欄，獅鷲親王無止境吞噬著自己的餓意與愛，思慕那具在他獸爪間晶瑩發亮的高華軀體。

取得正名並不意味戰爭終了，反而掀起另一場席捲南天超銀河與硫光系明聖軍團的漫長對決。從他抱著司徒睚步下殘星天崖的那一刻，他知道自己從此不只是沒有姓氏也沒有名字的葛厲芬帝。以殘陽帝的肉身為最高印鑑，烙印在他的身心與念場，血脈與名位從此正式嵌合為一體。就算是最高司祭團與軍政勢力再憤懣不服，無人可以褫奪他與司徒睚之間的聯繫。

在這百年之間，爲了維護這道聯繫，爲了不讓生神獸族群成爲憎惡與仇視的犧牲品，難鈞·司徒遠離南天超銀河的王都，遠離司徒睚與他親近的血盟衛部屬，輾轉征戰。在第一個百年堪堪渡過去時，他認識了滄茫大漠的每一顆砂塵，在第二個百年如千萬箭矢般射入他體內，半神的不死身軀竟然也創傷累累，他以爲體內的飢餓將永遠與自身共存。

就在這時候，超星曆超星曆22399年，人類與生神獸士兵爲原料所堆疊起的屍骨塚足以建構出一道徹底封隔南天與東宙的跨銀河長城，契機終於到來。混沌系母神女媧千年一度的空窗期就在這年的秋分週期，這正是司徒睚早在百年前就眉批加註的「破皇天」時節。

一路上有神鵬師傅的翼護，難鈞·司徒無須與一路上埋伏伺機的人類部眾夾纏。他只消痛快地見神斬神，穿越十三重關卡，進入生神殘血式的神壇。

「以愛來屠殺你。藉著殺你，我讓你於永在之中如是起舞。」

於是年的秋天，難鈞·司徒終於得以回到故都，終於能夠一解體內的飢荒。

第一節，五色花石與能趨疲

在破天殘血儀式穿破萬有的視線之前，連同南天超銀河在內的超星團整體已經迎接了十三個不毛的夏季。呈現於四次元與更上層次界域的「凍夏」並非磅礴沛然的雷霆、暴雨，乃至於冰罅，嚴格來說什麼也沒有，就連可造成對抗焦點的自然災厄都缺席，只有不斷趨向終極熵的低溫化，全向度的能量已經連備份也消耗將盡。

程度夠高的魔導法師可以聞得到那股枯燥敗壞的氣味。一切沙漠化的趨勢從生神獸軍團與聖戰部隊對峙的主力戰場拖曳而出，除此之外，什麼新聞都沒有發生。

籠罩於此度宇宙的是一股只能以「日漸衰敗」來形容的熱能離散狀態，並非痛快的滅亡，也非合該如此的廢墟化過程。

直到整體的狀態無可更惡劣，無論是宗教、經濟、政經層面都退卻到無可再退一步。不僅是司掌宗教祭祀的巫覡司祭團，南天超銀河的政事勢力開始思忖一場「活人聖祭」，號稱將從生來就將身心徹底奉獻給大化一體平衡的巫子們選出祭品。

自從接收到那種消息，歐陽鉞就感到焦躁不安，他自然知道那些人等的心思在轉什麼念頭。在過去百年以來，他們對於生神獸軍團的敵意與彼此豁出去的鬥爭，沒有任何退卻與餘地，如今星團各處再無方寸平靜，草木化爲僵冷焦土，這又是一次大鳴大放、追殺異己的好時機。

他以長年來在政經群臣間打滾的直觀知道，這些人籌劃著一場沒有退路的屠宰祭禮，要誘使猛獸中的猛獸入網羅。他們非要滅掉非人血族的希望，否則恐懼會吞噬這些敗壞人類早已搖搖欲墜的核心念場。

在他最近一回來到王都，司徒睚以罕有的清醒聽他說這些，嘴角浮現近乎嘲弄的迷人微笑。說也奇妙，每當司徒睚心情最是溫柔時，他冷峭俊美的五官愈是魔性，愈是毫無人性。

殘陽帝的雙唇毫無血色，如同盛開於庭院的冷白梅花，同樣寒冷白皙的肢體如同覆雪的梅枝。歐陽鉞感到一陣昏眩，不知道是因爲心悸，還是隱約預見司徒睚將要踐行之舉。

「阿鉞哪，這度次元宇宙的生命們要是繼續執迷不悟，留住我也不會有好處。祭典是要舉行，而且要在我相中的黃道吉時。但你得知道，祭品不是任何一個小巫子，當然也不會是難鈞。」

歐陽鉞心底同時一悚，瞬間的空白震驚之後驀然湧上劇烈的甘美悲傷，以及義無反顧的忠誠追隨心情。那股數百年來始終隱匿於心底一角的龍捲風終於沛然成形，就算是爲此粉身碎骨，他也要攀塔而上，追著世界的足尖直到最後的盡頭。

「無論殘陽陛下決定如何處置這一切，阿鉞追隨到底。」

□

「在最終的祭祀之前，我要召還被女媧母神用以補綴皇天的原鄉碎片。守好這劫界，神鵰爺爺，在我出遊的原神歸返之前，不讓任何擾動侵入八角密室喏。」

聽得司徒睚以元神的眞名稱呼他，髑孤篁烈的獨眼暴然發亮。時候終於到來，此度祭祀女媧的儀典並非招喚太古創生神，而是封緘對方可能的干涉，更是取回故舊「息壤」聖土的契機。

「放心自在去也，龍帝兒，老鵬自是守候你無終期。」

■

寫滿太古眞義的符碼悉數鑲嵌於只有司徒睚在內的八角密室，他既是祭主，也是與女媧超神對等的闇龍魔帝。身處於獨自的劫界內，司徒睚低喚著「逢魔時刻，帶我上九重雲霄」。

霎然間，超越界與他之間只隔著一重薄紗也似的帷幕，六合八荒皆是四次元肉身之眼所無法目睹的風光，或者驚世璀璨，或如逢魔時刻。居住於殘陽帝背脊「荒神穴」周遭的諸次元亞神，不禁群集騷動起來。別說是人子，就連等級較爲生澀幼稚的亞神也受不住殘陽帝即將開通的上尊位渠道，那是唯有三魔神世家的太古超神成員才能流暢自若、互通有無之處。

進入他自身體內的超神棧道，司徒睚的元神彷彿大眠乍醒，卻也如同從漫長的夢遊進入夢中之夢。早在首次的生神受刑式，經由魔導怪醫皇霹宇潔把唯一交叉原點的超神花園植入他的神核內裡，向來各走陽關道與獨木橋、彼此張揚傲岸的超神們興起另一波合縱連橫的奇妙態勢。對於超神族裔而言，進出時間爲主軸的諸次元宇宙稱不上大手筆江山，然而連超越界的基礎質能也受到影響的現今，超神之間必須結盟或對決，以各種可能的伎倆取悅他們的想望與欲求物。

「就因為熱情過度，眞要暢行於四象限超越界棧道時，還眞煩哩。都別礙事擋路哪，乖點兒……」

司徒睚像是對自己說著私人笑話，柔聲自言自語，聲音與丰神都如同浸酒天鵝絨，輕輕揮去那些光影蜂擁的各路超神形影。他以指尖嵌入髖骨側的黑百合形狀紋章，百鬼夜行。那是皇霽宇潔在某次固定看診之後，神來一筆所安裝的精巧機制。怪醫長老向來悉心照料他最鍾愛的義子與病人，這機制可以讓司徒睚悠遊出入於自身體內的超越神族棧道，更有甚者，可以阻隔他不想遭逢的糾纏傢伙。

「眞是好呢，要不是有皇霽叔公的這發明，要怎麼揮走紅孩兒或思宙這兩頭笨蠻牛，我可也沒輒……哎，要是叔公更厲害點，發明讓曉星兒從〔蠻荒盡頭〕跳入我體內的機制，不就太棒了？」

司徒睚知道，他唯一無法在超神棧道招引而出的，就是他唯一想在一起的盧西弗。他隱約知道這與自己在墜落之前寫的那封信有關，要是曉星已然前往赴約，將會造成絕對的時差，不相容絕對定律會粲然發作：盧西弗在「所有時間與次元之外的洞穴」，那是他們永恆的連結之所在。

「汨軥霈，永恆的殘酷春雨淌入天的破口。早在你誕生之前，我就警告猗妠妠，別取這麼不祥的名字。這下可好，人如其名，你這迷人的不孝浪蕩子，總算願意面對你的義母。」

按下百鬼夜行的紋章，只消殘陽帝心念電轉，四方神族皆悉數退散。可他們在退去前不忘以最高禮數對這位巍峨如峰、太古神族之母的至高神躬身致意。

司徒睚——也是汨軥霈——噙著恍惚溫存的笑意，飄然挨近他眼前的太古義母。如同貓兒王子不著痕跡的親近方式，以鼻尖摩擦對方該是手指部位長出的豔麗鉤爪。

既是嚴厲，又無上慈藹，諸次元創建者的女媧尊神長著赤色豹首、五色鷹翼，身軀是后土爲材料的猙獰豔麗人形外觀。不似另兩位遷移不定的太古陰性至尊神，女媧始終居住於超越界的西王母崑崙峰。

身爲汨軥霈的義母，也明心見性於自己獨子所犯下的惡劣暴行，女媧自從創生諸次元宇宙以來，在渾沌被鑿七竅之後，首度施行最耗力的補合術——然而，他所弭合的並不是八百萬鬼神元身的渾沌七傷，那是連他的最高力場也無法有絲毫挽回的沸騰厄創。

在那次超神界的終末大戰過後，女媧以渾沌無機本體提煉成的五花石，再以五色花石爲素材綴補。他成功弭合的傷口是汨軥霈的化身，「皇天」所受之傷——四十晝夜血雨無止境戳刺如雪劍，不僅毀滅敵方，同時也造就超越界天帝身上幾乎不可彌補的洞口。若不是有女媧的鬼斧神工，汨軥霈所身受的傷勢連表面程度也沒辦法癒合。接著，諸次元創生神指揮麾下的混沌系工匠亞神十方天，以剩餘的五色花石打造出「息壤」這艘鬼神活船，送給汨軥霈。所有的行止，都是基於愛憐他的義子，更是爲他的不肖子賠罪。

「無法停止縱容自己的孩子，至尊神如我竟也斬不斷母子情懷。有時我還眞羨慕任何一個陽性超神，只消欲求心之所欲，快意恩仇，更甚者如你們家的那個小魔王，連他的胚胎都可以命令御下騎士丟到混沌坩鍋，送給五行女神煉丹去——」

汨軥霈一震，立即截斷女媧興頭一起就滔滔不絕的話語。此時他再也不復迷茫夢遊的模樣，而是震怒於心愛人兒受到損傷的魔王。

「曉星兒不會自己想要有子代——不管是誰，犯下如此罪行，就算曉星沒這麼做，我也會把那團蠕動著冒犯者形質的超越界細胞核體踩爛。」

女媧長歎一聲，聲色如同暴雨前抑鬱的雷鳴。

「就知道父性是這樣的玩意。天帝你的父性更是如此，總是無法設想承續、綿延，甚至反其道而行。」

女媧半是沒奈何、半是縱容，收起凌厲鉤爪的手背輕撫汨軏霈的額頭。

「我也不該只是嘮叨你，我不成材的小子更有過之無不及。艾韃冒犯闇龍天帝過甚，你怕是永遠不肯睬他半分，那也罷。不過今朝你願意與我一晤，當然不是敘舊——小魔王的事兒倒無須擔心，他早就驕縱甩了胚胎，冒犯來者的元神俱毀。讓我來言簡意賅，劃清楚我身爲創生至尊神的底線：

「若你要再度破穿皇天，將造成諸次元的熱滅，δ等級以下的宇宙根本就直接被超神核連鎖反應給滅除。若要我同意不予干涉，旁觀接下來你無限度的暴虐殘戾，戕傷皇天與自身，闇龍帝兒，你得答允義母一件事。」

汨軏霈如同一隻怎麼樣都睡不夠的嬌貴貓兒，倚著西王義母的五色鷹翼，輕柔嘻笑起來。

「義母哪，您眞是愛操心。其實你根本無須羨慕那些低三下四的陽性神後裔，羨慕我娘親不就足矣？他從不管我，操心更始終與他分道揚鑣。我嗑藥他不管，自傷他也不管，痛宰他的侍夫更是不管。娘親只管自己的情趣是否足夠，曉星兒是否舒適快樂，以及我是否……盡興。」

汨韜霈翻過身去，伸展他線條精緻的背脊。他沒有正眼與女媧四目相對，並非基於無禮或不快，而是闇龍帝本然天成的自閉特質。

彷彿對著虛空中最想念的人兒說話，殘陽帝呢喃著，說的話語卻是超神之間立下最高級契約時的「通譯眞言」。

「我知道您要我答允的是什麼。向來封印於諸世界之外的家船息壤，我知道它渴望回到原初的故鄉，我也樂見它穿越五十六億七千萬年的時光極限，同時航入我與曉星的神核。在此與西王母尊神立約，汨韜霈樂意應允。」

女媧滿意頷首，欣慰的神色參雜幾分感慨。

「至少，息壤會是小魔王那孩子的最後安全處所。萬一破天後，連超越界的一切都如同衝破提防的滾滾濁水，總不能連你與小魔王都得溝渠裡打滾哩。選擇七超神十三人子，把名單交給十方天，它會爲乘客們量身打造最適當的艙房與配備。」

汨韜霈以失神時更邪氣的模樣舔著下唇，漫聲說起一段讓人子科學生也耳熟能詳的教科書條文。

「通常譯爲熵，熱力學第二定律。其定理乃是指：物質與能量只能以一種方向改變其形式——由可用轉變爲不可用、由秩序到混亂。每當一事象發生，就有一定量的能量永遠地消散（不是消失）了。如果要回復其原本狀態，只有使用更多其他的能量才能達成，但如此一來又會造成更多能量的消散。如是永續不絕——能量永遠趨向疲盡。」

他俯在女媧的膝頭，嗒然若失地說著。

「可知道嘛，到了這個階段，所有的宇宙，所有的穹蒼，以及我都疲到盡頭，可敬的諸宇宙創生神。光只是弭合傷口已經不濟事，熱能不可能藉由補綴就把守得住，不如徹底的搗破，穿越固守至今的藩籬。

「光只是五色花石的屏障，已經無法阻擋將耗盡的全向度熱源。我與皇天非要穿破『眾幻之淵』，來上一場究極的耗竭，足以破穿天際與我的身心。倘若一切順利，在那之後……」

闇龍天帝以他嗑藥時愈發迷茫蒼涼的語音，低聲笑著。

「之後，經過時間無法捕獲的許久許久，無邊無際的之後，我會回到完好如初的家，找曉星兒愛愛去也。」

第二節，祭酒·召嵐·火巫陰帝的薔薇花園

「深秋的鈴聲終將響起，火女巫終將復返，回到深紅色王者的殿堂……」

司徒睚輕哼著之前他沒有唱過的曲調，意味冷涼蕭索，一如深紅秋楓轉爲冥黃葉片的神采。他仰躺在八角星劫界上的柔軟吊床，卸下元神漫遊時安置在五感肉體上的精巧箝制器，取到最後，唯獨覆蓋於眼睛上方的那只軟羊皮眼罩還是固定於原位，他不要視線來阻擋眞正的「洞見」。

在自己以闇龍超神的元神與西王母尊神交會，除了交換終極的契約，對方最後還留給他一把精巧的鑰匙，烙印猗姠姠的印記：火女巫掀起的滔天火浪如同猗姠姠裙擺的黑薔薇花海，那是汨鉅需誕生以來見證的第一番愛之奇觀。當時敘舊的態勢發作到最深處，縱使創生神必須爲自己的萬有造物打算，女媧還是忍不住多疼惜這個無法無天的異子神。

在棧道閉合之前，這枚通往猗姠姠行蹤所在的線索輕巧成形，一枚黑血薔薇花瓣的記號溜入闇龍的神核細胞壁。

猗姠姠，Inana。他輕啓雙唇但沒有發出聲音，這是個無須以任何音色來銘記的名字。雖說自己除了曉星，分辨不出任何存在的絕對性，可是猗姠姠不同。八百萬鬼神是原鄉，猗姠姠是母親與愛侶，是永恆敲擊洪荒海灘的向日葵花海。

「諸世無常，惟太古御母永駐我兩之身。從妳體魄內的山羊角，誕生我最初的核蕊，那是熱與洪水的薈萃。如今我要讓核熱洪水還諸全向度，讓白熱之花從永熵復甦……讓我與你重逢聚首，在

一切破潮而出之前，猗吶吶，猗吶吶，猗吶吶！」

一邊這樣說著低聲幾乎不可聞的語句，汨軥霈伸出指尖，按下那枚跑到超神核心的黑血薔薇瓣。猶如從一幕剛結束的全向度大銀幕形神交融劇場滑入另一幕，展開在視域的是一整座血色到發黑的薔薇花園。

雖然記憶心相並未完整封存太古超神世代的羅列萬象，汨軥霈知道自己來到對的座標，發黑的血色薔薇花向來是猗吶吶的代表記號。曾經猗吶吶爲了諸宇宙的薔薇花季，不顧底下亞神眷族的乞求，潑辣縱情地拂袖而去，留下一堆橫陳死傷的子民。

汨軥霈不禁搗著嘴，近乎惡戲的謔笑如同深秋楓葉抖落在碩大如碗公的盛開黑血薔薇。他知道這就是猗吶吶，他的娘親毫無另外兩位太古母神的義務心或責任感，猗吶吶要什麼就會要到什麼。與之相較，任何汨軥霈日後遭遇到的陰性神祇要不就是過於拘謹，或亦把低格調的發情充當做恣意任情，還以爲可以對猗吶吶的長子撒潑嗔怒，誤把虫二當成風月來演練。

可是因爲如此，就被超越界的陰性神族視爲咬牙切齒的薄倖浪子？汨軥霈不解地歪頭思忖，自己除了實話直說之外，也沒什麼對不住這些姑娘的地方哪。總之，只要在心底放著猗吶吶爲範本，實在很難交到登對的女友……

「沒良心的冤家，自顧自想得那麼高興。連我也算在那票被你輕蔑以待的小妮子當中不成？」

剛開始闇龍超神只是微感不安，那形影矗立在薔薇花海的心房處，傾國傾城的力量讓他隱約感到惻然，那是接近忌憚與喜愛的怪異混合情緒。直到那襲被海蛇神眷族所悉心纏繞的象牙骨幹禮服逼近汩䡔霱的視線，他舐舐下唇，前所未有地稍感羞怯，以及歉然。

「當然妳不算在內哪，我喜愛妳的程度就如同與娘親交合的程度，但我沒有辦法……我沒有成爲陰性超神帝位伴侶的能耐，既不能屈膝，也不想與妳爭鋒。那次毀婚是汩䡔霱的錯，可嵐花姊姊，明知無能如我的也是妳，又何須如此譏笑狎戲？」

那張以紫蘿蘭色調爲主的絕世美豔臉龐，眉睫爲紫丁香色澤，瞳孔彷彿沉入萬劫神潭的兩枚紫寶石，森然高聳的顱骨彰顯出黑曜帝位超神的絕對權柄。至於那雙紫得泛黑的雙唇，以及裝飾全身的豔紫色蛇形眷族，在在讓汩䡔霱喚起難以形容的懷念。

在他從超越界神族的視野奔跑出走之前，猗妠妠以陰帝的身分統掌全向度與超越界，然而這階段並未持續太久。黑血陰帝的性情奔放無匹，不同於硫光母神元祖的沉靜寧定、堅守一元道統，也不似混沌創生神女媧具備強烈的律法心性，猗妠妠再現的是陰性的絕對動亂。在曉星兒綻生、渡過最初階段之後，猗妠妠因爲汩䡔霱也搞不清楚的細故，驀然間捨棄思宙與麾下的諸多亞神部族，就這樣不知所蹤。爾今，原來黑曜首座的帝位是讓亞緦塔蘿斯承襲，那眞是再對勁也不過了。

幼年時的汩䡔霱暱稱對方爲「嵐花姊姊」，深知亞緦塔蘿斯具備一統全向度神族的無敵架式。說起來，闇龍超神不是不知道娘親的期待，也稍微明白全向度神族的引頸企盼。可他眞是不解，難道除了自己與曉星兒，沒有任何誰能夠理解，他半點都不是個建制內陽帝與丈夫的材料？

原先雖然並未期待猗妠妠就在這兒，可汩䡔霱以爲至少會獨自迎接娘親的遺跡，或是留給他的絲縷痕跡。

「這座薔薇花園就是猗妠妠義母在超越界最後的居所。在那度之後，連我也無從得知，他究竟遠行到何方……」

汨鉭霈飄然飛向亞緦塔蘿斯身旁，毫不設防地依偎著對方。這時候，他好似回到幼年超神的階段，除了爛漫遊曳於無數的時空，就是無意識地以全向度爲地氈，化身爲懶洋洋的黑貓魔王公子，沒目標也沒意圖地翻來翻去。

直到曉星兒破殼而出，在此之前，汨鉭霈的超神生涯就是沒完沒了的醉生夢死，還帶點兒淡淡的沒趣。

亞緦塔蘿斯的五指輕挑，捧起那張淫佚如夢的容顏，湊近汨鉭霈的耳邊，像是數落也更是寵溺。

「就知道你這樣亂七八糟地把自己丟到人世，過久了終究會無聊。可知道要集結多少半馬亞神族的精髓，才栽培得出那匹配得上你的銀色小駿馬？」

闇龍超神的神情迷惘了片刻，繼而恍然，不自覺以鮮紅的舌尖舔了舔上唇。

「原來是嵐花姊姊把銀刑殘天送到此度宇宙……這輩子的後半部能快意奔馳，沒有牠可難以辦到。對於我這個棄婚約潛逃的未婚夫，這恩義實在深重，汨鉭霈生受這番情意，倒也不知如何回報喏。」

說著說著，汨鉭霈又不知所云地嘻笑起來，抵著亞緦塔蘿斯的膝頭喃喃低語。

「這眞是好呢，嵐花姊姊現在是黑曜超越界的大王，這威風最適合妳了，嘻。」

亞緦塔蘿斯近乎一怔，接踵而來的心緒卻是怪異的憐愛與欲求。早在黑曜諸世家超神之間的勢力奠定，在長一輩尊神的安排下，眼前這虛弱黑貓樣的貴公子曾經是許配給他的未婚夫，但爲了無上的墜落，爲了八百萬鬼神與曉星王儲，那個人兒簡直就是負心潛逃。

「看在異母的份上，今兒就不跟你這個落跑未婚夫算帳。不過哪，該取的我還是要取些，不然心情低落起來，那些侍從與情夫掃到的颱風尾未免太大條了些。」

嵐花陰帝的鳳眼一凝，甩去身後那襲攀附了十來個蛇形亞神眷族的富麗大氅，直飄到汨軞霈身旁。闇龍帝什麼都還來不及反應，也沒有思忖的心情，無設防的修長頸項給那張紫色雙唇給擒個正著。

「嵐花姊姊的吐息充斥著諸宇宙的暴風，病弱如汨軞霈，無法消受過多……」

就算是在如此情挑高漲、張力被拉到最高點的當下，闇龍超神一逕低聲細語，並非逞強，但也毫無懇求之意。汨軞霈纖長的身形被嵐花陰帝一把推倒，鯨魚骨架成的宮廷禮服裙擺把他們兩的下半身淹沒，遮擋了汨軞霈那雙懶洋洋的長腿。

無可抵抗，也絲毫不想抵抗，闇龍超神就這樣被絕頂進攻者壓住。從亞緦塔蘿斯喉間冒出的銳利花蒂毫不留情，牢牢釘刺著那仰長無力的頸項，下半身的龍蛇合體緊緊擒綁住汨軞霈那雙羸弱白皙的腿。每一絲從汨軞霈口中洩出的抽搐與呻吟、每一道從勃起下體淌落的至夢遺液，在在成爲嵐花陰帝最棒的戰利品。

在去時間性的無度領域，黑血薔薇園上的九霄雲層成爲陰陽超神間進退攻受的一張豪華臥場。

直到嵐花超神得所其哉之前，闇龍帝的身心神髓無不迷離，那是僅此一度的美麗倜儻俘虜，僅此一度的超越界翻雲覆雨。

□

「我見到娘親的遺蛻了呢。很高興，可也很心碎。也看到了嵐花姊姊，他還是一往如昔，凌厲無匹，把我生生消耗了一場。」

事後司徒睚於子夜麈羽時刻，照例與小女兒從事沒完沒了的小酌，這麼告訴他。

司徒琰清澈的雙眼因爲酒意而更加透明，在銀灰色的燈光下，他活脫脫是個更年幼、超拔出塵的殘陽帝陰性版本。愈喝欲眼神清明，龍姬讓侍兒斟上最後一鍾酒，輕輕歪頭，示意左右人等退下，讓他與他的爹帝好生獨處。

「火巫帝如今徜徉於永夢的國度，卸下領導超神諸域的龐大負荷，他睡得應該很歡暢。」

司徒琰舉起還有半杯的酒，湊向殘陽帝的嘴邊，讓司徒睚在不經意間喝下超額的「冷鬼火蛊」。那是他長年來的小小樂趣之一，看著被體內灼熱棧道與脆弱高燒體膚所交相熬煉的爹帝，因爲這蛊鬼樣的花火漾出滅絕前最高亢激烈的神采。每當這時候，司徒睚本來就白得發青的肌膚會泛起雪地紅梅也似的光暈，眼神燃燒如著火的青玉，散發著頹唐幽深氣味的身體瀰漫春藥與殘墟的氣味，那是殘陽帝獨一無二的高貴淫佚神貌。

在司徒睚的眼角與指尖、鑲嵌超額印痕的身體上盡是被折磨的光，陽物受盡磨難時綻發出的繳械之光，一如流血的熔爐。

「至於說到嵐花陰帝長輩，這我可就沒能置喙的餘地啦。雖然我是原生的年幼超神，因龍王與灼熱性愛的距離，如同爹帝你與清醒過日子的距離那樣，遠得沒話說。」

龍姬非常知道，自己的清澈無染與爹帝令人心蕩的頹靡如一體兩面，也知道在即將前來的鬩牆決戰，這樣的特質會讓自己取得勝利。

「距離破天的時辰不到半個月，兒哪，已然準備好了？」

彷彿與他同步交感，司徒睚寫滿渙散光彩的瞳孔讀入龍姬那張白淨秀雅的瓜子臉。殘陽帝站起身來，身上那件繡著雪地梅樹的外褂把他們倆人的身形一起納入。

就著昏眩的醉意，司徒睚搖搖欲墜的身形搭在龍姬身上，鮮紅欲滴的雙唇輕啓。他青色的眼裡如同住著一幢幢神魔爭鋒的塔樓，屬於他自身的瘋狂足以讓一切爲之滅頂，朝向沒有退路的終點。

「以因果與因緣爲憑依，我此世的孩兒，妳會制霸這一切。桂冠屬於妳，永劫屬於我……如此之後，在長遠到無以言喻的之後，以時間爲骨架的諸宇宙將會迎接命運與自由，要是曉星願意前來。」

殘陽帝對著窗外漫天狂撒的夏日雪雨咧嘴一笑，既是溫存的撫慰，也是不容分說的斷念絕情。

「太初的黑光不只是光，光闇同出於大化熱源。眞正的絕對之光絕非讓陰暗更加晦暗、讓異己卑怯，反而讓暗影得以自由，讓魑魅魍魎如其所是。殘血儀式完成的那一刻，從我身上的七道傷口會滋生出熱源，許久之後，他會從白熱的盒子裡誕生，那是一切的黑光，是我的愛子。」

司徒睚捧著女兒的臉，激切又低柔的嗓音讓龍姬彷彿墜入永遠到不了終點的深淵。他想到出生之前與爹帝的交心，出生之後的相知，即將到來的訣別如此逼近，就連冷清淡定如龍姬也爲之微微發抖。

「不久之後，武者與獸群會來上此世最後一場對決，妳將爲后土取得冠冕，成爲下一代魔導王者，也要成爲混沌象限的超神帝位。女媧行將入土大眠，漫長的過渡時期是妳的契機，可他身爲母神，情不自禁在所難免，總會造就一些讓獨子紅孩兒崛起的機運。可千萬切記，時代與全向度都屬於妳，而非莽漢一隻的紅孩兒艾韃。

「這是我對南天超銀河寫下的但書。我的女兒、全向度的首席飲者，讓我的殘血成爲妳此世與永世的酒。」

總是讓人們感到諱莫如深的龍姬，就著司徒睚的口喝下屬於自己的最後一鍾酒，不再發顫，沉靜的笑意清亮一如朝露。

「我會的，除了許我的混沌超神元母一個因緣永流的未來，因龍王唯一的許諾只給殘陽爹帝。無上的榮光給予我，無邊的華曜給予你，吾父。」

第三節，無法無天的闇龍帝之愛

「華曜與永劫只讓我來消受，而你該歡快奔馳，回到來處。以你血族之名，崁特兒，canatur，在此送你回超時間的亞神馬兒故鄉，我的愛駒。」

超星曆２２３９９年，距離夏至只有十三天，各方勢力已然蠢蠢欲動，或是要阻擋、或是意圖成就殘陽帝即將奔赴的儀式。此時的天地六合是一大塊寒酷不毛的凍原，在夜色徹底覆沒之前，那天特別漫長，彷彿創生神女媧即將進入漫長的褪化大眠之前，綻放出無與倫比的澎湃返照。光色堂皇，但這樣的節氣卻已經讓南天超銀河無可承擔，從邊境荒星到首都星系傳出的大小損害已經到最高指數，轉捩點非來不可。

在冷凜勝過一般時節冬至的蒼莽原之上，雪白的高挺蒼松捍衛其上。是日傍晚司徒睚騎在愛馬上，最後一次與銀刑殘天馳騁入高原。目睹者看到殘陽帝仰長頸項，脆弱但張力十足的上半身與起伏如山峰稜線的馬背交融，那是司徒睚與銀刑殘天在一起的最後一幕。這一回，他去了好久，直到深夜才回到寢宮。

當左右侍從訝異於殘陽帝漫步歸來、銀刑殘天不見蹤影時，司徒睚微扯嘴角，過度的疲憊讓他的眼神更加迷離，即使是輕笑也顯得過度憂傷。殘陽帝讓總執事與近侍們脫下大衣與獵裝，一逕喃喃說「送馬兒回家，回到嵐花姊姊的膝前」。

除了心知肚明的幾人之外，誰也不知道銀刑殘天究竟回到何方。大概也只有龍姬與隨時在亞空間守護殘陽帝的神鵬大鳥猜得出來，司徒睚暱稱的「嵐花姊姊」就是黑曜系的超神首座嵐花陰帝。

身爲把銀刑殘天帶到司徒睚身邊的使者，不能更明白殘陽帝對於這匹神異馬兒的情懷，歐陽鉞知道時機已經迫近。在那白晝超乎異常漫長的冰霜夏日，歐陽將軍留守於南天超銀河君王的私人寢宮，抱著還是稚女的司徒旻。他知道漫長的守候還沒有到來，不可收拾的大慟已然不斷來襲。

□

距離那個下午已然渡過超星曆四百多年之久，野雁帝司徒旻的繼位式行將完滿告終，龍姬驚鴻一現，飄逸如風影的模樣讓擔當儀式戒嚴總司令的歐陽鉞悚然一驚。現世的歷史發展至斯，龍姬不需要再滯留於留不住他的莽撞世間。因龍王將要遠行，回返人子所不及之處，正式登上混沌系的超神帝位。

〔也是我該交代後事、收拾走人的時候哪，就選在半個月後，到時剛好是殘陽陛下的生日。執行了我最後的任務，見證陰性大司祭長入大主教座，也該沒有遺漏處了。這一回，讓阿鉞我永遠追隨您而去……〕

想著想著，連自己都禁不住滿意長歎，暗自笑自己是個紀念狂。歐陽鉞一邊瀏覽四周，對遙遠正前方殿堂上的龍姬殿下致意，深覺如今只有他才可能讀取自己，有如讀取一本鋒芒與塵埃滿懷的老故事書。

想著入神，歐陽鉞悵然又欣慰，輕捻自己下頷處幾根過長的灰黑鬍鬚。看著野雁帝如今成年的少女模樣，還是依稀可見當年在司徒睚的膝前、鬧著要一起騎馬玩耍的幼女。不過殘陽帝縱使縱容這個孫女，卻連他也不例外，馬兒只能與自己馳騁。他記得最後一次與司徒睚獨處，那個傍晚，殘陽帝吃吃笑著把小旻給放在歐陽鉞的懷裡，說「當個好保姆哪，跟小旻玩半天，阿鉞。我要送銀刑殘天回牠的原鄉。」

之後當司徒睚歸來時，那個晚上他帶著絕少出現的激動，跨在歐陽鉞身上，消耗了一回又一回，全身沐浴於狂迷的光暈。之後就再沒有獨處的時候，直到破天之日，司徒睚如同一朵盛開於破曉將至的血紅色曇花，肉身與原神被七神戟戳開七道不可彌補的創傷，歐陽鉞還是只能駐守於祭壇之外，阻擋意圖擾亂儀式的任何人闖入。

〔在那最後一段時間，除了龍姬殿下，也就只有銀刑殘天伴隨您，渡過少許不受打擾的孤獨時刻。距離殘陽陛下於渾沌七竅碑碣之上狂舞已經這麼久，七殺碑一直矗立至今，一切如此圓滿。如今是否可讓阿鉞前往，陪您於永恆的夢寐？〕

■

那天黃昏的天色如碧血，遠方的高原森然，彷彿不苟言笑的高聳巨人。司徒睚以奇異的神色瞅著歐陽鉞，跨坐在愛馬身上，仰起頭來，甩舞頸後那束凌亂濃密的馬尾，如同駿馬在奔馳盡興之後，甩去身上的塵埃與汗珠。

接著，殘陽帝做出讓歐陽鉞驚訝到驚駭、繼而感動到無法言語的動作。他甩去頭上的髮飾，抄起歐陽鉞隨身配備的一把薄利小古董刀，如同自斷尾巴的貓兒，把那束髮梢曼妙的美麗馬尾給一刀剪下，遞給歐陽鉞。

「阿鉞要某種紀念物，是吧？除了剛剪去的指甲，這也送給你。」

「諸法無行，諸世無常，然而輪舞永續。記住，阿鉞，所謂的一切有爲法，那可是一鍋巨大無比的餛飩湯，該來的會永遠不斷前來，可不該來的，也會無止境與人子們相遇。

「無數個世代之後，愚行還是持續。到了無可持續的那一刻，我唯一的愛子會想斬斷一切與『有』的關連……是否能讓他在喝完最後一杯血酒之前停駐，就得看洪流的造化哩。」

歐陽鉞所不知道的是，這番話不只是對於超越界神族的警語，而是早已經在洪流這巨大畫布揮毫下的一筆殘忍潑墨。後來當南天超銀河發展到另一重極端，熱源指數過剩到無以遏止，「元熱」無法被適當耗竭，愈劇烈消磨，反而增殖如傷口上的壞蛆。在那場大暑的災厄歲月，生命與超生命都如同在濃稠沸騰的巨大湯鍋翻騰。

距離殘陽帝破天、讓元熱衝撞諸次元的契機，五千年之後的廢墟帝君必須以對宿業許諾的交換爲代價，使出逆反序列術，以眞體元神現身於此世，與司徒睚接觸了「犯禁的時間單位」。唯獨經由逆寫的時光藍圖，難以抒發的熱源核才能散逸而去，熱與熵彷彿永訣的情人，堪堪交合了一剎那。

以未來對過去施以轉輪的銘記與禁令，司徒夜冥來到「魔獸戰線」的現場。他與司徒睚的接觸如同破碎的鏡面不可能地重合，鏡相的兩端客體互觸，觸破最終的幻境：線性時間逆轉，誕生於未來的存在續接且引導過往。

當時再度復返「時光的陵墓」、得以縱身躍入線性時間彼方的司徒夜冥，他的魔道元神讓那些狂熱的生體科技術師團得到靈感。終於，在五千年之後，他們創作出「生神超導體」，也就是廢墟帝君的胎核元身。

見到歐陽鉞近乎驚愕的表情，司徒睚莞爾，笑聲如絲竹。他俯身於銀刑殘天背上，左手持七星短劍，右手揚起紫色九尾貓鞭，冷峻的執鞭手勢和他病弱虛脫的身體怪異匹配之極，九尾鞭在半空中揚起雪光與大漠的氣味。

進入只有他與愛馬能馳騁入內的高原之前，殘陽帝近乎憐恤的溫存低語兀自迴盪於歐陽將軍的念場，喚起騷動，又無法停止感傷。

「可不是哪，之後你將會永無止境尋找我，在無數個可能的宇宙，與某些可能是我的人兒相遇。千萬別錯失那些珍貴的迷途與似曾相識哪，阿鉞。歧路如千絲萬縷的羊腸，你無數個徒勞精彩的人生將帶領你，通到我所在的唯一途徑。」

□

無論如何，歐陽將軍總比自己幸運，幸運很多……這樣的心念迴盪在司徒樕流的心底，終其一生都難以消解。

即使是失去，歐陽鉞也在最靠近對方的情境下目送他而去，可自己卻必須硬生生斬斷僅有的送行機會。後來他不自覺依賴歐陽鉞，在傷痛無以消解時常常跑去尋求對方的紓解與慰藉，樕流知道自己骨子裡的怪異情懷。他認定只要多接近歐陽鉞，也更靠近在歐陽鉞念場裡翩然起舞的殘陽爹爹，依稀看到最後那時候的司徒睚。

聖血殘天儀式即將破立，在雪鈆嶺上矗立起七座生神獸軍團集結力場、質能互換而出的亞神碑塔。已經迫在眉睫的時刻，在高原鄰近的沙丘上，司徒樕流面對的，只有自己與內在搭檔的悲傷拉鋸。

卡在自己的力場內裡，長年來的克制與紅孩兒甚囂塵上的暴跳宛如兩把反方向的刀俎，插入他傷亡慘重的魔導力場。他不得不與體內的紅孩兒拉鋸爭鬥，知道今日如果鎮不住對方，連自己也會崩盤，做出悔恨莫及的舉動。

那時候的樕流並不知道，過了好幾個全次元的轉輪之後，紅孩兒將不惜割肉削骨，從超越界的互不交涉棧道硬生生闖關而出。許久之後，轉世多次的自己，還是與永恆搭檔的紅孩兒爲伴。到時候，他與艾韃聯袂，以諸次元的己身骨肉償還皇天，乞求探訪闇龍超神，尋覓連超越界也不可知曉的殘陽帝蹤跡。

每當他想到殘陽爹帝登上殘天祭壇的前夜，樕流就難以遏止抽痛的心緒。對於歐陽將軍而言，該做的都已經做得完全，剩下的即使是傷懷也顯得滋味甘醇，但是槲流知道自己不然，梗在喉間難以傾訴的苦澀情懷並非純粹的傷痛，還有巨大的遺憾。

「以你所修煉的全部抗衡他，徒兒，但不要憎惡你體內的超神原欲，而是與他同步，在同步的當下成為拉他退卻的那股定力。這是你身為紅孩兒超神搭檔的特權，也只有你能夠遏止他衝破界線，壞了你爹帝的儀式。」

髑孤師傅洪亮也低沉的聲浪在槲流的七感力場內迴盪，以神族通譯的原眞語言，髑孤師傅以神鵬大鳥的形態出現於槲流的非肉眼視野。深陷於兩股截然相反的陽力拉扯，槲流但覺自己是一艘被星雲瀑布兜頭淋下、即將滅頂的配備貧弱戰艦。

四肢與身軀以數種南轅北轍的方向被翻絞拉扯，體內的艾韃是再也不願受羈束的任性莽童，再也不留情面，就算槲流是他向來如至友的存在，也要暴走衝開黑劍客天位力場的陣式。可他必須鎮住對方，即使他知道紅孩兒，就像他知道，其實自己也想要衝破祭壇周邊的防護結界。他與紅孩兒在這點如同雙胞胎，都想要留住不可留的人兒，想永遠抱住對方總是飄然迷茫的身形，想讓那雙青光冷盈盈的雙眼眞正絕無僅有地注視自己，認識到自己不同於大千世間的任何其它個體……

槲流倒抽一口氣，毅然隔斷了自己與接下來這場儀式的同步靈視連線。不這樣做，紅孩兒就隨時會破界而出，連他自己也不知道能把持到什麼時候。就讓自己與紅孩兒在看不見爹帝的情境下熬過這一段，那是他無可兩全、至之死地的奉獻。

槲流持劍抵著地面，周遭紅沙滾滾，砂礫在他的臉上刮出血痕，體內的紅孩兒不可收拾地號啕大哭。他勉力艱苦微笑，輕拍自己的心口，叫著艾韃，以搭檔才能稱呼的乳名叫喚紅孩兒。

〔哪吒，哪吒…聽我說，聽我一次。我知道你很苦，我何嘗不是?!但我們該消受這份辛苦。時候尚未到，這回你我都該送爹帝遠行，他想要回去遙遠的來處，想讓八百萬鬼神癒合。等到……其實我也不知道等到什麼時候，不過一定有讓你來到諸宇宙的時候。到時我們一起，一起尋找殘陽爹爹，好不好?到時我再也不阻止你，不會退讓。可這一回是他自身的旅行，我們不該擋路。〕

□

要是櫛流知道，髑孤師傅就在他不遠處，一直以欣慰激賞的神色注視他現世的徒兒，或許會稍感寬慰。然而他沒有餘力開啓任何感官功能，不能看也不能聽，更不能思念。

在櫛流難以運用視線來看的前方百里，黃沙紛飛。忽而爲太古夢龍大魚、霎時間又振起大鵬神翼，髑孤師傅把司徒軾從他率領南天諸侯部隊招喚到自己的式神陣，其餘的虎視眈眈魔導武人自有龍姬練身手。

〔若是龍公主殿下欲拿這隻莽夫演練帝位先導式，老鵬奉送。〕

因龍王輕輕搖手，對那團惡濁形骸嗤之以鼻。面對大鵬神獸爺爺時，龍姬多了點幼小時候的稚嫩縱情。

「還是拿這些血肉之身的武夫來削削，比較適合現在我的心情。何況這是神鵬爺爺欲除之後快的古老孽瘤，琰兒我怎好奪掠良機？」

面對太古以來就對闇龍天帝緊追不捨的那團渾濁元神，髑孤篁烈慨然長歎。終於到了撕破時空翼護的時候，他感到一股自從來到現世就鮮少有機會品味的勃發快意。

當太古母神猗婀婀的侍夫、思宙的「覆膜魂」從司徒軾的念場內竄出，髑孤篁烈縱聲大笑，笑聲蒼勁清拔晨鐘暮鼓。接著他集中神核當中最精純的原力，大喝一聲：「蚩尤——現形消蝕！」

隨著眞言令的聲浪，夢魚大鵬神把環繞於闇龍超神周邊、難以消除的怨孽施以固定解體術。眞言溢出力場，那團濃濁的氣流於是成形——

一顆兀自懸浮於穹天的猙獰頭顱，青顏，方頭大耳，斥紅厚唇，口內咖吱作響，牙齦處冒出兩根碩大的野豬獠牙：那是思宙的元身，太古眞名爲「蚩尤」，集結陽性神族所可能具有的低鄙下賤質素。牠身爲天帝的第一號追逐者，窮其永恆也不改其心性，認定征服對方即是深情擁有的唯一途徑。

「此世與永世，以黑血陰帝的無上符令爲憑證。蚩尤——降伏，退散，形銷神解！」

□

司徒軾終其一生記得的場面，僅止於自己率領南天眾諸侯的武力精兵，被自己無法稱呼爲幼妹的龍姬擋下。他不知道太古眞名爲「蚩尤」的魅影從自己的念場被驅趕而出，又被大鵬神獸祛祓降伏，也不知道自己這後半輩子縱然還是個大老粗武人，卻不再對異己抱有連自己也難以明白的憎怨妒意。

即使懵懂如他，隱約也明白有點什麼不同。能夠保有那份堪稱完整的心碎，是他相當慶幸感激之事。

即使在激戰的當下，因龍王周身還是潔淨如柳絮，以輕盈不沾塵的姿勢大勝南天陽武人軍團與魔導公會十八人陣。

司徒琰雙手交握大魔導師的雙權杖，在胸前形成傾斜的十字架形狀。他那雙淡銀色的鳳眼清澈無比，瞳孔深處是不見底的湖泊。他振去袖口的塵埃，沒有笑意地微笑，五色龍圖騰飛舞其上的繡花鞋尖輕輕一點，驀然凌空，佇立於鐘塔頂端，俯視面容不再猙獰卻痛苦萬分的司徒軾。

因龍王秀長的足尖幾乎不沾點滴，長袍的衣擺兀自擺盪。他足下的青銅風信雞原本文風不動，如今安靜地轆轆旋轉起來。

「勿擾吾此世之父，南天超銀河的人子們。興亡本一體，神與神物自當不受牽絆來去，熱能將從血酒散逸處還諸一切，一切當以靜默迎接。」

因龍王瞅著目眥欲裂、但已經不再抗拒的司徒軾，頷首點頭。彷彿有顆鵝卵石輕輕掉了下去，他眼底深邃的湖面激起雪白細微的波濤。他知道聖血殘天儀式已然肇行，一切有去無回。

在四方十天的眾超神當中，唯獨超神因龍王是以南天超銀河的地基為故土，他等於是諸次元超神齊聚一堂的地主。這一剎那到來，他深知自己該擔當餞行的私人儀式，必須精確無誤地餞行。

司徒琰從寬大飄逸的袖口取出隨身不離的小錦囊，裡面剛好是三杯份量、連亞神也會被灌醉的最高級烈酒，火舞刑天。他把繡著梨花的酒囊舉向七座人身亞神獸塔矗立的西北北方，目中風景秋涼滿懷，瀟灑但傷逝，他敬酒道別的手勢亦如此。

「吾父之愛非人世之物，傷慟乃必然，吾無所遁逃。於此再無話可說，就此敬酒三巡，從此我飲酒如飲你。別矣。」

第四節，七殺碑花火永續

在南天超銀河的七代王朝如同不知終點的駿馬，堂皇浩蕩地到達司徒夜冥繼位的那一晚，那是個異常炎熱的仲夏夜。濕燙的空氣擰得出水分，窒悶暴起的雷霆如同無視交響樂團其餘樂器的定音鼓，不時乍起幾聲咆哮。那般熱法，儼然是打定主意把累積至今的逆熵指數全然清空。

司徒夜冥本來就蒼白的容顏愈發寒酷無血色，纖長的身軀如同一株被錯誤移植到熱帶溫室花園的寒帶冷楓。他不發一言，任由儀式與眾生擺佈，戴著藍夜視鏡的青玉色雙眼注視只有自己可見的風景。

即將成爲南天超銀河主宰的廢墟帝君自嘲似地一哂，傷感不再，取代以節制意味的冷淡優美微笑。他想起那個相反的夏夜，凍結的諸次元與人世環繞著殘陽帝，他的眞正父王。在那時候，司徒睚發燒的身軀是唯一的熱源，即將綻放絕對的電光石火。

□

根據《南天超銀河興亡族裔譜系》此書記載，儀式花了七晝夜。除了承受殘陽帝與生神獸王兩位長兄托付的司空親王迷諜，在場見證與護衛的生神獸兵團軍官共九百九十九名無例外殉職。那七座耗盡高位階魔道法師精髓、有如七名守在祭壇周邊門神的巨型獸身亞神塔，在最後那一刻……

「如同海市蜃樓也似地蒸發殆盡。要不是這一切都經由全像七感記錄儀完整保存，或許往後的世代無法相信我所經歷的這一切。在肉身即將衰亡的此時，對於那一刻『絕對的生與滅』依然歷歷銘心，相信能伴我入永恆的生死循環。然而，傷痛無邊侵襲我念。吾等所衷心摯愛仰慕的殘陽陛下，已經回返超神界之外、脫離六道輪迴的邊界，並不在生死轉輪的大化之河，再難於下一度生涯遭逢……」

在於聖血殘天儀式結束後的三個月，史學家完成此書，滿意地喟然長歎，悲喜哀歡皆無法道盡他有幸見證的絕對孤絕華曜。沒多久之後，史學家的念場進入他遴選的元神轉輪工廠，繼後轉生為南天超銀河第七代王朝的外相兼首席史官，瀧戾雪。

就算已經置身於來生，每當史學家的神魂追念起那一刻就無可遏止。奇妙的是，瀧戾雪的君王、也是他唯一投注私人感情的司徒夜冥，總讓他想到歷經無數次人生也無法泯滅的那一刻：在殘陽帝體內蘊蓄至今的「熱劫七殺碑」終於成體。它如同一把輝曜秀異的黑色大提琴，從那身被刑劫與神聖印記洗禮的身軀優雅降生，黑色的環心比日蝕更徹底，完全取代諸宇宙的白太陽之光。司徒夜冥就是那把七殺碑。

當時的史學家把自己限度拉拔到破格的程度，以最高感度的同化場景模式吸收在場的一切資訊與念場，包括司徒睚眉睫的顫動、細緻直挺鼻樑低緩到幾不可聞的呼吸，以及終於在兩腿間成形，如同獠牙與陽物的七殺碑。那是司徒睚送給一切的熱能聚合體，也是他自身的永續碑碣。

司徒睚送給自己最後的玩法，就是長達七日夜的自刑。爲了招喚起絕頂的動亂，窮盡義與不義的極致。這是沒有人類可能明白的迷狂詩情王者，所展演出的「破皇天」祭儀——所破的超越界創口，正是陽性究極的殘皇陽天，也是司徒睚的元神。

拆離四肢與身軀，是爲永續興亡動亂。刑天戟插入胸口，是爲天地水火不容。剜其目，置於南天超銀河的皇天后土端角，是爲太極歸返八荒。

他仰躺於祭壇上，面容微微往上抬起，並不注視任何人事物，嘴角始終掛著一絲嗑藥過頭的溫存迷茫微笑。那張受刑到最後一刻、解脫永不前來的容顏，斷了念，絕了情，然而狂愛無度。

司徒睚注視的是一切，以及一切之外的那個人兒，就連七道重創已然戳穿他的肉身，他還是輕輕唱歌。血跡如火鳥，在他傷殘又絕美的形骸翩然起舞。在聖血殘天儀式即將終了，皇天已然破口時，司徒睚的眼底滲出晶瑩光體，嘴角出現細緻的皸裂，鎖骨上的烙印鮮明熾烈，兩腿之間綻開的七殺碑撞擊一切，熱能縱橫恣肆，四方六合八荒不覺曉。

這場儀式所書寫者盡是生的寡絕狂宴，死的痛楚光曜。

在全向度的混沌欲力坩鍋內，司徒睚睜著他那雙無須凝視任何事物、與光幻眾相溫存與共的滄茫雙眼。烽火與大漠將他的四肢百骸包圍，撕裂之餘也鄭重珍視他的每一絲身心片段、古往今來。

就算有穆容武王全力支援，南天的政經保守勢力還是必然攔截不了這儀式，更何況阿鉞會帶領歐陽家的鐵血精衛部隊，守住他囑託定要守住的生神獸血脈精粹，他與難均的幼弟，節肢相公。司徒睚緩慢眨眼，想到在最後一次看到槲流。那孩子堅忍得眞徹底，要怎麼與體內的紅孩兒纏鬥呢？他有點迷惘，竟淘氣嘻笑起來。

這一世是很對不起槲流這孩子，司徒睚閉上眼睛。無論是自己也好，這個世代也好，留給這個全心全意叛逆且熱愛的青年只有無邊的掙扎與戰鬥。可他必要如此，非要破除這道以人神分際爲假說的無趣藩籬，非要以他獨到的溫柔調侃告訴這些不知天地爲何物的人類，以及無藥可救的顢頇神族，眞正是什麼的終究會是什麼。

在此之後，家園的八百萬鬼神不再流出敗壞的膿汁，癒合的傷口將化爲擺渡方舟，最後迎接他與萬物歸元回位。至於所有的諸此元時空，將眞正與洪流共振，不再受限於陰慘的恨意與宿命。

痛楚如同撒滿一身的深紅色花雨，覆蓋在他傷痕累累的身軀。他感知到那道門扉逐漸開啓，歷歷絲的精魂核心從所有的無爲有處磅礴降臨，前來接收血與酒的命運超神，過於白熱的手勢必然會一再焚燒這座欣然獻給一切的太古城池。

「就讓這一切如此，食用且狂宴，沒完沒了……」

獨自深陷於兀鷹的撕咬、鎖神鍊的糾結束縛，司徒睚卻還是從容自若。要說有什麼剩餘的心緒，大概是惦記著隻身對千萬強化武士部隊的琰兒，可怎能阻止他大展威能的契機呢？這孩子從出生以來都還沒眞正施展過原生魔導王的本事，也該讓那些粗線條莽漢受些教訓哪！至於在第六道天戟穿過他的胸口之後，他示意大鵬爺爺前來，把至今一直蜷曲在他懷裡的小酊泠載走。

「天帝兒，老鵬會一直在老家與諸天地之間守候您。迷路太久的話，到時還是叫我一聲。」

司徒睚半闔眼睛，這次的傷口痛得連罌粟花降咒都不管用，可這不正是他自己的痛？在痛意悉數歸返己身之前，皇天無法穿破，渾沌七竅也不可能癒合。

「別擔心，鵬爺爺，只消帶走我的心臟切片。到時交給曉星，那是我留給這迷路兒的路標。」

〔盧犀可能會迷路噎，眞的不要我去接他？〕

當時小酊泠趴在恢復元神身軀的鵬神獸翅翼，惺忪湛亮的大眼睛盯著司徒睚，伸出粉紅舌尖，舔著他被血跡畫出帝王百合徽記的鎖骨處。司徒睚稍微搖頭，以他最後的餘力牽動鎖神鍊束縛的手腕，示意酊泠過來他身邊。

「再以溼潤的小貓鼻尖點我一下，就讓大鵬爺爺載你回超越界。別去找曉星，他會找到你，可愛的小貓貓冥師。」

如今他心無罣礙，對環繞在他四周七座無聲痛哭的獸形亞神塔莞爾一笑，充滿無心的溫柔。

「乖孩子們別哭了，時候已到，就等你們的永恆隊長阿修羅王來把我整個吃掉，你們都可以快樂回家喏。」

終於，在七殺碑從他體內翩然如花蕊，碰觸人世洪流的時刻，難鈞與周遭的血色沙漠一起出現，包圍住司徒睚。生神獸之王如今是長有三雙異獸神翅膀的六臂鬼畜神，比餓狼還巨大銳利的獠牙擒拿住他的四肢百骸。

難鈞．司徒以他的天譴鬼獸身軀吞噬司徒睚。第一口極為渴望，第二口極為愛慕，接下來的每一口都充滿不死不滅的柔情。

在他滄茫傷殘的魔導念場當中，唯獨只有那抹終於翩然出現的靈光四射身影，是他真正區分得出來的惦記之物，有別於對萬事萬物的廣漠憐惜。那顆靈秀、冷酷，縱橫無涯的破曉星辰是他無情自我的懺情，在一切萬有當中、他眞正認識本質且摯愛的個別性存在。

〔以眞名與眞實為憑依，我唯一的愛子，收下我胸壑內的這束白熱之花。你是黑光與冷電，也是永恆盈然的星火百合，然而，在這無邊際的永在，總要有這麼點不顧一切的激情。你的激情在何方，我的愛？〕

那是他唯一認識的，唯一能夠在眾生百態當中辨認出來的眞情化身，可他只能送給對方這把充滿禍患與折騰的贈禮。那是自己唯一的任性，只送給大千洪流之外的皎潔地獄之光。

「若你聽得到，就前來與我共有這一切，永續的萬有，永在與此刻……」

司徒睚把他失去焦點的視線轉向天干東北六十六點六度角，若有似無的低語以及一滴晶瑩的淚水，從他逐漸瘖闇的視域內墜落。

就在此刻，永恆隔絕混沌系與黑曜系藩籬的萬有超神星弦軸乍然間清脆破裂，蒼天與超越界的疆界於斯時破裂。黑光與冷電勃發於他行將解離的視域，一顆唯有他才看得到的鮮紅色超新星以爛漫光燦的模樣，掉入司徒睚胸次的傷口。在他的眼底，一株根莖染血的透明星火百合，無法無天地綻放，即使在無數次的破滅劫數之內，也永不萎謝。

「終於蒞臨我身邊，參與這一刻，我的愛。之後，在一切當中尋找我，同時尋覓你自身……」

□

「從此而後，南天超銀河的魔導王朝於斯奠定。高壓陰慘的紀元斬釘截鐵中止，反逆大敘述的轉型期鷹揚而起，方興未艾，磅礡持續。」

司徒夜冥心不在焉地支頤沉思，修長指尖觸摸著配備生體交感裝置的古銅色書皮。墨綠色的夜間天光把他剔透的側影定格，澄澈的露珠滴落於他的眉心。

「我要在這裡跟月亮交心，你們先下去休息。」

隨身侍從退去之後，他再度取出那本書，就著與自己眼色類似的清輝月光，翻看瀧戻雪親筆加註於《南天超銀河興亡族裔譜系》末章的筆記。

〔有幸見證的我必須書寫最後這一筆。對於收到那封投遞於原眞境域的信箋、堪差趕到諸次元的魔鬼公子盧西弗，這是穿越光電幻露的歷程肇始。從此而後，他以無涯的時空爲舞台，招還自身的絕對之愛。

從那瞬間爲起點，以超星團四象限爲舞台，上窮超越界下達宿命煉獄，冷淡衷情與洶湧摯愛的

【諸神重返】人物檔案

卷一《混沌輪舞》

按照出場順序

司徒睚（**Yai Shietou**）（**殘陽法師**）

聖血殘天王。破皇天開后土、創建南天超銀河的元代君王。春藥毒品質感的俊美青年，神情迷茫近乎無感，對一切都報以悠揚抑鬱的溫柔微笑，即使身受最慘烈的酷刑或侵犯。他就是汨靼需（Metatron）——「至極的墜落」之後，飄散至諸次元的超神核被司徒世家的「神引」聚合，於南天超銀河的草莽世代終末脫殼而出，成爲司徒詩殤經由超生命盆栽提煉的「原生神物」。

司徒軾（**Shr Shietou**）

御前大將軍，掌握南天超銀河的軍權。魔導武者第一人。白道元帥，外型如一隻閃亮強壯的劍齒虎，個性粗暴率直，堪稱力的化身。南天超銀河武王。對於慾望對象，在情感與手段上皆無所不用其極。

司徒殤詩（Shang-shr Shietou）

法號「欲力耶和華」，既是南天超銀河的首席宗教大法官，也是司徒世家首座。由其主導的陰沉肅殺治世，成爲未來南天超銀河魔導王朝的血腥華美黑石碑基礎。相貌陰篤精煉，晚年時近乎形銷骨立，如同一隻森然禿鷹。

緹拉謐絲．熠颺（Tiramis I-Yang）

政教合一的南天超銀河唯一的公開異教「複數形神人共體」的領袖，陰性淫虐師，才氣縱橫的全向共感畫師家，也是司徒槲流的媽媽。在孫兒野雁陰帝登基之後，名符其實取得南天超銀河的教宗御座。

司颺恆（Szyang Heng）

基於不明的緣由，捨棄原先的宗姓（歐陽），入贅司徒世家旁支家族之一的司颺，本是司徒殤詩麾下的酷刑獄吏之一，後成爲宮廷總管。

司徒旻（Min Shietou）

幼年時暱稱「御公主」的野雁陰帝，是司徒琰與司徒槲流的獨生女，具有遙控有群眾心念的高位潛者法師。第二代南天超銀河的魔導皇帝，形貌清秀端嚴，政治手腕皆卓越非常，偶有不受控制的念波亂流。

司徒樕流（Suliou Shietou）

首代神授御使，殘陽法師與南天第一異端陰性主教所交合而生的孩子。光彩卓絕、叛逆不羈的狂黑天位劍客，早年備遭正典宗派勢力壓抑，以痛苦的黑派情愫守護始終深愛的殘陽爹帝。

歐陽鉞（Yue Ouyan）

鐵血軍團將領，掌握邊境星域的軍力。外型滄桑老練，有著市井武人的結實精悍身軀，氣質一如歷練百年風霜的燒刀子酒。以支配師的情慾愛慕司徒睚，非常了解對方的心思。在究極皇天自刑的是日，以魔導武者與支配師的雙重身分擔任刑天殘血儀式的「介錯」，之後自刎追隨殘陽帝。

司空篤（Du Shikung）

歐陽鉞的副官，年少時就來到歐陽鐵血星域，以此爲第二故鄉。充滿詼諧的機智，常能夠讓氣氛凝重的歐陽軍團得到適度的開懷，也是四象限名列前茅的亞神機械生體維修師。

酊泠・冥月院（Dingling Luximoon）

本體爲靈笵系太古小冥貓超神，轉輪聖王的愛兒。直到降生於此世之前，與魔鬼公子早有無可取代的羈絆。雖然流著神族與冥獸的雙重血脈，但由於母親的保護性心態，在成年式之前未離極樂院本家一步。

鳶露兒・極樂院（Wind-dew Wonderland）

現任極樂院宗主，風之陰皇，魔導力足以使御硫光系的風元素天使，也與黑曜系的嵐花陰帝互通有無。對於混沌系的態度矛盾，謠傳她與殘陽帝的天干守護四柱神龍之一的風龍王，有著恩仇共濟的過往。

言鶇・柯羅利（Yan Crowley）

現任黑曜系大公，是四象限魔導師當中的特選長老團七人之一，掌握典籍塔的最終鑰匙。

十字夫人（Madam Cross）

硫光系偏鋒祭司，力量來自太古母神的大地元體。具有陰性支配師的天位證照，宰制之道尤其以體魄與力氣聞名。

楊花．柯羅利（Yin-Fleur Crowley）

黑曜系皇家第一公主，陰性支配師首席。身為言鶫．柯羅利的幼妹，但舉重若輕地操控毫無設防的秘法術師長兄，受到黑曜系上下一致的擁戴。

皇霽宇潔（Wu-gei EmpireClan）

靈笵系魔導師首席，天位支配師長老。在目前在世活躍的頂級支配師當中，最為年長德劭的人物。身為四象限的頂級外科醫師，後成為殘陽帝的外域御醫。

威厊．貉嶼（Wei-ya Murru）

硫光系現任的大統領，企圖於動盪高亢的黑火狂花亂世鋪展一席恆定的原點。

驛．塔達安（Stud Tadayan）

個性魯鈍的老粗武人，卻是高位的軍事元帥，兵權僅次於司徒軾。被歐陽鉞收服之後，成為堪用的助手。

髑孤篁烈（RagingFlame Dugu）

生神獸法師的天位零字號，已達亞神的超生命狀態。森然陡峭、兼具怪異的慈愛，無條件守護司徒睚，同時是橆流的劍術師父。本體爲追隨闇龍超神的太古冥獸神，其本貌的揭露爲本書的高潮場面之一。

司徒琰（Yen Shietou）

超冠名魔導王，本體爲南天因龍王，也是四柱守護龍神的御主人樣。身爲殘陽帝現世唯一的獨生女，她是唯一的知己與酒友。神貌與生性皆孤高優美，除了父王之外，只有她的女兒與情人略能夠進入其諱莫如深的內在世界。

司徒野巖（Yeh-yan Shietou）

外號「黑太子」，南天超銀河第三代的魔導皇帝。野性勃發，但受困於身爲王室成員的建制，直到她找到最適任的繼位者。

銀刑殘天（Silver Ruin）

來自超越界的銀色神駒，由歐陽玥在外星緣出差時發現，成爲殘陽帝此生唯一的愛馬與伴侶。

司空言歷（Yan-li Shikung）

王都的馬房師傅，也是宮廷射騎師首席。身爲司空家的幼子，從小就熱愛駿馬勝過一切，在宮廷當中獨來獨往，只效忠熱愛殘陽帝。

難鈞．司徒（Non-king Shietou）

以「葛厲芬帝」爲獸身之名，縱橫四象限無敵手的生神獸之王阿修羅。在司徒睚成功被「生神皿」培養誕生，司徒世家的大魔導科技長蒐羅全向度的「天譴化身」（從施洗者約翰到阿修羅王的諸次元痕跡），提煉出至極的獸神混合體，開創南天超銀河的「鬼神滅世」起點。

司空迷諜（Mi-tieh Shikung）

別號「節肢相公」，生神獸軍團的副隊長與軍師，牙尖嘴利，卻是豆腐心的俏皮書生。一心一意護衛著同儕與殘陽帝，向來是難鈞．司徒最佳的搭檔。

司徒葹絹（Silk Shietou）

掌握南天皇室與宗教勢力的司祭齋宮，也是前代首座的長姊。向來憎厭「不純」的有機獸神血族，秉持靈長人類進化專擅論的意識形態。在她的干預與策劃，掀起南天超銀河長達五代的物種爭霸戰。

穆容鐸（Duo MuJung）

三界尋獸師（海地空三傑）的地系巡狩獸化法師，秉性憨厚純良。在生神獸軍團動輒充滿惡霸或血性廝殺的氛圍，她與兩名巡狩法師是少見的溫和大孩子。

穆容子武（Tzu-wu MuJung）

以純人類亞種靈長類之身，打遍四象限無敵手的武王將軍。雖然難以得知她與雛鈞．司徒從事無設限競擊賽的結果，不過一致公認爲純血有機人類的武術天位第一，也是掌控北方星團的軍事統帥。

【太古超神家庭譜系圖】

太古母神（猗妠妠）×侍夫（思宙）

（瘴癘超神）

魔域陛下（汩軛霈）（長子）　魔宴親王（祅雅颯）（次子）

（轉輪聖王）

魔夜殿下（盧西弗）——魔蠍相公（迷諜辛）

（雙胞胎幼子）

魔精靈公主（曖笆絅）

（獨生女，最幼子嗣）

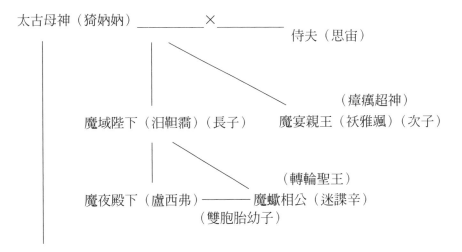

【雙系超神對照】

ground-zero	omega	aleph	circular	eros	thanatos
（死瘴）	（命運）	（創生）	（因果）	（原欲）	（毀劫）
幽怖霓蠱拉杜	曆曆絲	女媧	琰龍	艾韃	霪血鳳
轉輪聖王	濕婆天	梵天	毗修奴	綠那紟	修羅
（虛寂）	（破壞）	（創造）	（調和）	（純慾）	（殺戮）

karma	nirvana
宿業	涅盤
迷諜辛	凱奧基
萬劫殿	龍陽居

轉輪聖王：HighLord Arch-Wheel
濕婆天：Dark-Majesty Shiva
梵天：Emperor Brahma
毗修奴：Esteemed Vishnu
綠那紟：High-Princess Lunagier
修羅：Bestial-Lord Asura
凱奧基：King-of-Nirvana Kalki

幽怖霓蠱拉杜：Tome-God Shub-Niggurath
曆曆絲：Empress-Overlord Lilith
女媧：God-Head
琰龍：Monarch
艾韃：Great-Sir Id
霪血鳳：Arch-Princess
迷諜辛：Prince-of-Karma Midirshin

【亞神強化不死獸部隊】（最上層位階共21名）

總教頭：髑孤篁烈

隊長：難鈞・司徒（葛厲芬帝）

副隊長：司空迷諜（節肢相公）

特訓師傅：血鳳豹御主　┐
　　　　　　　　　　　├（御姊幼弟搭檔）
　　　　　藍鳳凰神使　┘

對外特使：神火獸使徒

《混沌輪舞》的王朝資料
【南天超銀河，黑火狂花時期】｛中心王室家族｝

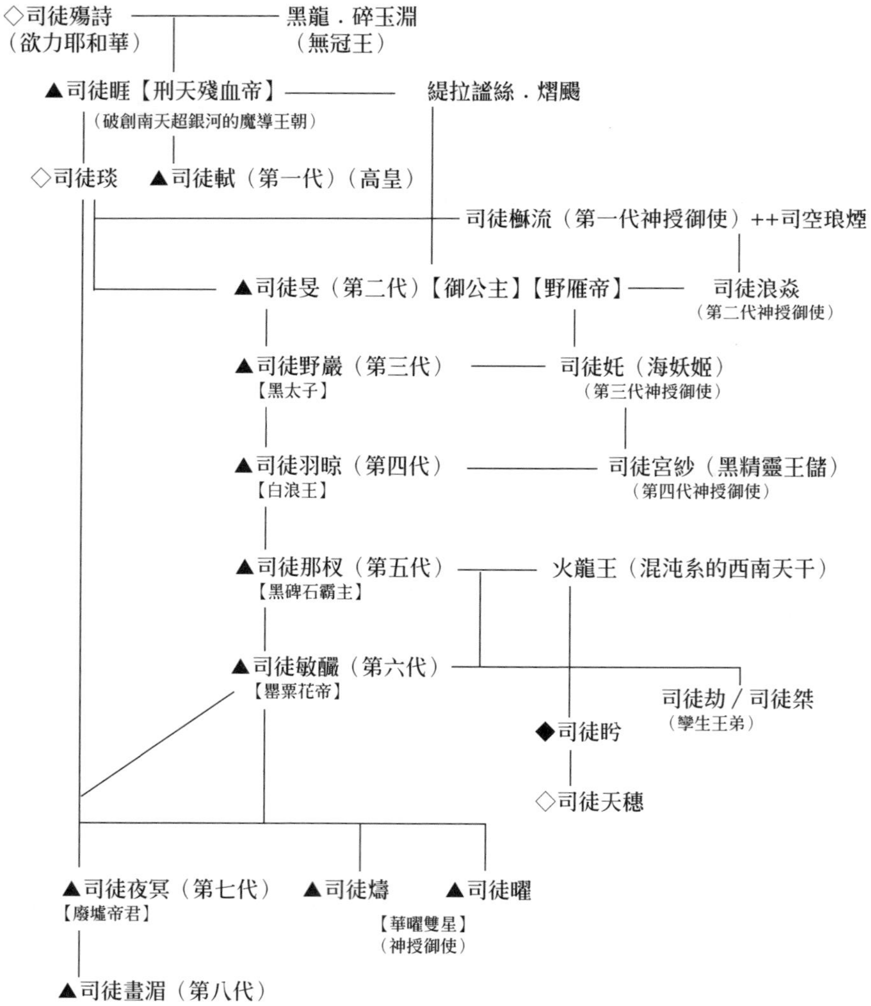

｛諸侯世家｝

（原名：歐陽冷芒）
↑ ↑ ↑
歐陽鷥絅×鬼束芒（前歐陽世家第六代長子，自我放逐，捨棄家族之名）
（第六代歐陽公爵，與司徒敏醺並列為「至尊陰性支配師雙姝」）

歐陽鈺歆
（第七代歐陽公爵）
↑ ↑
（鬼束芒生了就跑的「異端陽性長子」）

歐陽雛菊（only by 歐陽鷥絅）
（歐陽鷥絅鍾愛的幼女，出水芙蓉般的小羅莉！！！）

髑孤玭祆
（第七代公爵）
［超天位淫虐師，狂劍客］

髑孤詅
（王弟）
［天位支配師］

髑孤曉孟
［第八代繼承人］

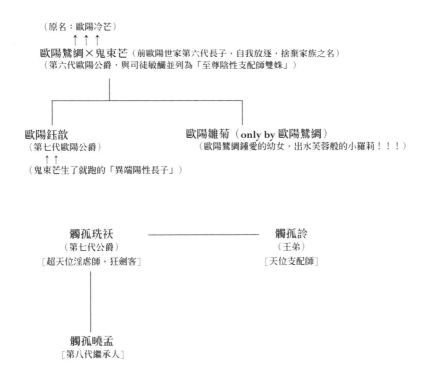

《宇宙奧狄賽》全史年表

【地球曆時代】

西元3050年：全意識共有系統初步啓動。
西元4123年：打造出貫連太陽系九大行星的「量子力場盾牌」。
西元5092年：血道生體法師的崛起，追尋生體不死之外的「化外永生」。
西元5893年：太陽系規模的喋血內戰，就此爆發。
西元6677年：蕭路世家的統領（玉翔子．蕭路）毅然將全世家的成員與精粹安裝上第一艘跨象限星艦，就此脫離目前已然瘡痍滿目的銀河系。
西元6999年：取消地球曆法，改以遠端子光波為計時單位的「銀河冥曆」。第一座正式的星團聯邦成立，以蕭路世家為攝政者。

【銀河曆時代】

銀玥0099年：魔導師團契成立，自外於生體法師的宰制性組織之外。（此為靈笵系術者，浮屠．洇泠的一手促成。）
銀玥0666年：L．H．雅冥絲出生。
銀玥0667年：赫柯海爾（Kakai Hakeheir）出生。
銀玥3741年：「銀河亂象」興發。（紅小泠，尾鬼瑰←亂世雙驕）
銀玥3958－4206年：「數據奇晶世代」。

【鎳浮燐超星曆時代】（跨次元全宇宙世代的起點）

1.《跨星團銀河帝國》（前期）

超星曆元年起始，3000年終結。

〔盧西翟爾紀〕（天才術師與武者競相馳騁的世代）

〔碧血紀〕（另名「黑暗蓮花道」世代）

〔翼闇紀〕（另名「機體神殺世代」，帝國勢力的最高峰）

超星曆2291年，銀河帝國第23代的「超神皇」，弗爾鐮的繼位加冕儀式。

超星曆2506年，第24代的「血蓮雪皇」，費烈．亞松辛登上王位。

超星曆2624年，費烈．亞松辛爆破了銀雨星。

（同一年間，爆破時刻的前幾天，利奧拉以跨時空漫遊的方式來到銀雨星，遭遇了無與倫比的黑曜超神，盧西弗。）

超星曆2698年，布西亞銀河系的旅鼠流星群時節，利奧拉邂逅了費烈。

超星曆2714年，第25代的「黑百合光皇」、奧非利雅，繼任王位，跨越帝國的藩籬疆界，成功研發出最後的機體生神。

2.《純血征戰的星團戰國史》（中期）

超星曆3001年起始，8997年終結。

〔許德藍諾星際紀元〕

〔毀世紀〕

3.《多星族聯邦》（中後期） 超星曆8998年起始，21781年終結。

〔鐵血帝國世代〕（『征服者』盧契迪創立的分水嶺）

〔六大世家風雲世代〕

〔女巫神子世代〕

〔光皇世代〕（利奧拉奪下權位、操控多星族聯邦的世代）

〔後光皇世代〕（《星石驛站》發生於此世代的最終末時期）
超星曆19328年，〈異端者〉的開場年代。
超星曆19329年的跨年時節，梅提斯．墨林遇刺，嘉希亞．墨林殉死。
（後光皇世代的終結，六大世家迅速洗牌，由歐爾沙．蒲莫勒取得全 向度的宰制權柄。檯面上的政治領袖，則為梵歐琳．雷安。）

〔雪之王儲世代〕（《光之復讎》至《歙粒無涯》）（併吞與重組）
超星曆21778年，歐爾沙回歸她的超神本體，就此終結多星族聯邦的六 大世家千年興亡史。
超星曆21781年，遠在反物質星淵彼端的極樂院世家，經由欲樂磁浮島 的跨象限技術研發，聲勢驚人地席捲周邊的十三個黑暗星緣，成為第一個完備的魔導王朝世家。極樂院的第一代宗主，鳶露兒．極樂院，也是當時最高位的魔導師。

4.《四象限魔導王朝》（後期）
〔冥心紀〕（四大象限魔導帝國的群星割據史）
超星曆21782年起始，60098年終結。

【南天超銀河，黑火狂花時期】

超星曆21782年：「無冠之王」黑龍．碎玉淵，一統蒙昧不定的南天蠻荒地基。自此，她與司徒世家的當代宗主（王朝前最後一代）、司徒殤詩締結婚約與政治共同體，是為南天魔導王朝的雛型。

超星曆21799年：司徒睚出生，為黑龍．碎玉淵與司徒殤詩的獨子，是為南天超銀河的殘陽帝君，後世正式尊稱為「聖血殘天王」。

超星曆21813年：難鈞．司徒出生，為亞神等級的原生神獸互換體，引起南天超銀河王朝的軒然大波。

超星曆21860年：司空世家親王、「六指秘醫」司空天屺煉造出第二名純血生神獸互換體，對外宣稱為裡世家幼子，司空迷諜。

超星曆21897年：司徒睚的次子、司徒檄流誕生。南天超銀河的王儲受審於獅鷲審判廳的尖端塔樓，以烙印「緯烙諾鸞的紋章」、褫奪繼位後的兵權為收場。

超星曆21909年：司徒殤詩元神形潰，司徒睚繼任王朝帝位，於繼位儀式上舉行南天超銀河的首度生神受刑祭，奠定微型的超神轉渡模式。從此，南天超銀河成為全次元超星團的魔導勢力頂點，為維繫四象限的老大位置，每隔超星團標準曆33年舉行一度此儀式。

超星曆21942年：第二度生神受刑祭，經由四大魔導支配師的通力合作，在殘陽帝體內裝置深紅色神譴紋章（超越界神族的至上祕密花園）。

超星曆21969年：四象限首度的生神浮印無設限競技賽。更驚人的賽後賽「魔獸戰線」讓生神獸法師與人類之間長久的齟齬與對立張揚到最高點。超星曆21975年：第三度生神受刑祭。此一度的儀式由於殘陽帝身心狀況俱疲，魔導醫術公會強烈干預，不舉行任何刺激生神體的活動，並峻拒超神艾韃進駐現世。此年度由跨象限魔導醫術師專心進行對於殘陽帝君的身心念場維護工程。

超星曆22008年：司徒琰於殘血降生式降臨於人世，本體為南天域外超神：因龍王。她是司徒睚真正的獨自作品，也是唯一的知己。

超星曆22028年：司徒琰年滿二十歲的「破幼式」。

超星曆22029年：由於對生神獸尋地獸師救回的數十名孩童祕密施以「念場銷毀式」，穆容尋地獸師受刺激之餘，爆走力場導致宿昂星γ號發生北原居民百萬人次全滅，後世稱為「無差別恐怖大戮事件」。此事端為南天超銀河官方武力與生神獸軍團的十三年內戰起點。

超星曆22032年：生神獸血盟衛正式迎戰南天超銀河五大世家聯盟組合的「鐵騎兵軍團」。軍團總元帥為穆容子武，此為穆容世家於南天超銀河蠻荒世代崛起的重要契機，奠定白道武者的保守剛毅特色，與異質超生命勢力的傾軋拉鋸。

超星曆22042年：「獸人烽火十三年」告一段落，五大南天超銀河星域嚴重受損，軍政長老團開始策動「生神獸胚胎終生控管案」。

超星曆22108年：司徒琰成為首席御魔導尊師，生神獸血盟衛違令當世法令，自主成立「浩劫刑場」來祝賀龍姬的百年美好歲月。

超星曆22109年：「十字天崖塔十三晝夜」。在此之後，難鈞．司徒取回出生 時的冠位與名銜，是為司徒王朝首位被認可的非全形人類皇室成員，是為司徒睚的皇弟，臣民稱為「獅鷲親王」。

超星曆22399年：司徒睚於刑天嶺舉行至極的聖血殘天儀式。破皇天開后土，創建南天超銀河的地基骨幹，並且以自己的肉身為神體，招喚出四主神當中的命運超神晶魂，奉為混沌系的至尊宗廟神核。

【性別爭鋒，共體文明時期】

超星曆22401年：繼破皇天儀式之後，司徒世家正式成為南天超銀河的王室家族。第一代南天超銀河「高皇」，就是白虎武王，司徒睚的長子，司徒軾。

超星曆22837年：第二代司徒宗主，「御公主」，司徒旻繼位，後稱野雁帝。

超星曆23366年：第三代司徒宗主，「黑太子」司徒野巖繼位。

超星曆23729年：第四代司徒宗主，「白浪王」，司徒羽晾繼位。

超星曆24367年：第五代司徒宗主，「黑碑石霸主」，司徒那杈繼位。

超星曆24987年：具備超天位陰性支配師純血的司徒敏釅誕生。

超星曆25000年：南天超銀河的四柱守護神之一，火龍王，由於犯禁的秘術活化脫胎為人形，與司徒那杈交合。此舉造成南天超銀河的【因果宿命祝融之災】。

超星曆25010年：半降神混血體的司徒昐，因龍王的後裔誕生。

超星曆26003年：第六代的「罌粟花帝」，司徒敏釅繼位。由於父王司徒那杈的要求，司徒敏釅擔當超天位戰士自焚的介錯，成為南天超銀河的破格陰性帝位。

超星曆26333年：無道法師歐陽泠芒接顯四大超神之破劫——命運超神——的真名，歷歷絲。

超星曆26666年：將成為命運超神伴侶的生神法師，司徒夜冥誕生。同一時間，轉輪聖王的形神轉生者、泠泠‧極樂院誕生於西宇的主星。

超星曆26668年：歐陽鈺歆誕生，原生的破格陽性超天位支配師。其親代也就是原第五代歐陽世家長子、歐陽泠芒棄絕宗家之名，以鬼束芒之名成為技驚四象限的雙導淫虐臨受師。第六代的歐陽爵位由其妹歐陽鷥綢繼承。

超星曆26689年：雙星御使，司徒曜與司徒燽誕生。

超星曆26721年：跨象限支配師團契的法皇交接式，前代法皇司徒敏釅，將位置傳遞給皇霽宇潔。同場儀式當中並舉行法皇之下的三位新任大主教加冕儀式：楊花‧柯羅利，髑孤諗，鳳尾蝶‧朱雀。

超星曆27399年：司徒夜冥的成年式，接顯四大超神之終末、【瘴癘母神】幽怖霓蠱拉杜的真名。

超星曆27726年：分隔十載的司徒世家雙星王子，在硫光邊界重逢。

超星曆27797年：歐陽鷥綢將歐陽公爵之名交接給歐陽鈺歆，附帶條件不明。

超星曆27801年：司徒夜冥與鬼束芒，會面於星界邊緣的象限互涉地帶。自此，司徒夜冥開始三百載的浪跡與修業歲月。

超星曆27933年：在陰性支配師首座的競技賽中，司徒敏釅被歐陽鷥綢暗算，形神驟然轉生。自此開始，成為南天超銀河王位接續的空窗期，長達超星團標準曆七十載。

超星曆27966年：支配師團契的法皇更位式，前代法皇霽宇潔，將位置傳遞給歐陽鈺歆。同年底，舉行叛教支配師的鐵血大審。

【支配師鬩牆，星團風雲時期】

超星曆27995年：星團武技第一人，陰性淫虐師首座髑孤珗祅，掀起淫虐師公會與支配師團契的大規模集團戰。

超星曆27999年：【血豔五季】終於告一段落，兩造簽署互不干涉協約。

超星曆28001年：六角星雲攻防戰，黑狼將軍落敗，歐陽公爵取得最終制軸權。司徒夜冥從全向度的邊緣歸來。司徒燾跨越正反宇宙藩籬，進入混沌系的裡王朝聚合原神，司徒曜正式繼位為當代的南天超銀河神授御使。

超星曆28003年：第七代的廢墟帝君、司徒夜冥在最動盪割據的當下繼位。同年底，泠泠．極樂院展演靈笳終極冥術，回返無為有處。

超星曆28004年：天險星崖的最終對決，象徵性結束南天超銀河短暫但勃發的動亂割據史。

超星曆28071年：司徒晝湄誕生，司徒夜冥從事無機性培養的唯一子代。

【龘尾世紀】

【熵煋世紀】

【春凜世紀】

〔高原神紀〕（象限的王朝結構，趨於強大且穩定）

超星曆60099年起始，88898年終結。

超星曆87599年：司徒峭鈸縈登四象限武者首座，舉行宗主繼位式。

超星曆87779年：瓦爾秋利．柯羅利出生，黑曜術師的破格者，原生的「全向度傀儡師」。

超星曆88299年：司徒蘋的南天超銀河宗主繼位式。

超星曆88631年：陽子．日鍠誕生。原生的超天位劍客（雙向魔導師）。

超星曆88639年：烏蘇拉．柯羅利出生。

超星曆88669年：司徒楠出生，混沌系的究極陽性生神魔導師。

超星曆88707年：司徒峭鈸的轉生化異儀式。

超星曆88719年：司徒楠與混沌超神歷歷絲接合，登上南天的魔導師首席。

超星曆88747年：司徒燐出生。

超星曆88776年：司徒．南宮．冥玉出生。

超星曆88799年：司徒蘋的轉生化異儀式。南天的司徒世家舉行宗主繼位式，由寒玉帝君司徒楠正式繼任南天超銀河的君主之位。（開啓命運超神歷歷絲與司徒宗主的正式銘約）

「森羅．塔達安事件」發生於繼位式的當夜，此後塔達安世家的宗主位席架空，直到嚴帝．塔達安的成年式典禮。

超星曆88821年：歐陽奧鋅出生，胎體與奈雅盧法特熔接。

超星曆88898年：柯羅利世家的內鬥結束。此番的風雲波瀾由烏蘇拉．柯羅利的登基為終點。同時間，東宙的幵天．膜嶼趁虛而入，成為四象限的把關者。

【幻夜紀】（《上帝的永夜》與《魔鬼的破曉》的生發世代）（終結此度的次元轉輪，開啓新的創世/滅世循環。）

超星曆88899年起始，99999年終結。

超星曆88921年：歐陽奧鋅奪回歐陽世家被生體雄性侍者所篡位的宗主席位。

超星曆89721年：莘彝．穆容誕生，身為【續】契之一。

超星曆89799年：司徒宗主與混沌超神王女的千載銘約祭。

（剛好與百年神授祭同一時間點）

超星曆89937年：極樂院的107代宗主，麟奇斯．極樂院登基。

超星曆89970年：亞黐帝兒．膜嶼出生，為此向度的【永】契擁有者。

超星曆89996年：陽子．日煌連續七回贏得超星團的魔導劍客至尊賽，被喻為「雪火魔劍客」。在同年間，由於司徒楠的邀約，親臨皙革碼．殘陽星域造訪。

超星曆90111年：瓦爾秋利．柯羅利取得四象限的「天海皇」之至尊「天」位。

（同等位階的另外兩位魔導至尊：「皇」位司徒楠，「海」位則是海鷺斯．極樂院）

（就此開始，每三百三十三載一度的天皇海交異式。）

超星曆90172年：朵拉安．極樂院出生。

超星曆90192年：歐陽淳嶀出生。為歐陽世家當代的老二。

超星曆90193年：司徒星檄出生，身為南天司徒世家與混沌系神族之間的「棧道」。

超星曆90206年：蔓克西絲．極樂院出生，為【夜】契擁有者，體內的轉輪聖王浮印印證其原生降神位格。

超星曆90244年：司徒夏沭出生，身受混沌系唯一白道超神「艾韃」的護翼。

超星曆90296年：司徒夏沭取得超星團天位劍客的桂冠。

超星曆90310年：陽子回到西宇，接受麟奇斯的正式提案，從此日煌一族成為極樂院的分家。

超星曆90312年：璦珥．日煌出生，接合了極樂院與蕭路世家的魔導秘法，為頂端的靈笣冥師。

超星曆90319年：嚴帝．塔達安經由混沌秘法培育千載的胎體，於黑火節期破殼而出。（至成年式之前，由南天宗主所撫養）

超星曆90326年：司徒星檄旅行至象限邊界星域、邂逅穆容世家的掌門。

超星曆90337年：霏皙娜．柯羅利正式破胎核而出。此向度的【色】契持有者。

超星曆90344年：司徒夏沭邂逅蔓克西絲。

超星曆90346年：南天司徒與西方極樂院的跨象限聯姻。

超星曆90353年：南天的小規模內戰，挑起戰端的觸孤世家的權力被架空，自此徹底衰敗。

超星曆90356年：蔓克西絲回返西宇的極樂院本家。

超星曆90358年：司徒星樧正式接位執刑御使，成為南天的第二權力者。

超星曆90366年：璦珥．日煌的成年式，《上帝的永夜》上演年代。

蔓克西絲打通體內的【夜】契，正式成為原生神格轉輪聖王。

超星曆90367年：雪淚公主的轉生體儀式，四象限的絕對制宙權落入南天司徒 世家。

超星曆90369年：【永】契正式遁逝，留待下度轉輪：夜色交會的儀式於斯開展。

超星曆90373年：嚴帝．塔達安的成年式，取得超天位黑劍客的位格，塔r達安世家的制軸權回歸新繼位的侯爵體內。

超星曆90399年：南天超銀河的百年神授祭，司徒楠更新自身的位格。（白皇帝的啓明與輸誠）

超星曆90413年：南天霸主的東宙大侵攻。

超星曆90428年：黑白雙【續】契交會，打造出混沌象限的原生超神核。

超星曆90799年：星（司徒御使）月（轉輪聖王）的神核交合，司徒宗主體內的命運王女破格脫穎而出，舉行雙身返生超神式。

超星曆99999年：幻夜紀的終末年代。

《混沌輪舞》後記
七竅破天、欲力突圍的宇宙重構史

這部小說標誌著過往的十載，衷情莫如是，野望無所不在。二○○五年，無論在創作或學術層面，都是我首度最重大也最長期的擇所其愛，就此棲居。一方面，當酷兒學術評論界形構出「罔兩」政治時，我亦興致盎然重讀莊子的某些寓言篇章，閱讀的辯證促使我開始設想：若有個怪胎集體性，我們將如何繪製自身與諸眾的天下與天涯？在不輕易和解與修補的前提，創傷如何被改寫與轉譯？不服從的生命圖譜與撰述，要怎麼從滅絕與創造的歷史溝渠流入複數眾的形影與陰暈？於是，混沌的七竅是起點也是節點，傷勢與復原的故事是無止境與時空的森羅眾相進行對奕。這部書大概就是我對許多的斟酌與致意，尤其是對這十年來的華文文化政治進行式，要設想一個「去母性」，毫不樂觀，但從未對敘述與說故事感到絕望的生滅與衰物語，從來都得從自己的位置性為出發，但卻沒有預設的終點。

在這十年來，我正式經歷兩段最深刻的貓人愛情，拒絕繼續暴躁，從此不徒勞周旋於各種短線的情愫恩讎，仔細重構去血緣的愛侶親族，擺脫且收拾許多掉落在身後的屍體骸骨。在職場上，正式進入學術工作以來，必須較常與各種貓各種人互動往來，增添了些筆戰的痕跡，多了兩件黑色電影偵探風衣與一具暉金如秋陽的金屬酒皿。在書寫本作的歷程，戮力勾勒了無數張「獸・人・機體」的樂譜草稿。這些篇章，有些成爲這本書的肌里或骨髓，有些則埋伏於「將要救贖未來的過往」。

這本書能夠在醞釀十年之後出場，最該感念的是始終支持我的出版人與好友陳常智，爲這部充斥精彩獸與人的故事畫出闇神話風采的小友鄧觀，蓋亞編輯部的各位，貓貓小之之與小弗弗，人類愛侶白鷹，以及，無法更重要的，讓我能夠在這滄茫大千保持博奕興致的毀廢不家庭共同體。

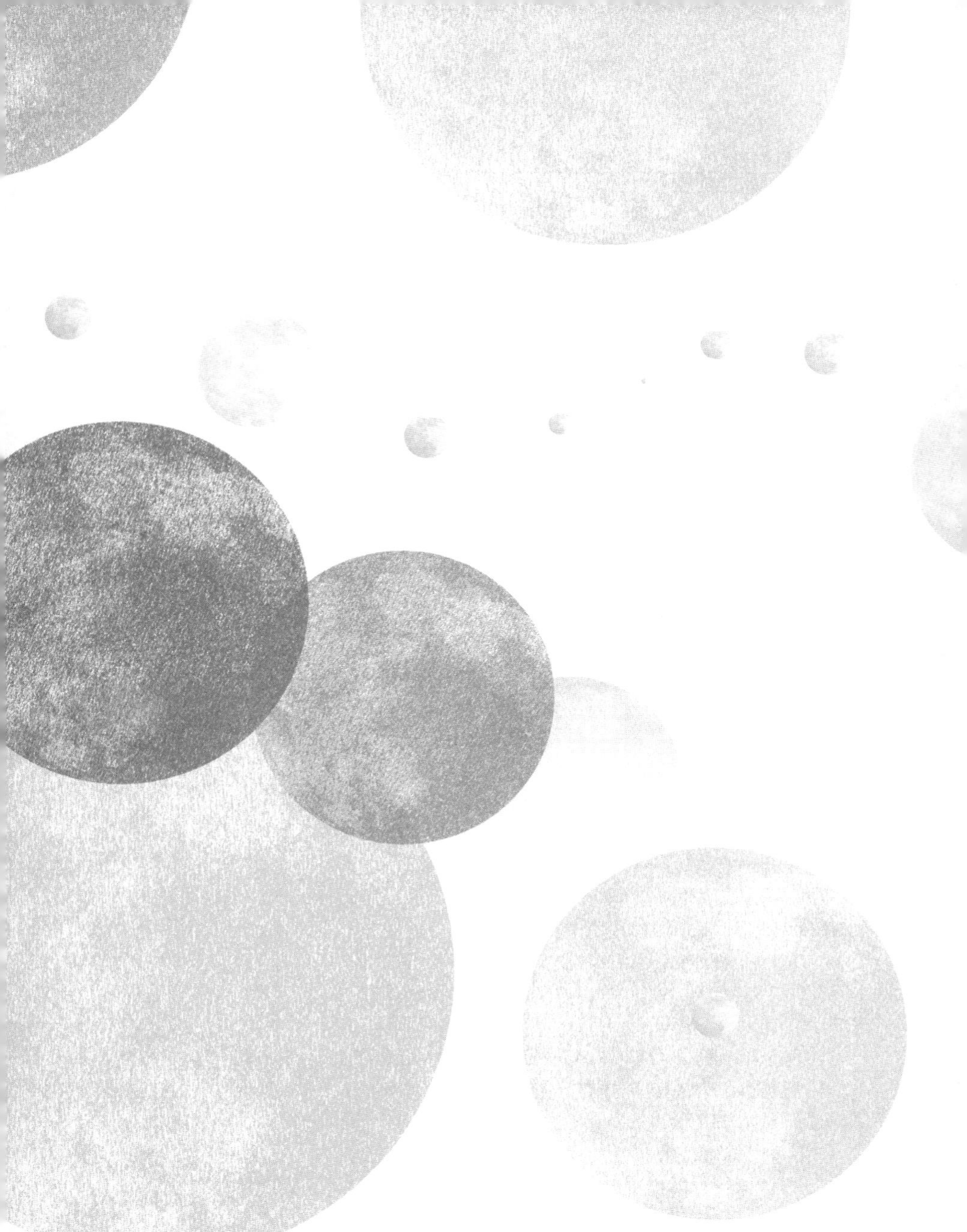

國家圖書館出版品預行編目資料

混沌輪舞 / 洪凌著. -- 初版. --
台北市： 蓋亞文化, 2016.04-
面； 公分. -- (文選)

ISBN 978-986-319-205-3(平裝)

857.7 105002403

混沌輪舞 Dancer of the Chaos, Dance Your Never-ending Abandonment!

作者／洪凌
內頁插畫／鄧觀
封面設計／克里斯
出版社／蓋亞文化有限公司
地 址◎ 台北市103赤峰街41巷7號1樓
電 話◎（02）25585438 傳眞◎（02）25585439
部落格◎ gaeabooks.pixnet.net/blog
服務信箱◎ gaea@gaeabooks.com.tw
投稿信箱◎ editor@gaeabooks.com.tw
郵撥帳號◎ 19769541 戶名：蓋亞文化有限公司
法律顧問／宇達經貿法律事務所
總經銷／聯合發行股份有限公司
地址◎ 新北市新店區寶橋路二三五巷六弄六號二樓
電話◎（02）29178022 傳眞◎（02）29156275
港澳地區／一代匯集
地址◎ 九龍旺角塘尾道64號龍駒企業大廈10樓B&D室
電話◎（852）2783-8102 傳眞◎（852）2396-0050
初版一刷／2016 年04月
定價／新台幣 250 元
Printed in Taiwan

ISBN／978-986-319-205-3